北京宣传文化引导基金
BEIJING CULTURE GUIDING FUND
北京宣传文化引导基金资助项目

日日新

马笑泉 著

北 京 出 版 集 团
北京十月文艺出版社

一

周建成出差归来，听刘冰说娘老子竟然在小区里翻垃圾、捡破烂，顿时耳根发烧，火气腾地从小腹深处往上蹿。如果此时梁春花在面前，起码会被他吼上几句。但梁春花正带着阳阳在楼下玩，他只能坐在沙发上生闷气，间或把眼睛横向靠阳台处的竹椅，仿佛梁春花正坐在那里。

这把通体已经发黄的竹椅产自雪峰山区的周家村，制造者乃周建成已过世三年多的大伯，一位曾经名扬本乡的篾匠师傅。周家大伯虽然生前对自己的手艺颇为自信，连在镇上开篾货铺的师兄也不怎么放在眼里，但恐怕也想不到身后数年，自家杰作还能跟着梁春花东移三百余里，在省城银峰佳苑小区 6 栋 2101 房的客厅里堂而皇之地占据了一个位置。周建成承认大伯的作品严丝合缝、高矮合适，尤其是椅背的倾斜度恰到好处，靠上去感觉很熨帖，但也觉得刘冰的看法是正确的：这样一把土里土气的椅子摆在简欧风格的客厅里，实在太不协调。但梁春花当初坚持要带过来，而刘冰也没有去周家村现场把关，周建成便由她把椅子倒放在两个箱子上，椅背贴于箱身，非但没占多少空间，椅座朝天的那面还放了满满一纸箱鸡蛋，由四条椅腿牢牢拱卫，一路冲州过府，稳稳地抵达潭州河西。梁春花不能接受软塌塌的布艺沙发，说是像坐在棉花堆里，魂都是飘起的。她连看电视都弃中央正位于不顾，把竹椅拎到茶几一侧，斜对着电视机，如果不是竹椅相对于饭桌来说太矮，恐怕连吃饭时都会将餐桌旁的胡桃木高背椅挪走一把。虽然看到那张椅子心里就堵，但也不敢将椅子丢掉，刘冰只能在背地里再三向丈夫抱怨。周建成轻叹道，她坐惯了，随她去吧，又启发刘冰去欣赏竹椅的美，尤其是用了多年后竹子外层起了包浆，油润生光。刘冰却只觉得那种幽光像不怀好意的鬼眼时而一眨，忍无可忍之下，两次趁婆婆出门，把竹椅拎进她睡的客房。但只要梁春花一回来，竹椅很快会重新现身客厅。刘冰又当着婆婆的面将椅子发配到跟客厅隔着一道推拉门的阳台上，明示折中处理，各让一步。梁春花当时没什么反应，还坐到阳台上抱着阳阳晒太阳。但到给阳阳喂饭时，又把竹椅拎了回来。她坐在竹椅上，端着的碗正好对着孙子的小脸蛋。刘冰无法可施，只得暗自抱怨自家妈妈太娇贵，服侍她坐完月子就连喊吃不消，在她的撒娇加赌气下勉强又支撑到抓了周，便坚决要求请亲家婆出山，打完移交后，一脸轻快地回雁城去了。

在竹椅问题上，周建成宁可忍受老婆的埋怨，也不想拂逆自家老娘，但捡垃圾这件事，娘老子实在做得过火。自己好歹也是副科级实职干部，娘老子居然去捡垃圾，要是传到单位里，那还做得起人？想到此处，周建成几乎要出冷汗，继而庆幸住在小区，没几个熟人。他深吸一口气，又重重地吐了出来。刘冰在一旁窥见了，暗自窃喜，然后主动提出晚餐由她来做。周建成便觉得老婆虽然有些小性子，终究还是贤明体贴的。

半小时后，门被推开，先探进来的是那辆"好孩子"雅兰水晶型推车。推车里坐着的自然是周建成心目中天底下头一个好孩子。远远望见几天不见的周建成，阳阳兴奋得蹬腿舞手，连呼爸爸。周建成本想严肃地端坐在沙发上，但见到儿子，架子便在瞬间融化掉了，三步并作两步到了推车旁，抱起儿子叭叭叭连亲三大口。在旁边看着崽和孙子，梁春花笑得满脸都是沟沟壑壑。睨了她一眼，周建成到底硬不起脸来，喊了声娘老子。见她想往厨房那边走，便说，今天冰冰做饭，你歇一下。

梁春花一怔，随即说，我去切西瓜。

晓得她除了睡觉和看电视，其他时间都闲不下来，没事也要找点事做，周建成虽然不是很想吃，但也没有阻拦。西瓜盛在不锈钢小盆里端上来后，周建成没去动，轻咳一声，娘老子，走廊上那些矿泉水瓶子和纸箱哪里来的？

捡的。

哪里捡的？

就在你们这栋楼，还有底下院子里。

哪个喊你去捡的？

没哪个喊我。

你捡这些东西回来做什么？

卖钱啊。南门往右边行个两三百步，拐下去那条街，有家收废品的。

你要是少钱用，只管问我要就是。哪个要你去卖废品的？

我没少钱用。你给我那么多钱，我根本花不完。

那你还去捡废品？

不捡可惜了。城里人太不惜物了，什么好东西都往垃圾箱里丢。我那天还看到一双鞋子，没烂一个洞，就丢在那里，太浪费了。

你也捡回来了？

唉，手慢了，被楼下的黄家奶奶捡去了。

见梁春花一副痛惜的表情，周建成又好气又好笑，哪个黄家奶奶？

就是那个经常在院子里打转的，手里还提个蛇皮袋子。

周建成脑海里立刻浮现出一个形象：脑门横阔，发乱如草，总是弓着腰，一边缓慢地移动，一边在地面搜寻着什么。他简直有些痛心疾首，什么人不好打队，你跟这样的人打队做什么？

她不是强盗不是贼，也有崽也有孙，我不跟她打队，未必还跟西头那个打队？

西头2104的聂姨是从武陵过来带孙女的，据刘冰说，比娘还大一岁，但穿得鲜艳，每天还要化妆。梁春花无法接受，甚至愤愤地称之为老妖精。其实聂姨对人热情，有时在轿厢里碰到了，还会点评几句刘冰的装扮，当然都是好话，让刘冰谦虚之余脸上忍不住蹦出朵花来。不知情的人乍一看，还以为她俩是婆媳甚至母女，至于那个木着脸贴在角落里的乡里老妇人，定是保姆无疑。周建成能够理解梁春花的观感，没指望她能与聂姨成为老年闺蜜，但也绝不乐意自家老娘跟黄家奶奶之流混在一起。他忍不住喝道，不管你跟哪个打队，反正你不能再去捡垃圾。

这一喝，没惊着梁春花，却让阳阳嘴角下拉，眼眶迅速红了，大眼睛里开始汪出泪花。在阳阳哭出声之前，梁春花便把他抱在怀里，一边抚摩他的头，一边嘀咕，在娘面前恶，还在崽面前恶。

阳阳把脸贴在梁春花胸口，又稍稍扭头，瞅向周建成，泪花虽已收住，但惊恐和不满明显溢了出来。周建成顿时气沮，不知该如何继续说下去，遂捞起一块西瓜，闷闷地吃了起来。这西瓜，沙瓤，清甜，脆中又有种入口即化的松融感，十有八九是梁春花买的。她太会挑西瓜了，瞅上两眼，托起来贴在耳边敲上一敲，便能断定里面的好坏程度。这门功夫，连刘冰也佩服，却欲学而不能。主要是因为梁春花不肯向媳妇托出当中微妙，多问得两句，她便说，反正我晓得里面是蛮好的。她如果说是好的，那就是新鲜的、甜的，如果说是蛮好的，那就是沙瓤。周建成连吃了两块这样蛮好的瓜，心胸略舒，又有了词。从餐纸盒里抽出张"心心相印"，擦了擦嘴巴，他说，娘老子啊，垃圾堆里好多细菌，你老是去翻，就算自己不得病，也会传染到阳阳身上的。

我带他的时候从来不翻的，都是我一个人的时候才去的。

那也会带回细菌。

我回来就用肥皂洗了手的，你要是不放心，我以后多洗两遍，要得吗？

哎呀，细菌是可以在空气里传播的。你只要进门，那些细菌就跟着进屋。你洗掉的只是你手上的，还有身上的呢？尤其是废品里面有那么多细菌，早就在空气里飞得嗡嗡哩了。

看你讲的，我从来没听到细菌在屋里飞得嗡嗡哩。你和琳妹子两个，从小在土里滚、泥里爬，瓜果经常没洗就往嘴巴里塞，也没看到生什么病。

那怎么一样呢？我们那是山里，连泥巴都比城里干净。城里连空气都不新鲜，何况是垃圾？再讲，现在的细伢子，哪是我们过去能打比的？一个个都娇贵得像瓷做的，风多吹两下就要感冒发烧。

我阳阳是贵气，但没得那么娇气。他在我手里带，吃也吃得，睡也睡得，健旺得很，不像楼上楼下有几个跟他差不多大的，三天两头往医院里送。你要是不放心，换个人带一下试试。

又没有哪个讲你带得不好。

那你还不放心？

你来带，我怎么会不放心呢？

那就是喽，你还啰唆什么？

瞬间又陷入无话可说的窘境，但不甘心就此罢兵，周建成盯着浅白色的复合木地板，过了片刻，往上推了推眼镜架，你要是觉得不好玩，得空就去楼下打下麻将喽。

我不去，她们都是打钱的。

小赌怡情。几块十几块的输赢，你莫放在心上，我另外帮你出。

我不要你出。小赌大赌，反正是赌，你莫使起你娘老子去赌博。

周建成啼笑皆非，只有摇摇头。阳阳从到处撒着玩具的天蓝色儿童爬爬垫上站起，摇摇晃晃跑过来，重新投入梁春花的怀抱，又扭头望着周建成，目光中仍透露出小小的不解。对小家伙做了个无奈的表情，周建成起身去卧室阳台上吸烟。

阳台装上了无框透明窗户，成功地与外面世界保持了一种既封闭又敞开的关系。刘冰原本还想装上窗帘，但周建成认为小区栋与栋之间的距离足够宽，不必多此一举。他既然同意把原来定位为书房的靠连廊的房间改为另一间客卧，那么，这间把阳台封闭起来改成的小书房怎么弄，刘冰也得听取一下他的意见。实际上，他就这么一点意见，其他都任凭刘冰做主。

西头墙上做了悬空带玻璃门双层三门书柜。左下方顶着双层直柜，上层存放文件资料，空间更大的下层叠放着烟酒。中央和右边下方的那一大块空间则镶嵌着电脑桌，装修时便在桌下墙面开了宽带网口。连通卧室的窗下还摆了张圆形小桌，咖啡色玻璃桌面，长了三只银色弧形脚，两旁咖啡色藤椅跟桌子同样小巧精致，其中一张兼作电脑椅，只是不能像真正的电脑椅那样自如转动，未免让周建成略觉遗憾。但若塞一张那样的椅子进来，小桌就要移到连通卧室的推拉门边，另一张椅子得摆在阳台中间，未免影响通行。正对着推拉门的栏杆和西首栏杆处则贴身站着折角双层铁艺花架，摆了大小十几盆花草与多肉植物。阳台顶上还挂着一盆葳蕤的吊兰，花盆底端比周建成高一个头，对着的是推拉门不动的这面。所有空间都得到了合理利用而又不显得拥挤。这番精致妥帖的布置，不过是从一个侧面证明了放手让刘冰主导装修完全正确，周建成乐得坐享其成。他站在打开的窗户边，点燃一支"蓝芙"，对面灯火朵朵，如果向左边望去，还能看见湘江在夜色中闪烁出一段又一段波光，江对面万达广场装着电子外墙一入夜就光芒流动的高楼也尽收眼底。小区虽然离江边尚有二十多分钟的脚程，却是建在这一带的高地上。右边街道斜对面的湘雅附三医院住院部大楼也可望见，尽管外形时尚漂亮，但想到里面的内容，确实不那么让人舒心。然而，这可随时提醒自己和家人注意身体维护健康，也是件好事嘛。人啊，无论是在工作上还是在生活中，需要保持一点警醒，太放松了，说不定什么时候就会翻船。想到近来有个比自己大不了几岁的同事查出了糖尿病，周建成决定晚饭后散步要多走三个，不，五个圈。

刘冰在厨房忙活的时候，不忘尖起耳朵，时时捕捉客厅动静。待听到周建成喝了一声时，心里不禁畅快，等周建成偃旗息鼓，她虽然有些沮丧，但并不如何生气——毕竟，周建成终于听进自己的话，跟他那个倔娘顶了一回。等上了餐桌，刘冰给周建成夹了两筷子菜，道是出差辛苦了在外面肯定吃不到合口味的菜回来就要多吃点。周建成眉心稍展，顺手给媳妇舀了勺丝瓜汤作为回赠。见妈妈爸爸竟敢当着自己的面如此亲密，阳阳便嚷着要妈妈喂饭。面对儿子的噘嘴兼扭屁股，刘冰全无抵抗力，笑盈盈离座，只是坚决不用竹椅，而是坐在一只凳面喷绘着几朵芍药花的小板凳上，上身前倾，腹部和大腿折成一个锐角，姿势虽然略显艰难，但是心情舒畅。梁春花得以提前吃完饭，打开电视。她最热爱的节目居然是《新闻联播》，每天必看。婆婆如此关心国家及国际大事，刘冰暗自觉得好笑，曾在背后打趣周建成，你们一家人政治觉悟好高啊！周建成正色说，那当然，我爸当过大队干部的。为了表示此言不虚，大队干部的崽总要陪梁春花看完《新闻联播》后才起身去散步。刘冰有时也被他拉去一起散步，但她素来窈窕，即便生了阳阳后也很快恢复体形，没有身材危机感，积极性不高，周建成也不勉强。今天周建成没看《新闻联播》，只略略坐了坐，便板着脸起身下楼。梁春花却只盯电视机，仿佛浑然不觉。

刘冰喜欢洗了碗后靠在沙发上追几集韩剧。梁春花看完《新闻联播》和《天气预报》后，就把遥控器的掌控权移交给刘冰。她也会跟着看看，但不入迷，时而起身招呼阳阳，到点就带着孙子去睡觉。阳阳在奶奶面前服帖得很。这让刘冰生出微微的嫉妒，但也不得不承认，如果没有婆婆帮手，自己一个上班族，恐怕连喘口气的时间都没有。等梁春花带阳阳入睡后，刘冰才感觉这空间和时间完全属于自己和丈夫。但周建成不像恋爱时那样肯陪她整夜看电视剧了，散步回来后，洗个澡，就钻进书房里上网或看书。起初未免有些失落，久而久之刘冰也习惯了。周建成终究不像有些女同事的男人，经常夜不归宿，不晓得在外面干些什么。他只有必要的应酬才会晚归或夜出，即便是陪领导打麻将，最晚也不超过十二点。在如今的社会，这已算是一等一的好男人了。刘冰对自己说应该知足。何况周建成在床上依然充满热情，这也让刘冰满意。只是婆婆来了后，她不好意思像过去那样放肆了。今夜周建成比往常生猛，刘冰本想尽情地喊出来，然而一想到婆婆就在隔壁，遂转为压抑的呻吟。虽然也抵达了高潮，但感觉身体深处有什么东西没有完全释放出来。不过她还是觉得舒服和满意，缩在丈夫怀中，带着那一丝不明的遗憾，很快沉沉睡去。

二

盛夏的潭州，五点到七点这段时光最为宜人，天既已亮，夜半消散的暑气又尚未重新聚拢。聂爱红五点半起来，洗漱如厕之后，用开水兑冷水冲泡一小碗黑芝麻糊，慢慢啜饮。虽然是来带孙女的，但她事先声明倩倩还是跟她妈妈睡，以保持自己的作息节奏和好气色。六点左右，聂爱红穿着宽松的绸衣绸裤，拿着红绸面大折扇准时下楼。银峰佳苑虽然不大，只有十栋楼，却被评为园林式小区，绿化自是不错，小湖小亭也营造得用心。小湖在二栋、三栋、四栋、五栋之间，实际上是个多边形大池子，岸线曲折有致。水浅得没不过倩倩的肩膀，湖底铺满从湘江运来的鹅卵石，石上花纹历历可见。晨风拂过，那些花纹似乎随着水波一起漾动，算得上小区最美的景致。只是有时湖水会漏到下面的车库，每逢这种情况，物业便会将水抽干。鹅卵石缺乏水的润泽，在日光下干头枯脑的，风致全失。湖畔有块地方镶嵌着条形木板，还摆着张铁艺带靠背长木椅。但这长椅没有固定在木板地上，时常失踪，那定是被斜对面二栋的大爷大妈们抬到架空层里去了，需要劳烦物业人员再抬回来。今晨水色依旧，长椅幸在，聂爱红心情舒畅，一套扇舞自觉行云流水、翩然生姿，只恨无法自拍。背上微微出汗，她并不坐下，只把扇子放在长椅上，拿起躺在椅面上尚在播放伴奏乐的苹果手机，沿湖慢慢走动。

与木板地毗邻的是小区最大的草坪，约有三百平方米，两者皆被环形步道围绕着。这草坪不甚齐整，中间和边缘皆有起伏之处。小区用的是一家已经倒闭的工厂的地，而在建厂之前，这里本是座山，虽然历加修整，仍有高低起伏。本来草坪禁止踩踏，但小区居民无视此规，尤其是大爷大妈们，常带着各自孙辈群聚于此，对保安的劝诫充耳不闻。大爷大妈们是保安最不敢惹的群体，对方视而不见听而不闻，保安只能讪讪而退。过了一阵，物业遂悄然将告示牌上的内容修改为：请勿在此遛狗。这一点倒是得到了大爷大妈们的积极响应和鼎力维护，谁要带着狗入侵，会被他们群起而攻之。无他，狗粪妨碍草坪漫步，犬牙更是对娇嫩的小朋友们构成眼前威胁。现在草坪清寂，叶上露珠依稀，坪边靠亭子侧一小片唐竹像群腰肢纤细、翠袖挥洒的古代舞姬。这些竹子和小区大多数花木一样，属于移栽来的外来户，只有竹林前草地上那棵四丈多高的合抱大树方是本地元老，很可能建厂之前便已扎根此处。

聂爱红仰望这树，总觉得它虽然魁伟，但直刺向天，生得太冲了，还是背后的唐竹好，又秀气又贴人。她绕着竹丛转一圈，拍了几张照片，自然而然走到了亭子中。亭中没有石桌石凳，侧面置一张铁艺带靠背长木椅，跟斜对面隔湖相望的那张长得像双胞胎，眼下却不见踪影，定是被对面四栋的大爷大妈们抬到架空层去了。聂爱红曾特意去物业前台建议能不能把这两张椅子固定住。物业表示想法很好，但实行不了，因为凳脚底部没有螺丝眼，也没有能够往下打眼的地方。聂爱红问你们为什么不买可以固定的椅子？前台说也不晓得当初是谁买的，没考虑到这点。聂爱红只能说那以后换椅子的时候记得别买这种了。前台既然笑嘻嘻地答应了，聂爱红也不好再加以严词。天晓得这两把椅子什么时候能换？其实除了不能固定外，它俩又坚固又好看，坐着也舒服。亭中见不着这椅子，聂爱红的大好心情微微打了点折扣，不过她的注意力很快被湖面上的一只蜻蜓吸引住了。

水中没有栽培任何植物，蜻蜓无处落脚，盘旋了一会儿，落在岸边菖蒲上，菖蒲连一丝微颤都没有。聂爱红才凑近两步，准备蹲下去拍个微距，蜻蜓便感应到了，又御风而去。目光追随着它忽上忽下的身影，聂爱红到底还是远远地拍下了一张。她自己骨架大、个子高，却喜欢一切轻盈纤巧的人和物，有时竟会想如果当初母亲嫁的不是一位南下干部，自己也许会长成理想中的清秀玲珑模样。但这念头往往一闪就被她摁下去，并生出微微的负罪感。毕竟父亲虽然重男但并不轻女，起码自己前半生的顺遂如意都是老人家一手安排的。至于后来国有企业改制，那是当初谁也料不到的。好在自己得到暗示，借神经衰弱为名及时办了个提前退休，还有一份工资领，不至于像许多懵懂不觉的同事那样，被迫买断工龄，悲惨地下了岗。丈夫在同一个厂，不但业务精熟，还有一项发明专利在身，前同事往东莞办厂，高薪将他挖了过去。聂爱红也跟着去住过一阵，无奈水土不服，只有撤退，在武陵和几个闺蜜跳扇子舞、打太极拳，要不就是上小美容院，敷着面膜做按摩也能打发半天时光，日子过得好不清闲，但这清闲中也难免生出无聊。当阮中华恳请她过来带孙女时，聂爱红佯装微嗔，心底其实乐意。至于跟旧日闺蜜们离别，虽有不舍，但她相信以自己的交际能力，不难在潭州迅速发展新的闺蜜。当年在厂里工会做女工委员，女职工里孙二娘类型的人物也有，林黛玉类型的也有，聂爱红都应付自如。若非进厂时只有初中文凭，又不愿上电大，吃了学历低的亏，她相信自己能进入领导层。改制再怎么改，领导层总不会吃亏的。要是那样，光靠自身收入就能过得滋润，在丈夫面前更能挺直腰杆。想到此处，聂爱红叹了口气。她只会对着湖水或蜻蜓叹气，连在闺蜜面前，也不透露自己的遗憾。她希望别人眼中的自己是幸福的、风光的，事实上，她也觉得自己还算幸福。

出了亭子，聂爱红折回原处，拿上扇子，沿着环形步道往另一头走。五栋楼前有数棵树龄尚浅的银杏树，那些小小的扇形叶子着实可爱。尤其当有些叶片浸在清晨的阳光中，通体的纹理脉络皆呈现出来，宛如薄薄的翡翠片，聂爱红看在眼里，竟然觉得心尖颤颤的，有种说不出的怜爱和欢喜。这种感觉，在瞅见倩倩时，也会有。倩倩大眉大眼、胖手胖脚，虽然跟纤秀不沾边，但自己的嫡亲孙女，总归是怎么看怎么可爱。小家伙能吃能睡，要到九点半之后才肯开眼。但阮中华和汪丽七点半就要出门，小两口的灯饰五金店虽在河西，开车去也得二十来分钟。到了那边，开了店门，他们才去斜对面的津市米粉店叫上两碗圆粉。到潭州打拼十多年了，他俩在此点上始终不肯入乡随俗，坚持认为本地人钟爱的扁粉不算粉。聂爱红则对圆粉扁粉一概不感兴趣，她继承了父亲的口味，早上需要一碗扎实的面条。木耳昨夜就已泡在水中，现在早已发好，冰箱里的宝庆油炸豆腐是前天刘冰送过来的。刘冰是雁城妹子，但她男人和婆婆都是宝牯佬，家里有大把从宝庆运来的食材，尤其不缺各种豆腐。连阮中华都承认，米粉武陵地区天下第一，豆腐，尤其是油炸豆腐，那确实数宝庆的口感最好。为此他有时不惜放下武陵人的尊严，去宝庆人开的粉店，点上碗油炸豆腐粉，还特意嘱咐粉少点，豆腐多放些。聂爱红答应他把大部分油炸豆腐留来炒菜，但也要给心爱的面条浇点锦上添花的豆腐木耳码子。想到豆腐木耳面，她的食欲就被召唤出来，遂加快脚步，走向那条接通环形步道的台阶路。

二栋、三栋、四栋、五栋皆傲然挺立在最高的地段，实际上是把以前的山顶削平了，六栋、七栋、八栋、九栋、十栋则在次一级高的平地上，应该算是以前的山坳。这台阶路不过十来级，可见当初削平山顶时力度之猛、幅度之大。走到台阶路中段，聂爱红望见黄家奶奶在垃圾箱前鞠躬尽瘁的身影，顿时停下脚步，打量了一下她的周边，还好，没有看到周家奶奶。她遂昂首挺胸，不再正眼去看那个弯着腰、穿着褪色碎花衬衣和肥腿裤的老太婆。经过她身边时，聂爱红尽量保持距离。她觉得这个老太婆无论是形象还是行为，跟自己都完全不是一个世界的人，就算在此没有一个闺蜜，也绝不会去和她亲近的。至于周家奶奶，虽然穿得太保守太朴素，却还算是个干净体面人，脸上皱纹虽多，但那双眼睛清亮得让人羡慕，再加上同住一层的关系，聂爱红愿意把她纳入自己的新闺蜜队伍，所以当发现她居然也拎着个编织袋探头查看垃圾箱里的内容时，简直感到痛心，并果断地在第一时间向刘冰通报情况，以阻止周家奶奶的沉沦。当时刘冰脸都红了，这让她在同情之余又感到有点快意。小周是政府机关干部，听说还是个副科长，小刘也是在银行里上班的白领，周家奶奶这样做，也太扫她儿子、媳妇的颜面了。总之，这是一件非常必要的善举。小周要是知道了事情原委，那张扑克脸上恐怕也会对自己露出感激的微笑吧。

电梯门开了，出现的是隔壁2103的女子。两人目光一交会，就各自迅速弹开了。聂爱红停顿了一下，但没有后退，2103则略略侧身，以背部相对的方式，擦了过去。在进轿厢按键之后电梯门合上之前，聂爱红一直盯着她的背影。2103双手插在牛仔短裤前袋，步伐悠闲，腰肢和臀部左右轻微晃动，晃得自然而有韵律感，聂爱红却觉得扎眼。事实上，她晃不晃，聂爱红都觉得扎眼，因为这个邻居跟她家有过节。

本来住在东西两头的人家，只要不做全封闭，事先通个气，在连廊入口装扇门，对外那面栏杆上方再加一道防盗栅栏窗，住在中间的住户大多能接受。有的住户还极力赞成，觉得这样安全，不用再担心自家小孩跑到连廊上攀爬栏杆。这事是汪丽去跟她谈的，2103却一口回绝了，说公摊面积她出了钱的，这连廊她也有份，属于公用范围。汪丽说对面和楼上都装了，也没看到邻居有什么意见。2103说那是别人的事，跟我无关，跟我有关的就是你们不能把我们共有的连廊封了。汪丽说，那就各让一步，我们只装门。2103立刻指出这怎么能叫各让一步呢，好像你们在栏杆上装窗本是应该的，现在不装了是在让我。在她清脆的普通话和清晰的逻辑前招架不住，汪丽只有撤退，向阮中华控诉这女人看起来像个有文化的人，却根本不通情理。阮中华想着她一个单身女人，又是说普通话的，便谋划先装上再说，她最多吵两句，总不会硬拆掉。等到师傅上门动手安装时，2103却一个电话，改普通话为标准的潭州话，召来三条本地大汉。阮中华没料到有这一手，连忙去请物业来调解。看到这个阵势，物业遂声明得先征得邻居的同意，不同意，那就不能装。阮中华只得赔出笑脸，表示愿意出钱解决。2103又干脆地否决了，说这事以前可以商量，但现在你这么做，那就是在欺负我一个单身女人，没得商量了。那三条大汉立刻顺着这话鼓噪起来，口水溅了阮中华一脸，手指也几乎戳了上来。汪丽本躲在房里，听到势头不对，不顾怀着五个月身孕，踱了出来，英勇地挡在丈夫面前。当时情形紧张得需要打110，2103却像看戏人一般，靠在入口处，淡淡说道，他虽然想欺负我，我们可不能跟他做一样，欺负一个怀孕的堂客，这事就到此为止了。大汉们意犹未尽，其中一个转身对师傅们吼道，你们还站在这里做什么，是不是要我把你们的家伙都丢下去？当头的老师傅摆出副苦瓜脸，我们开车来是费了油钱的。大汉们又把头齐刷刷地扭向阮中华。阮中华只得掏出一百元，打发他们走了，事后虽然也想喊人扳回一局，但理不在自家这边，对方又是本地人，恐怕讨不了好，最后还是咽下了这口气。

小两口输了理又输了气，可谓惨败，都不好意思再提这事。聂爱红来了后，见他俩碰到这女子时神情都很古怪，再三追问加诱导之下，才从小两口的分别叙述中勾勒出事情全貌。虽然承认儿子有做得过火的地方，她还是忍不住恼恨2103。尤其是她那副风轻云淡、若无其事的表情，后面明显带着轻蔑。聂爱红生平最忍受不了的就是别人的轻蔑，想找机会教训一下她，却既心怀忌惮，又无由下嘴。这种无法亲热起来又不能狠狠吵上一架的邻里关系，是她从来没碰到过的，实在憋闷、别扭。她一点也不去责怪阮中华，满心都是对这女人的怨气，在背后说起她，没一句好话。2103像个疑团，似乎不用上班，也从不主动跟人说话。刘冰曾经主动跟她打过招呼，她也只是点头微笑，目光随即挪往别处，及时掐断了进一步交流的可能性。刘冰也觉得她有些怪，但对于聂爱红攻击她不晓得打扮，或者推测她是不是被包养的小三，从未附和，这让聂爱红未免心有所憾。其实对于自己的攻击和推测，聂爱红也有些底气不足。她看出这女人不是不晓得打扮，而是明显不爱打扮，能省则省：

明明有一头浓密乌黑适合做各种发型的头发，却剪个容易梳理的短发了事；没见她化过妆，项链、耳环、戒指一概不戴，只在左腕上套个青玉手镯；穿出来的衣服大多是式样简单的休闲款，料子不能说不好，但颜色太素；高跟鞋从不上脚，显然不肯为了美丽而受半点罪。如果她真的不修边幅邋里邋遢，聂爱红心里还会好过一些，但人家浑身上下清爽干净，脸上皮肤光滑紧致得连蚂蚁都爬不上去，嘴唇自带光泽，乳房也毫不客气地高耸着，这就让她越发觉得碍眼了。至于是不是被包养，还有待证实。虽然感觉不太像，倒是有几分古装剧中的小女主派头，聂爱红还是不肯放弃这一猜想。想到摊上这么个煮不熟捶不烂的邻居，她忍不住叹了口气。

出了轿厢，过道上空荡荡的。聂爱红瞥了眼右边，连廊入口处那道暗红色防盗门还没打开。她想当初要是阮中华能快一步，选上东边的房子，恰巧挨着个出租户，那连廊自家就可以随便处置。人生很多事都是这样，快一步或慢一步，结果就不一样，所以一定要打起精神鼓足劲，快步向前。这股劲，阮中华身上没有，倩倩可得有，不能像她爸爸那么没出息，从小到大就是爱玩，技校毕业连个正式分配都没有，只能自己找事做。想到此处，聂爱红挺了挺胸，感觉自己肩负着重大责任似的，加快步伐向自家走去。

三

梁春花早上没去翻垃圾，是因为阳阳昨晚没睡好，两次在梦里哭醒，吵得她也没怎么睡好，晚起了一个小时。而阳阳之所以会如此，梁春花归结为周建成昨晚发脾气吓着他了。刘冰连忙拿出温度计去床边给阳阳量体温，既不高也不低，便没了替丈夫开脱的理由。周建成一声不吭，进"太子寝宫"视察了一回，见他睡得皱眉抿嘴的，仿佛带着忧思，顿时有些心虚和懊悔，对老娘的总结没有反驳。两口子吃了早餐，便结伴出门，出了连廊，正好碰到2103端着个看起来有点沉的小纸箱从靠他们这边的电梯口走出来。碰到刘冰，她倒是主动微微一笑，然后腰肢轻漾地拐向西边。

进了轿厢后，刘冰对周建成说，我发现她好喜欢买书。

你怎么晓得里面一定是书？

我都碰见好几次了，都是当当网的专用纸箱。有一次站得近，还看清了上面粘的快递单，就是书。

喜欢读书，那是好事，总比跟喜欢打麻将的人住在一起强。

刘冰点头表示同意，随即说，我觉得她长得挺好的。

周建成立刻发表不同意见，不如你。

刘冰含嗔带喜地说，哪里，人家水色那么好，根本不用化妆。

周建成笑了笑，本想再说点什么，见电梯门开了，一口气吞进三个人，便闭上嘴，往刘冰前面横挪一小步，把她遮在身后。刘冰穿着高跟鞋，比他还高寸许，这是让周建成很得意的一件事。2103 固然水色好，但五官没有自家老婆秀气，身材也没有她苗条。当然，2103 身上自带洋气，一看就晓得是大城市长大的，这确实是冰冰比不了的，但周建成就喜欢老婆身上的小城气质，既不土气，又不灼人。2103 虽然低调，但大眼正面照人的时候，给人一种被洞彻肺腑的压迫感，身上还透着压抑不住的性感。这样的女人，周建成觉得若是讨来做老婆，会有种不安全感。当然了，气势磅礴的男人，像单位李主任那种，可能不会有。但周建成自问不是那种大心脏强能量的类型，那就在自己的限度之内稳打稳扎，不要有什么出格之想。无论是在工作上还是生活中，他一向如此。能够娶到刘冰，已经心满意足。2103 神秘也好，性感也罢，他都不怎么放在心上。倒是刘冰对这个女人有着强烈的好奇，让他觉得过度了。但周建成也不好明言劝阻，怕老婆产生另外的联想，只能淡然处之。到了一层，他先出电梯。刘冰上班的营业网点在金星北路，接近望城区，需要开车去，而他就在市人防办，走路也不过十来分钟。每次道别的时候，他照例要叮嘱一句路上小心点。虽然这句话没什么用，但他说惯了，刘冰也听惯了，哪一天要是没说，两人都会觉得少了点什么。

小区有东门、南门和北门。东门是正门，却不能进车，禁停也执行到位，门侧那块空地便成了小区的广场舞专用地。南门往右走上两三百米，再拐到梁春花所说的有废品收购站的岳华路，下坡穿过桥涵，就离人防办所在的翠园路不远了。往北门走，则需穿过岳麓大道的地下通道，路程相差无几。六栋离南门近些，周建成却习惯走北门。他喜欢岳麓大道那种宽敞和整洁，不像从南门走，一路上店面和行人摩肩接踵的，电动车随便停放，店老板还能把废水泼到人行道上。更重要的是，翠园路这边的路口对着绿地建设全国一流的市委、市政府，上下班时望两眼，心中有种归属感和自豪感。人防办是市政府直属机构，既有独立的办公大楼，又跟市委、市政府挨得如此之近，周建成觉得当中体现了不言自明的重视和优待。抬腕瞄了眼手表，他加快脚步。时间其实还充裕，但他对自己的要求是：提前十五分钟到达单位。大学毕业后就进入公务员系统，他深知一些良好的小习惯对于自己在单位的口碑有着多么重要的影响。还没望到南门，手机响了，是刘冰打过来的。

周建成没有直奔车库，而是先到物管处，把楼栋管家拉上。长着张小圆脸的楼栋管家小封又喊上一个四十来岁、瘦削得让人忍不住怀疑他吸毒的保安。三人到了负一层516车位前，一辆白色宝骏正斜横在出口位置，把旁边的柱子也挡住了。刘冰的红色骐达除非能腾空而起，否则无法开出。刘冰眉头蹙得快陷进肉中了，跺着脚说，这人怎么停车的啊？周建成打量了一下周围，发现这一带的车位卖得差不多了，但车库其他地方还有无主车位，停车不是问题。就算负一层没有车位了，负二层是人防工程，空位目前是百分之百，这车主简直像是存心要堵住自家车位。车上没放临停号码牌，物业也没对住户的临停车进行摸查和登记，那就只能等车主现身。见小封只是附和着刘冰做无用的谴责，而保安更像是旁观的闲人，周建成在心里盘算了一会儿，便提出解决方案：先锁车，等车主找到物管处，一定不能立刻解锁，得向我们做出解释。留了自己的手机号码后，周建成陪刘冰出了南门，看着她上了滴滴快车，才往右边匆匆走去。

　　整整一个上午，周建成心头都挂着这事。他也努力试着抛开，并做出了纯正的理性分析：冰冰中午不回来吃饭，这一整天车子能不能开出，都没什么影响。那家伙就算上午睡懒觉，下午总得出门吧？白天不用车，晚上总得用吧？反正主动权在我这边，不用急。然而分析归分析，那个电话不来，他总忍不住去想这事，以致拟签呈的时候日期都打错了，被曹科长指了出来。他是单位公认的笔杆子，却犯了如此低级的错误，在曹科长似笑非笑的表情面前耳根都快烧了起来。回到办公桌前，周建成满腹都憋着火气，既恼自己，更恼那个家伙。他暗下决心，接到电话时，绝不温文尔雅，先严词斥责一番再说。但那个家伙仿佛料到了他的心思，丝毫不见动静。周建成觉得自己简直像那则著名冷笑话中的主角：楼上的人迟迟没有脱下第二只鞋子，听不到那一声响，他就睡不着觉。当然，他也有比那位主人公强的地方，就是绝不会冲到对方面前，要求他赶快将第二只鞋脱下。事实上，他也找不到对方，只能在郁闷中等待。

挨到中午下班，周建成拎起包就走人，当然，在走廊上和轿厢中也没忘记主动跟领导打招呼，和同僚互相致意，脸部肌肉放松了若干次。等到出了单位大门，又不自觉地沉下脸，快步向前。急行了二三十步，他陡然意识到违背了一贯的沉稳风格，才缓了下来，对自己说，就这么点屁大的事，急什么？他想我也不是经不起事的人，何至于此呢？再一分析，原因是此事关乎刘冰明早能不能顺利出行。正印证了那句俗语：老婆的事再小也是大事。而如此在意老婆，乃好丈夫的表现。这样一深究，周建成心里也就释然了。

南门正对着车库入口，周建成想先去车库看看，便由翠园路插到岳华路。穿过桥涵便是上坡，快走到坡顶时，背心已湿。中午时分的阳光就是一把把明晃晃的刺刀，从天空刺下来，刺眼刺身也刺心。周建成曾经想过再买辆车，为的就是抵挡这六月到十月间灼人的刺刀。但一计算养车的开销，还是打消了这个奢侈的念头。不过哪怕再热，汗出得再多，他也绝无怨言。在烈日下想到老婆能开着空调制冷效果不错的小车上下班，周建成甚至感到自豪和欣慰。不过眼下这种快慰感被右边的废品店消解了起码一半。这家店显然生意兴隆，大堆废品溢出店门，在高温下散发出复杂的气息。想到老娘的坚持和固执，周建成再次生出沮丧。暂时没有别的办法，他只有决然把头扭到一边，仿佛只要使劲一扭，废品店便不复存在。

进了南门后，五米开外，车库负一层入口横张着阔大的嘴。在这炎热的日子，很多住户都主动投身于这张大嘴，以潜入它清凉深邃的腹部，再让电梯把自己由地底提到家门口。从车库走的另一个好处是距离短，省去了在小区地面行走的弯弯绕绕，所以即便不是大热天和风雨日，还是有不少步行的住户喜欢经此回家。周建成却甚少行此道，原因在于他嫌里面空气不好，再者有种挥之不去的阴森感觉。偶尔不得已进入，他会一改缓步从容的风格，低头急行，只想一口气奔到电梯间。自家车位在电梯间斜对面，位置不错。当初就要不要买车位，他和刘冰还起过争论。他觉得小区小户型房子占了三分之一，租户必然不少，车位不会满员；临停费每天十元，一月才三百出头；房子和车位又是分售的，这一百二十平方米的房子也不会永远住下去，等有条件就再换套大房子，真不必出那八万元车位费。刘冰却坚持要给爱车一个固定的窝，并说车位买在那里也是一种投资，跟房子一样，保值呢。想了想近年来物价的上涨幅度，周建成到底还是接受了刘冰的建议。只是车位没有门，虽然悬在上方的车位牌可以再贴上张打印纸，用粗粗的黑体标明自家车牌号码和私家车位不得占用的字样，周建成还是加了道地锁。刘冰每次开出，都会下车将三角形地锁撑杆拉起再锁上，虽然麻烦了一点，但至少不用坐在营业间上班还担心三公里之外的车位被人占用。这种车位被占用的现象真不少，刘冰就遇见过几次：有一次车主也不叫物业处理，索性将车堵在自家车位前，气哄哄地上楼去了。这一堵就是两天，后来估计是被堵的车主急着用车，主动寻他，少不了赔礼道歉，才见车归原位；还有一次两个车主吵了起来，占车位的说你空着也是空着，我停一下有什么要紧，气得另一个车主动起手来，两人鼻血都溅出来了。周建成听看得胆战的刘冰回来讲述，两口子自然在舆论上站在车位所有人一边。但那些有车却没买车位和无车的住户却并不这样认为，有时在轿厢里听到他们议论，竟还有人赞同"空着也是空着"的理论。看着这些依稀熟悉却不知其名的面孔，周建成也不去争论，只是感叹阶层无处不在，这买了车位和没有车位就是两个阶层，立场和看法就不一样。他要求自己尽量宽容地看待这一切，立场自然要坚持，但不要为此动气。只是事情一摊到自己身上，便不由得火气腾腾直蹿，恨不能当时就放了那辆车的气，但放了气于事无补，再说你能放人家的气，人家便能扎了你的胎。这点周建成倒是想得清楚，他更清楚现在去看一眼也不起什么作用，但就是忍不住要去看看。

这一看，结果出乎意料：那辆车已不见踪影。周建成的第一反应是如释重负，但片刻后又生起气来。一个电话也不打，一个道歉也没有，就这么开走了？物业那边又是怎么回事？周建成掏出手机，拨打小封的电话，却不想负一层信号不好，响了好几秒总接不通。他只能怀着郁闷，先奔电梯。电梯有两道，他全按了，却迟迟不见落到负一层。这电梯号称日本品牌，速度却慢，每升降一层得有三四秒钟。最烦人的倒还不是电梯本身的速度，而是有些人为了一时方便，会想办法让电梯久久停在自己那层。这些人是没办法制裁的，因为连他们的面都见不着。周建成一边盯着电梯口的起落键，一边感叹，良知还是很重要啊，法规到不了的地方，就凭个人良知了。他当年读的是湘大历史系，有个同乡好友在哲学系，痴迷阳明学说，一天到晚念叨着致良知。那时总觉着此说有些空泛，不如历史来得结实，都是些看得见摸得清的事件。工作多年之后，他才渐渐领悟到历史未必一定摸得清，而需要致良知的地方却无处不有。要是人人都能致良知，那么占车位堵车位的事根本不会发生，而电梯也会正常到达。

电梯终于带着它本身的良知降落到负一层，但它还得去负二层打个转。把车停在负二层的肯定没买车位，周建成觉得这些车主都是有良知的。走进来的男子年纪比周建成小不了几岁，体形保持得好，一点小肚子都没有。看到他的七分裤和凉鞋，周建成断定这不是一个在机关上班的人。机关里也有人这么穿，但要么是小年轻，要么是看门的大爷。他们这个岁数的人，就算不保证西裤笔挺，也会穿戴得整齐一点。来人理着平头，眼睛神采很足。他按的是十四层，这个楼层房价相对便宜，因为楼层虽然不低，不少人却忌讳这个数字。周建成也明白这种忌讳其实可笑，但在条件允许的情况下，还是会尽量避免。两人虽然同处一个单元，算是广义上的邻居，却甚少碰面。但就算经常碰面，大抵也只能在静默中挨过这一段电梯上升的时间。周建成想如果像过去那样，楼上楼下都异常熟悉，那么占位堵车之类的问题，解决起来会方便许多。但人一旦住进小区，防范意识陡长，各户自成一体，极少主动往来。再说三十层高的楼，哪怕是让同一单元的住户之间彼此熟识，难度也很大。所以不相往来乃小区常态，像刘冰跟聂姨那样热乎，倒是异数。周建成对聂爱红倒没什么反感，尤其是得知她当过国营工厂的工会干部后，更是有几分接纳之心，但对聂爱红的儿子、媳妇保持距离，总觉得这两口子有股市侩气，虽然穿戴得体面，却还不如眼前这个衣着朴素随意的男子看着顺眼。这男子转身出轿厢时，几乎一步就跨出去了，而且轻松自然。周建成按了关门键，尽管他在网上看过一则小文章，说按与不按，电梯关门的速度都一样，还是下意识地这么做了。

到了连廊上，周建成又掏出手机。小封应该已开始吃饭，一边咀嚼一边跟他说话，口齿有些不清。周建成一开始就起了高腔，你们到底锁了车没有？小封连忙说锁了锁了，当然锁了。然后在咽下什么东西后，又说车主找到物管处，态度也很好，我们也不好意思不给他开锁。周建成说，态度很好吗，怎么连个道歉电话都不打？小封说，我们也跟他说了，他保证下次不会停在车位前面。周建成说，他连个电话都不肯打，怎么保证？小封说，大哥，我们也教育了他，你也别太计较了。周建成声音又高了一度，是他堵我家的车，怎么变成我在计较呢？小封连忙赔笑，是，是，他下次不会了，你放心，我们特意要他登记了手机号码和房号，才同意开锁的。周建成说，你们早该这样做了，所有没有车位的住户车，都要登记，才能在第一时间找得到人。小封说，是，是，我们正在做这项工作。周建成嗯了一声，挂了电话，心里还是有气。他想那人连个道歉电话都不肯打，态度也好不到哪儿去。物业大概怕他闹腾，直接开锁了事。有一瞬间他甚至想再打小封的电话，问到那人的手机号码和房号，但转个念头，又觉得还是谨慎一点，尽量通过物业处理。小区这么大，什么人都有，在不清楚对方背景的情况下贸然出击，不能料定的因素太多。

到了吃晚餐的时候，刘冰问了处理结果，噘起嘴说，害我们多出了三十多块来回打车的钱。周建成只能说，只要下次不发生这样的情况，就算了。刘冰还是不能释然，说道个歉就那么难吗？这话说到周建成心坎上了，但没有附和，省得助长刘冰的怨气，以致整晚都不安生，只给她夹了筷菜，又说过几天等刘冰休假，开车去黑麋峰玩。刘冰在城区长大，对于去大自然，一直保持着小学时郊游的那种兴致，一听便眼睛放光。待到问清楚上面还有民宿后，又遗憾自己只能休一天假，不然还能在山中住上一晚。周建成也觉得银行坐柜台的太辛苦，连双休日都没有，替老婆深感不平，但他又暂时找不到关系将刘冰调离一线，只能默然。

四

聂爱红晚餐吃得也不少，她奉行的是多吃多运动，绝不肯为了身材而减损美食方面的享受。看着汪丽手中的筷子总是在一众菜碗边犹豫闪躲，想大干快上又浅尝辄止，她忍不住说，你想吃就干脆放开吃，要是怕胖，等下跟我去跳广场舞。

汪丽还没开口，阮中华就说，广场舞是你们这些大妈跳的，她插在里面，看起来就不像话。

怎么不像话？里面也有三十出头的，跳起来好看得很。

汪丽可不想去跳什么广场舞，只想等喂完倩倩的饭后，靠在沙发上玩玩手机、看看网络小说，嘴上却说，我还要带倩倩呢。

聂爱红对着阮中华一鼓眼，他不晓得带啊？你就这么惯着他。

倩倩立刻声明，我要，妈妈。

阮中华也不生气，反而笑得挤眉弄眼的，看到了吗，不是我不乐意带，是她不要我带。

聂爱红蹙起眉头说，你还很得意。等倩倩长大后，只跟她娘亲，不跟你亲，看你还乐意吗。

汪丽忍不住说，倩倩跟她爸爸也亲的。是不是，倩倩？

倩倩眨眨眼睛，下巴点了点。汪丽放下筷子，往她嘴里塞了一调羹蒸烂后又切碎的鸡肉。

聂爱红问，倩宝，那你跟奶奶亲不亲？

倩倩连忙点头，嘴巴还在不停嚅动。

聂爱红笑得眼角鱼尾纹堆叠而起，我宝宝慢点吃，别噎着了。

阮中华看着聂爱红那副爱得不行的神态，感叹道，我记得小时候，你从没对我这么好声好气过。

你小时候净淘气，哪有倩倩这么逗爱？

汪丽笑道，你看你，在家里不逗娘疼，在技校读书的时候不逗老师疼，好可怜啊。

逗你疼就要得了。

呸，我看到你就脑壳疼。

那当时有几个男同学追你，你怎么就看上我了？

还不是你最赖皮，甩也甩不脱。

见小两口涎着脸调笑，聂爱红突感不悦，咳嗽了一声，将阮中华酷爱的油炸豆腐炒肉连夹两大筷，搬运到自己碗中。倩倩虽然还听不太懂爸爸妈妈在说什么，也跟着眉飞色舞，见桌上突然一片寂然，带着满眼疑惑左右看了看后，只得默默地嚼起新塞进嘴的鸡肉来。

晚上这一餐，聂爱红照例不洗碗。倩倩的吃饭速度，比他们起码要慢半个小时，汪丽得耐心侍候完她。洗碗大业，只能落在阮中华头上。至于倩倩的小碗小勺，则由汪丽届时亲自洗刷，交给做事毛躁的阮中华，她不放心。聂爱红无事在身，却不立即下楼，而是靠在沙发上，端起手机，开始查看朋友圈，神态认真得如同电视剧中垂帘听政的太后审批奏章。她今天共发了两条朋友圈，除了关于早上运动和小区美景的九宫格外，还有一条是三张倩倩玩耍时的特写。首先查看的是谁点赞谁留言，然后对留言一一回复，再去翻看微友们发的内容，无论精彩还是平常，凡是点赞过自己的必然还上一个赞。今天点赞的不多，留言更是寥寥，她未免有几分沮丧。待到屏幕显示有人发红包，她便果断退圈进群，连抢两个，却都是几分钱。聂爱红暗骂一声小气鬼，发了个二十元的红包，获得一片感谢老板之类的赞美，心情才稍为舒展。看看时间，已过了二十来分钟，便起身换上双网面运动鞋，开门下楼，往东门走去。

东门外几级台阶下去，是一大块空地。空地大部分被辟为形状不甚规则但足够宽阔的人行道，铺着灰白色花岗岩，还留下一条炒砂路作为消防通道，消防车经此可由东门左侧一道平时大锁严守的铁门进入小区。也曾有人试图晚上把车停在这里，甚至开上人行道，但无一例外被放了气。这等严厉管制的名声传开后，小区内外的车主都不敢破坏规矩，否则单凭路口那三个连着绳索可以移动的塑料桩和路面喷绘的"此处严禁停车"字样，如何挡得住铁骑横行？管制有效的背后，离不开小区大妈们的支持，有些车是保安放的气，有些车则是她们主动代劳，甚至连气门嘴都带走了，下手比保安还狠。她们并非因为消防意识到位，而是早早盯上这片地方，合力将它开辟成跳舞的小广场。能使用这块地方的都是小区住户，隔壁市建筑公司老宿舍的住户曾组队拎着音箱过来，被她们联络保安轰走了。其实十栋和银锭路之间的花岗岩路面宽敞得多，方正得多，也亮堂得多，是一个名副其实的广场。但那里有整排门面，超市药店理发店婴儿用品店都起码要营业到晚上十点之后，若在那里集体起舞，影响别人做生意，店主和买门面的业主必然会投诉，物业自是禁止。晚上在这地方跳的有两拨，前一拨都是晚餐吃得早或干脆晚上节食的，后一拨则在八点左右开始。聂爱红加入的是后一拨。领头的人不光提供便携式音箱，还负责教舞，参加的人每月交二十元钱。聂爱红对于一支舞可以跳两三个月略有不满，她听说银锭路下面的奥克斯广场那些舞队，一个月教一支新舞，但到底不在自家小区，没有归属感，就算认识些人也不能经常往来。跳广场舞，对她来说，健身当然是首要目的，交际也是一大动因。

聂爱红到场后，离开跳还有十分钟，这是她跟熟人们寒暄的时间。她喜欢评点别人的穿着打扮，也不一味赞美，而是褒中带点小建议。因为她穿着醒目，身架又高，对于有些土里土气的大妈来说，自有种无形的说服力。有些人在她的指导和鼓励下还真的焕然一新。时间一长，她成了这方面的权威。其实她还想挑战领舞者叶姐，但人家年轻时是正儿八经学过民族舞的，一举手一投足，瞎子也看得出跟别人不一样。聂爱红到底还有自知之明，晓得再练十年也赶不上人家，便改为对叶姐特别亲热，叶姐也对她高看一眼，把她当小组长用。队里有三个这样没有明确职务的小组长，主要是起到维持纪律、指导新手的作用。有的小组长执法从宽，聂爱红却一是一、二是二，该怎么站就要怎么站，手该怎么摆就要怎么摆，有时还拉下脸来，有的人未免对她生出几分畏惧，一些她其实很想听到的家长里短不敢摆到她面前来。聂爱红也有所察觉，曾想过改变一下，但转个念头，觉得自己在厂里二三十年都是这样，难道退休后为了跳个舞还要改变作风，算了，不勉强了。今天有几个大妈把孙子孙女带过来，这是聂爱红很反感的，恨不能当场斥退。但叶姐没有发话，她也不能去干这明显会招怨的事。叶姐教舞很有一套，就是太和气了，但又因为这和气，老的小的都喜欢她，所以她是无法被取代的。叶姐的理念是学得多不如学得精，一支舞要教到大家能上台表演的程度才肯罢休。这支舞跳了有一个多月，眼看差不多了，她今天又加了几个花样。有些手脚笨拙的人顿时面露难色。但那花样又确实轻灵动人，至少像聂爱红这样的人，看了之后就想学，目不转睛地盯着叶姐的慢动作。练习了几遍后，人群边突然爆出笑声。聂爱红扭头一看，原来有个三四岁的小女孩也在跟着跳，明显比她老胳膊老腿的奶奶跳得奔放自如，还摇头晃脑的。路过的人纷纷掏出手机来拍照或录像。不晓得是该笑还是该生气，聂爱红只能督促旁边的人跟自己一起把头扭过来，专心练习。

乐曲才响到一半，聂爱红额头上便感到一粒凉意，过了数秒，脸颊和脖子也有滴落感。她并不在意，继续踩着节奏。但当凉意由小粒转为大颗时，队伍便有些凌乱了，那些带娃出来的大妈们不待下令，便开始往东门撤退。潭州夏天的雨往往这样，时常毫无征兆地就来了。叶姐也停了下来，抬头望了望天，发话说想继续学的去车库，然后拖起便携式音箱，往南门方向走去。虽是冒雨前行，还拖着音箱，她依然走得有韵律感。约有一半的人跟着去了。聂爱红没有犹豫，还想上去帮叶姐拖音箱，但这活已被另外一位小组长抢先了。这位精瘦而有力的宋姐是叶姐的头号追随者，同时还是一位拥有专业单反相机的业余摄影师，她发在群里的精美照片，时常让聂爱红心生嫉妒。这一队热爱舞蹈和生活的大妈，在十栋屋檐的掩护下，直奔南门。南门的保安看见了，为她们的气势所慑服，又或者被她们的精神所感染，在岗亭里主动按开了人行通道闸。

到了车库中，聂爱红打量了一下队伍，发现跟来的都是年纪相对偏小的，大多在四十岁到六十岁之间，里面还有那个不知是四十多岁还是五十岁出头的男人。对于这个年纪的男人混迹于一群中老年妇女中跳广场舞，聂爱红觉得腻味，那感觉跟在蝴蝶群中看到一只苍蝇差不多。但他跳得又认真又规矩，也不乱跟人搭讪，聂爱红还真挑不出什么毛病，只是背地里嘀咕过一句，他应该去奥克斯广场跟人跳交谊舞。听的人笑笑地说，老鹿就喜欢我们这种舞，随他吧。聂爱红起初以为他姓陆，后来晓得是这个"鹿"字，心想，这还真是只老鹿。那音箱不知什么时候到了老鹿手中，这使得他有理由站在叶姐旁边，一副随时待命的模样。叶姐打量了他一眼，示意他放下。老鹿小心地将音箱停稳，面向叶姐，退到队伍中。

她们在六栋电梯间前的车库过道上继续跳舞。右边那头是车库墙壁，过道前后两边又都停满了车，谁都估计不会有车再来了。但跳得刚进入状态，一辆白色宝骏从下面的坡道冲了上来，没有继续前进，而是拐向了这边，两个大灯晃得人睁不开眼睛。

随着灯光逼近，大妈们都停了下来，却没有谁闪开。车主连按两声喇叭，那声音在近似封闭的空间中炸开，格外刺耳。

聂爱红忍不住喊起来，这里没位置了！

从车窗里探出颗形如枣核的头，上唇留着横很勉强的一字胡。

这是车库，哪个准你们在这里跳舞的？

你没看到外面在下雨啊？我们在这里跳，又没碍着你。

碍着我停车了。

这里没有空位了，你掉个头，去别的地方停吧。

我住在这边，就要停这里。

哎呀，你这人怎么不讲理。

哪个不讲理？你们才不讲理，还跑到车库来跳舞。

不是告诉你外面下雨吗？

那你们到别的地方去跳，别妨碍老子停车。

这里没空位停了。

没空位老子也要停！

你还乱停车。

这是老子住的地方，你管得着吗？

这也是我们住的地方，就不准你乱停！

聂爱红一手叉着腰，一手指着"枣核"。大妈们大多跟着拥了过来，在车头和两侧形成一个半包围结构。"枣核"到底不敢硬开，熄了火，跳下车来。

叶姐一直站在原地，见状便走了过来，其他人自动让开一条道。老鹿本来在外围的，此时也跟随她的步伐冲到前线。

从头到脚打量了一下叶姐，"枣核"说，你是带头的吧，快领她们走，不要等我喊物业来。

小老弟，物业来了，最先要管的是你把车子停在这里。

你们堵在这里，我当然只有停在这里，物业还会怪我？

我们是看到这里没有停车位了，才在这里跳的。这层还有空位，你到别的地方去停吧。不要等一下晚了，别的地方也没空位了。

这是车库，我想停哪里就停哪里。你算老几，还来管老子。

老鹿站了出来，老弟，都是住一个小区的，你态度好点。

我就这态度，你怎么着？一个大男人，跟群老女人跳广场舞，还好意思讲我。

老鹿涨红了脸，一时气得说不出话。

宋姐说，跳舞怎么啦？就你这素质，想跟我们跳，我们还不要。

聂爱红说，就是，还老女人，你家里就没有老女人啊，你娘未必比你还小啊？

"枣核"小眼睛鼓了出来，你扯到我娘身上干什么？

聂爱红用下巴指着他，我们的年纪比你娘也小不了多少，起码的尊老你要懂。

他娘是哪个？把他娘喊下来。

是的，让他娘来教育一下这个蠢崽。

"枣核"咬着牙，目露凶光。老鹿勇敢地踏前半步，挡在叶姐跟聂爱红前面。

这时一个声音劈了进来，你是不是又准备乱停车了？

聂爱红扭头一看，竟是周建成。

周建成才下楼散步就碰到下雨，只得转到车库来，已经把车库巡视了一圈，听到六栋这边吵闹，便过来看个究竟。见到那辆车，他心里便一紧，再看了会儿那人的表现，心想果然不讲理，但也不像是个有什么来头的人，尤其是眼神空洞，显得色厉内荏。见群情汹汹，周建成盘算了一下前因后果，决定趁势发难。

见他一张方脸上两个黑眼镜框，还踱着方步，像个领导，"枣核"一怔之后，声调稍降，但还是硬邦邦的，你又是哪个？

你早上堵着我的车了。

"枣核"目光跟他一碰，把头扭到旁边，不作声。

聂爱红立刻说，你看，你看，真是个没素质的，明明没车位，还要停在这里，又想堵别人的车了吧。

要不是我们在这里跳舞，他今天肯定又要把别人的车堵住。

他娘怎么教出这样的崽来？

他到底是住哪一楼的？

周建成拨通了小封的电话，说了几句，挂掉之后，大声说，他住二单元701。

"枣核"瞪着他，你什么意思？

什么意思？你今天要是又堵我的车，我总要晓得到哪里去找你。

你怎么咬定我要堵你的车？

这里没有车位了，你不堵我的车也会堵别人的车。

我堵别人的车跟你有什么关系？

这是小区，住在这里就要守小区的规矩。要是都不守规矩，那就乱了套，又何必花这么多钱买小区的房子呢？

这时两个值班保安赶了过来，大概小封在电话里跟他俩说明了情况，一来也不多问，勒令"枣核"先把车开走。"枣核"还不肯认输，提出她们也不能在这跳舞。这个理，保安驳不了，把征询的目光投向个子最高、站在前面的聂爱红。聂爱红也没跟叶姐商量就说，等他走了，我们就散。

见大妈们都盯着自己的车，像是想用目光将车划个稀烂，又想到她们已经晓得自己住哪儿了，"枣核"才意识到可能带来的后果，只有恨恨地钻进车，还丢下一句，就是你们这些人买了车位，害得老子没地方停。

简直不想再搭理他，但周建成还是抛出一句，负二层万千的车位。

"枣核"斜着眼，撇着嘴，老子就要停在上面，只有女的才在下面。

周建成一时愕然。大妈们反应比他快，纷纷顿足大骂，剁脑壳、流氓、娘卖×之类的词滚滚而出。有的干脆对着他的车猛吐口水。"枣核"竟没有再吭声，只顾着赶紧把车倒了回去，再拐向一个大家都看不到的地方。

进了轿厢，聂爱红仍愤愤的，对周建成说，跟这号人住一栋，真是倒霉。

叹了口气，周建成说，幸好，没在一个单元。

唉，现在的年轻人，像你这样知书达礼的不多了。

这话让周建成听着很受用，忍不住微笑起来，当然，也不好意思不恭维聂爱红两句。

哪里，哪里。聂姨你才是有气质有修养。

看你说的，我哪里有什么气质喽。你家冰冰才是又有气质又漂亮，跟你是郎才女貌呢，比我屋里那个强多了。

周建成心里极表赞同，但又不想这样公然比较，只是说，冰冰还要多向你学习。

我好喜欢你家冰冰的，跟个大家闺秀一样。

周建成微笑以对，心想大家闺秀未免过誉，小家碧玉那倒是当之无愧。

我跟你说啊，你屋里老娘，也要她出来跳跳舞，多活动一下。

那是，那是，多活动一下对身体好。

正是这个理。她要是愿意，我就带她去跳。我们这个舞队，大家都处得来，很团结很和睦的。我在里面也还说得起话的。

面对聂爱红的一腔热情和满脸期待，周建成只有说回家先问问娘的意思。出了电梯，聂爱红又叮嘱了一回，才放心而去。

五

这天晚上，周建成在枕头上跟刘冰密商了一回，一致认为老娘跟聂姨去学着跳舞利大于弊，起码的好处是减少跟黄家奶奶那种人来往。她到这里也有大半年了，平常也爱个干净，突然想起去捡垃圾，定是不晓得什么时候跟黄家奶奶搭上话，受到影响。但梁春花愿不愿去，他俩都没有把握，刘冰甚至能想象得出一开口便被她断然回绝的场景。周建成心知老娘只要回绝一次，这事基本上不用再提了，所以得慎重，讲究方法。苦思之下，心头灵光一闪，他轻声说出了一个法子。刘冰听了直叫绝，又在他脸上叭了一口以示钦佩和奖励。周建成也觉得自己有点小诸葛亮的意思，值得欢庆一下。奈何刘冰今天身上不方便，小两口只能在面上亲昵一会儿，又想着明天还要上班，方意犹未尽地松开彼此，勉力入睡。

第二天吃晚饭时，阳阳突然对梁春花说，奶奶，跳舞。

梁春花愣了片刻，随即说，宝宝想跳舞了，那也要等吃完饭才跳。

阳阳摇摇头，仍然说，奶奶，跳舞。

宝宝乖，吃了饭再跳。

阳阳又摇摇头，我要，奶奶，跳舞。

刘冰说，他是要看你跳舞呢。

梁春花几乎有点羞涩，奶奶不晓得跳舞哦。

阳阳眼睛突然红了，倩倩，奶奶，晓得，跳舞。

没想到这么小的孙子竟然会拿她跟别人奶奶比较，梁春花不晓得该如何回答，坐在那里发蒙。

周建成说，你奶奶还不晓得跳舞，要不吃了饭，你要奶奶带你去门前看跳舞。

我不想去看。要带你们带去看。

奶奶带！阳阳噘起嘴，眼睛又泛红。

梁春花心一下子就软了，好呢，好呢，奶奶带。

刘冰说，那你快点吃饭，不然奶奶就不带你去了。

阳阳做出努力吃饭的样子。梁春花瞅着他，笑得眼睛都眯起来。周建成觉得娘有了孙子之后的笑容，恐怕超过了她之前大半生笑的总次数。印象中她总是埋头做事，脸上无悲无喜，不起波澜，像村里那口老井。看着阳阳跟老娘相视而笑，他心里暖融融的，以至于忽略了刘冰递过来的诡秘眼色。

阳阳其实可以走路了，但还是不肯跟那辆"好孩子"离别，出门总爱四仰八叉地赖在里面，像个小太子一样，接受众人的赞美。他长相随刘冰，清眉细目，肤色白净，大家都说比女孩子还秀气。只是到了夜色中，这副好骨相，跟梁春花的核桃脸一样，变得不甚分明起来。梁春花单手推车，另一只手还摇着从周家村带过来的圆形大蒲扇。这通体发黄的宝物边缘用布包住，跟有些奶奶手中的塑料小团扇相比，不仅扇力巨大，而且古意盎然。那种塑料小团扇是外头的人进小区搞商业促销活动时发的，梁春花可从没看在眼里，送到面前来都懒得去接。塑料小团扇在小区已属于多数党，但也能见到有的奶奶摇着这种历史悠久的蒲扇。蒲扇党们路上相遇，会油然而生亲近之感。梁春花本不爱主动交际，但在小区里也结识了好几位奶奶，主要是手中这接头信号起的作用。这些蒲扇党大多来自乡间或小镇，最高级别到县城为止，像聂爱红这样地级市过来的人物，手中不是团扇就是精美的苏绣小折扇，这种土得掉渣的蒲扇，就算在过去那些艰难岁月中曾经用过，也早已无法泰然自若地擎在手中了。舞队中没有摇蒲扇的，这是梁春花站在边上观察了一会儿得出的结论，这愈发证明了她的看法：这些跳舞的跟自己不是一路人。但阳阳理会不到奶奶的心思，一个劲地说，奶奶，跳舞。奶奶，跳舞。

梁春花使劲摇着蒲扇，在心里说，奶奶不晓得跳，你喜欢看就看别个跳吧。

她心里的"别个"正是指聂爱红，她也早早看见了那个打眼的身影。也是当奶奶的人了，还穿着花裙子，吊起耳环，在那里屁股一扭一扭，手还要捏个兰花指，真的是看得人发毛。

妈，你也去跟着跳啊。

梁春花打了个激灵，侧头一看，刘冰不知何时跟了过来，旁边还赫然站着周建成。

梁春花猛摇脑袋，险些把脑袋摇脱。

我还要带阳阳呢。

你只管放心去，阳阳我们看着呢。

奶奶，跳舞，阳阳昂着头，屁股一提一落，双手扑腾如小鸟扇翅。

看着孙子，梁春花突然生出一种落进套子的感觉，进也不能进，出也出不来。她不忍对孙子发火，便把愤愤的目光投向周建成，仿佛已觉察出他是这一切的主谋。

周建成面带微笑，说声好热，上前把梁春花手中的蒲扇摘了过去，一边摇一边说，你跟着跳几下就会了，我记得你年轻的时候还跳过"忠字舞"呢。

梁春花不能也不想否认自己跳过"忠字舞"的光辉历史，心想，"忠字舞"，哪是这种妖里妖气的舞能比的？

这时一曲已毕，舞队中场休息。聂爱红不待刘冰呼唤，眼珠一转便察觉到场边的新动向，流水就过来了。

小周、冰冰，你们也来看我们老太婆跳舞啦。

刘冰说，哪里，你们都好有活力，好显年轻的。

我们人虽然老了，但都有一颗年轻的心，聂爱红打了句从鸡汤文中借来的文艺腔，满脸漾着不再年轻的皱纹，然后像发现新大陆一样，哎呀，你婆婆也来了。

她也想学着跳。

梁春花正想说没有的事，聂爱红已经拉起她的手，那太好了，欢迎！热烈欢迎！我早就跟冰冰说了，你人精干，身材好，好适合跳舞的。

聂爱红这般殷勤，梁春花再如何想甩脱那只手，也撕不下脸，只能扯出一角笑容，阮家奶奶，我不晓得跳咧。

都不会跳的，都是学的。你放心，我们都是跳过"忠字舞"、唱过"三句半"的，学这些比年轻人还快些。

梁春花陡然意识到她也是跳过"忠字舞"的，也是那个时代过来的，心头有些恍惚，不知如何就被带到队伍最后面，机械地摇起了胳膊抬起了腿。

刘冰激动地叫道，妈，你跳得很好！

看看老婆，再看看老娘形同木偶的动作，周建成想笑，却只有使劲忍住。

阳阳扑腾着身子和小手，奶奶，跳，奶奶，跳。

梁春花回望孙子，傻傻地笑了一下，又见崽和媳妇目不转睛地望着自己，突然大感羞涩，如梦初醒，再也跳不下去了，转身飞走。

妈，你怎么不跳了？

话音还没落，梁春花已经上了东门前的台阶。周建成和刘冰对视一眼，只有跟了过去。先是刘冰推车，但她穿着高跟鞋，走不快，周建成便上前替手，速度顿时大增。刘冰接过那把蒲扇，跟在后面。一个白领丽人，拿着这把古朴的蒲扇，虽在晚上，也迅速招来些诧异的目光。刘冰察觉后，连忙背起手，把蒲扇藏在身后，低头咯噔咯噔地走着。快到单元门口了，便见周建成和梁春花站在台阶边的柚子树下。她第一件事便是完扇归梁，然后才半是嗔怪半是惋惜地说，妈，你跳得好好的，干吗走啊？

什么好，丑绝了。你们也是，硬要我这把老骨头去出丑。

哪里丑了，阳阳，奶奶跳得好，对不对？

奶奶，跳得，好。

蛋壳大的人，晓得个什么？

刘冰望向周建成，希望他再说点什么。周建成却只做了个苦笑，率先走上台阶。

进轿厢后，周建成心里突然一动，按了负一，说是去看看车子。刘冰明白他担心什么，点点头，双眉微蹙。梁春花有点奇怪，等周建成独自走出，轿厢载着他们三人往上升时，她忍不住问是不是车子出什么事了。刘冰懒得跟她解释，只说没事没事，他可能是什么东西落车上了。

到了负一层，周建成远远看到那辆白色宝骏横在右边顶头靠墙壁处，心里松了口气。他背着手，踱到墙壁前，发现那家伙也算停得用心了，副驾那侧几乎贴住了墙，但其实还是别住了前后两辆车的进出。就算这两辆车的车主技术高超且有足够耐心，能够开出来，还是容易导致剐蹭。他摇摇头，心想，何必呢，妨人不利己。但这种妨人不利己的事，有些人就喜欢做，周建成也不是头次见到。他对这种人怀有难以抑制的憎恶，往回走的时候，甚至希望那两辆车的车主都是暴脾气，把那家伙的车砸烂才好，看他以后还敢不敢乱停。

经过自家车位，周建成心里又一动，本已走过了两步，又转了回来，围着车子细细查看了一回，发现左后车门有两道细而深的刻痕，顿时像被浇了一瓢凉水。虽然这车在外面停了整个白天，但刘冰所在分理处门口有员工们的专用车位，不太可能遭到此种无理虐待，唯一的解释就是那个家伙下的手。周建成气往上冲，起身往那辆车走去，边走边去摸挂在腰上的钥匙。走到一半，他猛然想起车库里有监控，便勒住脚步，停了数秒钟，又转身往电梯间走去。

到了一栋物管处，里面只有个值班保安，正半眯着眼打瞌睡。

周建成给他递了根烟，说明了情况，保安表示，调取监控可以，但得主任批准。但主任已经回去，只有明天再来吧。说完打了个哈欠，一副爱莫能助的表情。周建成说，那把你们主任手机号码告诉我，我跟他说。保安说，主任规定了，手机号码不能乱告诉别人。周建成板着脸说，我是业主，不是别人。保安说，主任是这么规定的，我也没办法。周建成忍不住喝道，你们是物业，物业是为业主服务的，这是最大的规定。保安说，我又没说不给你服务，但公司是这么规定的。我吃着公司的饭，就得听公司的。周建成掏出手机，打开录音功能，你说清楚，到底是你们公司规定的，还是你们主任自己规定的。保安不作声。周建成放缓了口气，兄弟，你现在给我看一下，未必你们主任会开除你。何况又是今天的事，你放一下回放就可以了。保安低头想了两秒钟，行，行，你进来吧。

录像显示，"枣核"七点半左右停了车，经过周家车位时，停下来看了两眼，又上下左右望了望，再继续往前走，然后消失在监控死角。看到此处，保安往椅背一靠，斜着眼说，可以了吧？周建成又给他发了根烟，再看看。过了五六分钟，"枣核"再度出现，这次是直接往电梯间走去。周建成推测他是从车位后面的空隙穿了过去，划了车门，再沿原路返回。保安没有反驳，只是说，为什么这么搞？周建成说了事情原委，保安也听同事论起过这个人，表示这种人他们也最头疼，又说没有直接证据，你找他他肯定不承认。周建成说不承认也得找他，又说这种人你们得想办法治治，不然还会惹出更大的麻烦，到头来还不是你们物业来了难？保安叹了口气，盯着屏幕，像是发呆。周建成晓得扯下去也没什么用，不过临走前还是再给他递了根烟。保安接过烟，突然诡秘地笑了笑，我们监控有时也会出故障。周建成习惯性地点点头，走出物管处，才明白保安的暗示，下意识地又摸了摸钥匙。

回到家中，刘冰见周建成脸色有点不对，问怎么去了这么久，是不是有什么情况。周建成正想释放心中的不安和紧张，也不隐瞒，一五一十地说了。刘冰哇了一声，你把他的车也划了？周建成说，你明天早点把车开走。刘冰点点头，对付那种人，只能这样做。周建成也点点头，心里却很懊恼，心想怎么碰上这号人，逼得自己一个堂堂政府干部，还提心吊胆地干划车的事。

梁春花在边上突然开口，这个人住哪一层？

周建成倒没意识到她也在听着，愣了一下才说，你问这个做什么？

你告诉我他住哪一层。

你不用去找他，这事我来处理。

你落心，我不会去找的。你就告诉我他住哪里。

知道老娘对付不讲理的人有她的一套，周建成说，二单元

701。

　　梁春花不再问什么，从茶几上取了颗素炒蚕豆，放进嘴里慢慢嚼。这蚕豆连周建成、刘冰都嫌硬，是梁春花的专供零嘴。起初刘冰以为她是舍不得买贵的零食，特意网购了大包去壳松子和开心果，盛满碟子，摆在茶几上。梁春花尝了几颗，便没再动过，继续专攻她那既没放五香又没放盐的蚕豆。刘冰的细致和体贴落了空，未免有些失望与不解。周建成说娘老子就好这口，那些零食还是你自己吃吧。刘冰只有叹服她牙齿真厉害。连嚼了五六颗蚕豆，梁春花方起身带阳阳去洗澡。

　　听到她进了卫生间，刘冰小声问，她不会去找那户人吵架吧？

　　周建成立刻摇摇头。

　　那她想干什么？

　　我也不晓得。也许她只是想表示一下关心。

　　刘冰轻轻嗯了一声。周建成又陪她坐了一会儿，然后去书房。他取出本封面已经发黄的《传习录》，打开扉页，上面用庞中华体写着"周建成贤弟留念"，落款是：愚兄　陆宗明，日期是二〇〇三年六月。算算时间，已是十年前的事了。以那时为界，前面的时光慢得像乌龟爬，有时还像糨糊一样停滞不动，后面的岁月，却越过越快，有时竟像马在飞跑，一闪就是一年，偶尔念及，竟有惊悚之感。感叹了一番，周建成随意翻开内文——

老陆送的是白文本，他一贯主张读古籍就得是白文，不懂便多读，读久了其义自见——跳入眼帘的是：

问："上智下愚如何不可移？"

先生曰："不是不可移，只是不肯移。"

周建成立刻想起"枣核"，这家伙显然是"下愚"。王阳明实在高明，一句话便说到点子上了：不是不可移，只是不肯移。待他"肯移"，无非被迫。总之，对付这种人，讲道理是没什么用的，"三句好话当不得一马棒棒"。当然，"上智"会有更好的办法，但自己显然不是"上智"，"上智"只有阳明先生这样的人物才当得起。如此一想，周建成心里的不安感消失了，点燃一支烟，悠然地吐出两个大小不一的烟圈。他的心思也随着烟雾飘荡开来，眼前浮现出老陆的面容。这老兄毕业后本来分配得不错，在一家大专教书，据说颇受学生欢迎。后来因为教学上的事跟系主任起了冲突，屡次被穿小鞋，一怒之下辞了职，四处云游，寻师访友，有时在民办书院讲讲课，有时竟住在寺庙里，也不知是如何跟宗教界人士搭上线的。日子倒是过得逍遥，但经济上未免窘迫。周建成有时会打些钱给他。当然，老陆并没有主动开过口，周建成也明白自己没有这个义务。他自问不是一个很大方的人，但老陆若是太潦倒，自己心里不忍。另一方面，他也仰慕老陆那种潇洒不羁醉心于精神生活的风范，有这样一个朋友，其实挺自豪的。这个夏天老陆在岭南一个书院讲阳明心学,学生都是些小少年。偶尔也发几张照片到朋友圈,大概因为书院生活起居有节,也饿不着,竟胖了一些。周建成希望他这次能够教得久一点,不要兜里才攒了几钱银子,又去外面游荡。他想现在国家层面提倡复兴国学,以老陆的才学,借这股东风,成名成家也不是没有可能。只是他一向述而不作,得劝他把心得整理出来,怎么说也会比那些东拼西凑的水货强一百倍。想到此处,他便给陆宗明发了条微信。回复很快过来了:正欲入寝,感弟美意,待梦醒后,再细思量。周建成微笑着摇摇头,仿佛受到陆宗明的感染,突生倦意,便起身洗漱去也。

六

对于梁春花半途逃走,聂爱红只是觉得好笑,并不气馁。她把这看作一个良好开端的一半,深信只要跳过一次,哪怕就那么几下,下一次拖她上场便容易得多。下午带着倩倩去楼下溜达时,她盼着能在电梯间或架空层游乐场碰到梁春花。就算这次不便直接发出跳舞邀请,也可以说上会儿话,联络联络感情。今天是个嫩阴天,虽然天空的云让人担着心,仿佛用手指弹一下就会淌下雨来,但温度低了好几摄氏度,大白天的,风吹在脸上,竟有几丝凉意。

倩倩最近迷上了游乐场的小滑梯,甚至为之冷落了曾经热爱的旋转木马。每天不到这里滑上十几二十个来回,便不肯安生。那蓝色塑料小滑梯，每次溜下来，又要沿着旁边的铁楼梯走上去。倩倩还走不太利索，总是连攀带爬地上去，聂爱红在旁边看着都替她觉得吃力。这么艰难而缓慢地上去，滑下来却只是短短一瞬。但就为这乐开花带尖叫的短短一瞬，倩倩不辞辛劳，反复攀爬，汗水满头，眼睛发光。聂爱红倒觉得小孩子要这样摸爬滚打，才能茁壮成长，所以虽然担着心，还是任她玩闹。她坐在滑梯对面的长凳上，不时向旋转木马那边瞟去。阳阳至今还是旋转木马的忠实粉丝，坐上去就不肯下来，每回都得梁春花把他跟木马强行掰开。今天那边却迟迟不见梁春花推着童车出现，聂爱红心想莫非她在沿着步道兜圈子。这些带小孩子下来玩的奶奶，不是在游乐场或者草坪上陪玩，就是推着童车以世界上最慢、最均匀的速度一圈又一圈地走动。聂爱红倒也不着急，反正小区只这么大，今天碰不到明天总会碰到。这架空层，就算在最热的时候，也阴凉，穿堂风一阵一阵地吹来。美中不足之处是蚊子多。聂爱红天生招蚊子，所以随身带着风油精。她已经拍死了好几只，但仍防不住移动更为迅捷的蚊子，腿上被叮了两个包。小区蚊子有两种：大灰蚊和花蚊子。大灰蚊叮上一口，肿得快消得也快；花蚊子则毒得多，被它光临过后，又痒又痛，肿块过很久才会消掉。这两个包均拜花蚊子所赐，聂爱红虽然狠狠地反复抹上风油精，还是压不住痛痒感，便站了起来。倩倩倒不招蚊子，何况下来前身上洒足了花露水，变成了一个小香香公主。尤其当她出汗之后，汗水和花露水味混合在一起，气味更加浓烈，估计再猛的蚊子也会被熏得晕头转向。她正在跟另一个小女孩争谁先滑下去。两个小孩玩了几下太极推手，倩倩到底有力气些，抢先滑下来。聂爱红看在眼里，暗觉欣慰，心想，到底是我的孙女。她回避那个小女孩奶奶心疼的表情，把目光投到架空层外，看到了梁春花和黄家奶奶。

黄家奶奶照例拎着她那个灰扑扑的蛇皮袋子，以千年不变的姿势躬身于垃圾箱边。梁春花手中倒没有袋子，而是推着阳阳。只见她放开推车，走到黄家奶奶身边，咬了好一会儿耳朵。黄家奶奶竟把已经收集的废品从袋子里倒出来，然后从垃圾箱里拎出包垃圾，放进袋中，转身往架空层走过来。梁春花又在后面说了句什么，黄家奶奶转过头，对她摇了摇手，然后上身与地面成一百二十度钝角，头一栽一栽地上来了。聂爱红连忙侧过身，将目光投向玩耍中的小朋友，余光却一直在捕捉她的身影。黄家奶奶目光盯着地面，步伐缓慢而稳定地穿过架空层。待她背影消失一小会儿后，聂爱红实在忍不住，叮嘱了倩倩一句，跟了上去。黄家奶奶已经到了一单元下面的大垃圾桶前，又从里面翻出一大袋垃圾，放进那个无所不收的蛇皮宝袋。这种袋装垃圾，一般是些剩饭剩菜、果皮果核、零食外壳、废餐巾纸，甚至还有避孕套和卫生巾什么的，总之，里面的内容是连废品店也拒绝收纳的，只能由环卫工送到垃圾站。聂爱红心中犯疑，待见她走进二单元时，心中疑云更重了，她虽然绝不搭理黄家奶奶，却很清楚，她是住在一单元的。

因为心头还挂着倩倩，聂爱红好奇心再重，也不能尾随过去，只有返回。她往对面望去，梁春花已不见踪影。按理说，她应该带着阳阳上来坐旋转木马。聂爱红觉得她应该看见自己了，那么，这是明显的回避。几分不快滋长出来，但比不快更压心的是疑云。之前上班的时候，厂里如果有什么事别人晓得了而她居然还不晓得，聂爱红会不舒服，而即便大多数人不晓得的事她也要想方设法打听出个一二三四，才会安宁。现在到了小区，她也明白这不是单位，各栋各户大大小小的事，那是任谁也不可能都清楚的。但眼皮底下的人和事，如果不清楚，依然会很不舒服。现在聂爱红很不舒服地坐在长椅上，一边跟蚊子进行搏斗，一边回放着阮家奶奶和黄家奶奶在光天化日之下密谋的场景以及黄家奶奶蹊跷的举动，越想心里越躁，无法再安坐下去，便不顾倩倩的恳求，提前把她带了回去。

经过连廊时，聂爱红发现2103房面向这边的小房间没拉上窗帘，纱窗后的玻璃窗也是拉开的。这小房间是个茶室，西、南两面贴墙立着博古架，摆着各色茶壶和茶盒，还有一饼一饼靠壁立着的纸包普洱茶。房中蹲着一方根雕茶台，似乎就涂了层清漆，隐约能看到许多疤节，上面团团摆放着一套茶具，有的杯中似乎还有黄黄的茶水。东面墙上挂着幅镜框，里面嵌着张水墨画，大概是兰草什么的。聂爱红心想，这小泼妇还讲点小情小调啊。小房子对面的房门也大开，能看得到靠窗的书桌和东面的书柜，桌上摆着台打开的手提电脑，书柜里可真是书，满满一墙。聂爱红还没来得及犯嘀咕，几声娇啼便蹿入耳中。那声音是从书房隔壁那间最大的房子中拐着弯传出来的，又痛苦又快乐。反应过来后，聂爱红忍不住暗骂一声，不要脸，大白天干这种事。她想重重地咳嗽一声，却咳不出来，又怕倩倩听到了，忙轻手轻脚走到门口，轻手轻脚开了门，轻手轻脚关上门，将倩倩送进儿童房，任她去玩娃娃，然后回到客厅，走到阳台上，临风默立，侧耳倾听。2103卧室窗帘倒是拉上的，但窗户半开着，那女子兴奋的叫声连连撞击过来。聂爱红听得咬牙切齿，直想大骂几句，却骂不出来，就像她有时半夜被儿子儿媳折腾的声音惊醒，却只能在心绪起伏中默默忍受。

我好不好？女的竟然这样叫起来。

你太好了，哪里都好！男人也叫了起来，声音很年轻，而且，不得不承认，很有磁性。

…………

聂爱红听得瞠目结舌，支持不住，转身逃回客厅，把推拉门关得严严实实。屁股在客厅沙发上一沾又弹了起来，她匆匆进了自己卧室，把门掩上，耳边仿佛仍回荡着激烈的交媾声和匪夷所思的浪语。在心里愤愤地骂了一千遍小骚货，她心潮才稍稍平息，再次琢磨着这女人到底是干什么的。不用上班。家里还有那么多书。大白天的招来男人干这种事。还那么讲究生活情调。简直是活得无法无天了。不行，这事一定要让大家晓得，不能让她这么放肆，这么得意。拿定主意后，聂爱红便等着那些上班的人回来，连做饭都难以专心，在手指上切出道口子。连忙跑去涂碘酒消毒，又粘上创可贴，再反复检查刀口，没有一点锈迹，才稍稍落心。但那疼痛仍然鲜明，不消说，这笔账得记在那个小骚货头上。

好容易等到阮中华与汪丽归屋，聂爱红便迫不及待地向他俩通报这一发现。阮中华却不甚惊奇，躺在沙发上懒洋洋地说，我早就看出她是个骚货。汪丽追问看到那个男的没有，长什么样？待听说只闻其声不见其人时，兴趣顿减，只是撇着嘴说，她一个没结婚没生崽的女人，又有自己的房子，还不是想干什么就干什么。

聂爱红不能容忍这种姑息，严厉地指出这女的不要脸，思想道德恐怕有问题。阮中华却说，这年头，哪个也不会管这种事。你以为还是你们那个时候哦。聂爱红对儿子的缺乏立场简直痛心疾首，眉毛竖了起来，该管的还得管，不然就乱了套。要是在我们那个时候，这是流氓罪，男的女的都要抓起来坐牢。

觉得婆婆反应有些过度，担心她干出什么出格的事，招来麻烦，汪丽说，妈，现在这算是自由恋爱，是合法的。聂爱红立刻反驳，自由恋爱不是乱搞，你们当初也是自由恋爱，但也没有……

后面的话，聂爱红说不出口，噎在喉咙里。对视一眼后，阮中华去阳台抽烟，汪丽进厨房端菜。没料到他俩是这个态度，聂爱红憋着满肚子的气，整个晚餐时间都没说一句话。晚饭后也没有看朋友圈，早早地下楼去了。

跟一众舞友传达这个情况的时候，聂爱红不期然收获了其他秘闻。宋姐说她楼下有户出租屋，里面住了两个年轻人，几乎每个星期都有那么一次两次，会带几个年轻妹子回来，关上门也不晓得如何乱搞一气。听宋姐欲言又止、话里有话的意思，那两个小畜生居然还不是一对一。聂爱红深受刺激，难以去想象那种场面。另一个舞友则透露，她楼上有个快五十岁的老板，在同一层买了两套房，大老婆一套，小老婆一套，两个女的居然相安无事，还常约着一起逛街。后来打听清楚了，这两位都不是正房，正房在乡下老家住着呢，据说是上千平方米的大院子，里面还修了座祠堂。等于正房在乡下替他守祠堂，他却在潭州风流快活。聂爱红说，太腐败了，这样的人怎么政府不管一管？那位舞友说，他是私营老板，自己挣的钱，爱怎么花就怎么花，政府哪管得了？随即又感叹道，人跟人啊，相差太远，没得比。说完有意无意瞟了眼老鹿。老鹿完全没反应，那副与世无争的神态仿佛在宣告：只要能跟叶姐学学跳舞，喝上两口保温杯里的绿茶，再打点小麻将，我就心满意足了。听说老鹿的前妻漂亮得像个明星，当然，老鹿年轻时人才也不差，就是不求上进，得过且过。日子久了，前妻嫌他没出息，跟一个大老板走了，连女儿也带了过去。老鹿得了大笔分手费，连带每个月还有一千多块钱的内退工资，日子倒还过得下去。聂爱红倒没想过要把老鹿跟那些人比，只是嫌他凡事太不沾锅，连这样振奋人心的八卦，都不肯插一句嘴。她又把话题扯回到2103身上，但论来议去，大家的意思竟然是这位在里头算是正常的。有人竟说像她那样的条件，运气好的话，还可以找个大学刚毕业的黄花仔。聂爱红未免泄气，跳起舞来也不甚得劲。到第三回终了，她也没像往常那样，再跟舞友们闲扯一阵，而是自个儿闷闷地先走了。

尽管有小孩奔跑，遛狗的人也随处可见，小区的夜晚总体上还是安静的。凝寂的路灯光被无处不在的浓密树荫压成一线或一点。有些不见人影的路段，听得到脚步声踩在自己心间的寂寞声响。聂爱红觉出了寂寞。她害怕这种感觉，哪怕跟人大吵一架，也比这种感觉好。但小区里的人，尤其是高层住户，是很难吵架的，彼此客气得像陌生人。不，本来就是陌生人，只不过恰好住在一起而已，虽然经常碰面，但彼此间大多竖立着一道无形的墙。舞友们虽然在一起时很热乎，但一散场，又像芝麻般散落在小区的各门各户中，基本上各不相关。甚至跟儿子儿媳之间，聂爱红也觉得有一道隔阂。只有倩倩是贴心的，但她太小，还不懂事。还有刘冰。多乖巧的一个妹子，要是自己的儿媳，该多好啊。这样的心声，也是不能说出来的，只能在静夜中暗自想想。当然，如果男人在身边，也是可以说说的。但男人太远了。聂爱红不禁有些埋怨他。然而她也明白这埋怨是没有道理的。他每月都把一半的收入打到卡上，隔两天要跟她视频聊天，这世道，这样的男人，越来越少了。当然，他也可以不去那边，但自己那些高级化妆品、时新衣服，又怎么维持？阮中华倒是对做娘的不小气，但两口子都是挣得不少花得更多的主，能够保证倩倩喝进口牛奶坐高级童车，也算是负起责任来了，不能再指望更多。聂爱红叹了口气，眼见六栋在望，入户大堂那盏莲花形大吊灯漫出亮白的光，遂挺了挺胸，努力从孤寂的感觉中挣脱出来。

还没走上台阶，聂爱红就听得有人在唤她，扭头一看，竟是刘冰，顿时精神一振。刘冰捧着两件快递，应是从十栋外面的超市取来的。那里有两个超市都代寄代收快递。物管处本也开辟了一处专门寄存快递，但下班后那个房间就锁了，反不如营业到十一二点钟的超市方便。聂爱红非要替她拿一件不可，刘冰慌得连连推辞，她却不依，还说，你跟我讲客气干什么？

见聂爱红语气和面容都比平常稍稍显得严厉，刘冰只得任她拿了上面那件——个头虽不小，但里面是双鞋子，拿在手里轻飘飘的。

你家小周呢，怎么没替你跑腿？

他今晚有应酬。

应酬好，男人就得有点应酬，一下班就回到家里，那是没出息的表现。但也不能太多了，太多了也有问题。

刘冰点点头。

你不急着上去吧？要不我们再散散步。

刘冰手上那件零食其实有点压手，但还是应着好。

她俩并未走远，而是在六栋前的草地间来回移动。这块草地凹凸不平，被花岗石路划成了九宫格，格子中隆起的草地像些微型山丘，而将身下压平的花岗石宽阔得让人感觉建造者毫不吝啬石料。这块区域接通前面四栋架空层的上行台阶，并非要道，来往人不多，实在是个散步的好地方。此刻月色朦胧，坪边几棵高树清影婆娑，适宜谈谈理想，谈谈人生的美好与遗憾。刘冰也以为聂爱红会跟她聊聊类似的话题，没想到聂爱红开口便抛出了一团疑云。疑云中不但闪烁着那个捡垃圾的老太婆令人不快的身影，还掩映着自家婆婆轮廓有点生硬的面孔，甚至爱儿阳阳竟也被带进那充满密谋气氛的现场（尽管是被迫的，无知的）。这最后一点让刘冰深感不安，甚至没有心情去思考她俩密谋的指向，只盼着周建成快快回来，好向他倾吐这心中的不安。聂爱红说完后，特意停顿了好几分钟，以便让刘冰消化这突然掷来的疑团。然而刘冰只是半低着头，抱着那件零食，眼神中泄露出惶惑与担忧，却没提出半点聂爱红所期待的分析来。聂爱红忍不住引导她，让她想想婆婆最近还有什么异常。刘冰突然想起昨晚梁春花的询问，脑中仿佛电光一闪，差点哦出声来。但这事肯定不能跟别人说的，哪怕是让她尊敬且亲近的聂姨，刘冰只有定了定心神，微微摇摇头。感觉她似乎有难言之隐，聂爱红心里痒痒的，几乎想当场"拷"问出来。但她终究只是邻居，还是个性格文静的小辈，不能逼问太急，若是惹她反感，甚至因此跟自己疏远，那就得不偿失了。聂爱红话锋一转，开始半遮半掩地描述她在连廊上的奇遇（当然，隐去了阳台听壁一节）。刘冰耳根发热，觉得不好意思听下去，但又暗暗希望她能讲得更详细清楚一些。至于过程描述之后的道德谴责，她倒没怎么入心，只嗯了两声，以表附和。聂爱红看得出她只是好奇，并无愤恨，不禁大为失望，暗想，现在的年轻人到底怎么了，没有一点廉耻心和是非观了？她还是不死心，说，这女人邪门得很，也不晓得是做什么的。

她家里那么多书，气质也好，应该是个有文化的人。

她有什么气质，还不是小狐狸精的气质。

刘冰倒羡慕2103那种天然的小性感，而且感觉她并未刻意显示，忍不住说，她从不化妆，连香水也没见她喷过。话一出口，旋即觉出失言，因为聂爱红比年轻人还爱粉刷脸面，而且身上的香水也喷得未免重了些，用梁春花的话来描述，叫作熏得蚊子落。

聂爱红果然倒竖眉毛，她那是故意隐藏，没想到还是露出了狐狸的骚屁股。

见她说得难听，刘冰没有搭腔。

聂爱红又刻薄了几句，突觉意兴阑珊，便提出上楼。刘冰求之不得，步履顿显轻快，但到底没有抢在聂爱红前面，而是和她并肩同行。到了大堂，灯光映照下，刘冰的脖子白皙胜雪，与那圈细而薄的金项链相互映衬，实在悦目。聂爱红看在眼里，有种说不出的酸楚和挫败感，以至于走进轿厢后，都不像往常那样欣赏一下对面的自我形象，而是直接转过身，把背影甩给那方客观得让人恼恨的镜子。

七

周建成当夜参加科室聚餐，散场后大家又被曹科长拉去K歌。他们综合科是大科，科长其实就是单位的办公室主任，即便有对外审批权的业务科室负责人也丝毫不敢轻慢。分管后勤的副主任老钱在单位也是呼风唤雨，到处都是笑脸相迎。周建成分管材料综合和文件接发，实权轻得像那些纸。当然，他还年轻，前程未可限定，所以至少得到大家表面上的尊重。一正二副端坐在包厢里，其他事自有科员们料理。经过曹科长点头，进来了四位陪唱的"公主"，其中三位分别对接正副三位科长，另一位便由一众科员分享。

周建成其实情愿把自己这位拨给那些兴奋不已的科员，但这样做那两位肯定都不高兴，只得学他们的样，一副理所当然的表情，而无视人民群众的僧多粥少。他的歌喉不敢恭维，勉强跟"公主"对唱了两首，便偃旗息鼓，喝起冰啤来。那位"公主"一边陪他喝酒，一边扭着小腰央求他继续点歌，他只有鼓励"公主"去唱。"公主"中意粤语歌，手执话筒深情歌咏时还不时给他飞个眼色。周建成认真盯着屏幕上的字幕，觉得香港那边的歌词还真写得不错，只是语法上稍显别扭。每当"公主"一曲唱毕，他便适时鼓掌，以示没有冷落她。曹科长抱着他的"公主"翩翩起舞，越箍越紧，搞得对方努力把上身后仰，艰难地保持着距离。其实科长夫人论气质论长相，都比这"公主"高了不止一个档次，若是再论谈吐学识，那更是不用比，周建成有些替他夫人不值，只能装作没看到。他想，不过就是年轻一些，就值得你当众失态？但曹科长沉迷其中，显然没有意识到自己的失态。"公主"好容易才挣脱他的"铁箍"，但又怕他生气，赶紧倒酒。曹科长非要跟她喝个交杯，"公主"大概觉得这比贴胸要好，倒也没有推辞，一饮而尽。曹科长说了声好，趁势以神速在她的嫩脸上叭了一口，然后哈哈大笑。一众下属也哄笑起来，有的吹口哨，有的喊道，再来一个！"公主"只能现出薄嗔之态，轻轻跺了下脚，然后溜到旁边去点歌。曹科长却还不放过她，叫道，来首《知心爱人》！

等他俩知完了心，周建成一看手表，还不到十点半，便给刘冰发了条微信，要她过半小时打个电话过来。接下来的时间里，他跟同僚喝了一圈酒，也请自己的"公主"跳了支舞，表现出积极参与、乐在其中的良好态度。待接到刘冰的电话，周建成并没有走出包厢，而是拔高腔调努力跟音响抗衡，冰冰，怎么啦？啊，阳阳发烧了，那好，我就回来，然后一脸抱歉地先行告退。曹科长虽然不乐意副手早退，但人家小孩发烧，那也是无可奈何之事。老钱戳出句，你家刘冰就是管你管得严，只要你出来玩，总是这里有事那里有事。周建成现出个苦笑，没办法，老婆的话不能不听。曹科长这时觉得应该表现出部门负责人的豁达和体贴，豪迈地一挥手，你快回去。周建成遂得以脱身。至于他们背后议论他怕老婆，那随他们说去，反正怕老婆不是什么坏名声，反而是好男人的标配。

回到家中，刘冰已经上了床，但没熄灯，靠在床头，捧着本杂志。追剧之外，她的另一传统爱好便是读杂志，以前是《知音》《家庭》《读者》等，现在是《父母必读》《上海服饰》《家庭医生》等。周建成曾遗憾她不怎么爱看书，但在如今的形势中，读杂志已经算得上深度阅读，毫无疑问值得鼓励和支持。见她在床头灯下眉目润泽神情慵懒，散发出白日里所没有的性感，周建成心头和小腹深处同时一热。但他还是勉强自己先去洗了澡。刘冰最爱干净，可不能让老婆嫌弃自己身上的味道。从谈恋爱到现在，周建成觉得自己的一个显著变化是从不太讲究穿戴到渐渐变成一个仪表整洁的男人。刘冰其实也没有强迫他注意修饰，只是她一个欢喜或嫌弃的表情，就让周建成自觉哪个地方该注意了。洗澡的时候他总是很放松，思维也格外活跃，不经意间冒出个想法：一个男人成为什么样，跟他的妻子有很大关系。同样的道理，一个女人成为什么样，也跟她的丈夫有很大关系。他觉得这个想法颇有思想深度，大可以拿出来跟老陆探讨。但得意过后，周建成突然想起了曹科长和他的夫人，又觉得这个命题不太能立得住脚，创造一通学说的兴奋顿时被淋浴龙头冲洗掉了。

等到了床上，周建成抱着刘冰香喷喷的身体，迫不及待想好好享受一番。刘冰却含羞带笑地扭动着身躯，阻止了他的进攻。周建成有些疑惑，以为刘冰对于他去KTV那种地方不太高兴，正想解释，刘冰却说了婆婆和黄家奶奶的诡秘行为。周建成一听便猜到了八九分，却并不惊讶。

刘冰对于他的不惊讶甚感惊讶，妈居然敢这样做？

周建成笑了笑，跟她说了一桩往事。那时他才五岁，但已经记事。有一阵爸被抽调去修水库，个把月不曾回来。村里有个家伙，喝了点酒，深更半夜来敲门。娘也不惊慌，悄悄开了后门，从屋后茅厕舀了半盆粪，再走到楼上，开窗瞅准了，兜头浇下去。那人被满身恶臭熏醒，骂都不敢骂一声，踉跄着赶去溪边清洗。因为天冷，回到家还病了一场。娘居然还邀了两个邻居，带着几个鸡蛋、一点红糖上门去看望。当然，主要是那家伙的老婆接待。娘在堂屋里甩下一句话，鸡蛋红糖，只是个心意，其实你们屋里都有。这些东西，其实还是各个屋里自家煮的香些。那家伙的老婆倒是心里明白，高声说，哪个讲不是呢？有的人吃着碗里的看着锅里的，没有遭天打雷劈，算是祖宗保佑。下次要还是这样，只怕没有这么好过了，老娘我也不得服侍。就这样，粪也泼了，话也讲到堂了，邻里间的面子也顾了。村里人都赞她拿捏得当，是个女将。那家伙此后见到娘，总是躲得远远的。

听得眼睛和嘴唇都变成"O"形，刘冰说，妈这么厉害？

你看不出来吧。她是不喜欢惹事，但哪个要是惹到我们家里，她就会奓毛。

什么叫奓毛？

你家里是没养过鸡，我们农村里，家家户户都养鸡。无论是公鸡母鸡，只要发怒了，准备进攻，全身的羽毛就会蓬起，好像炸开了一样，这就叫奓毛。

哦，我懂了，刘冰半闭上眼睛，随即说，哪个要是欺负阳阳，我也会耍毛的。

你要是耍毛，只会吓到阳阳，吓不到别人的。

讨厌，刘冰白了他一眼。

周建成嘻嘻一笑，打算继续发起进攻。刘冰却说，那个捡垃圾的，就那么听妈指挥？

她也是住在小区的，平常没有人理她，你以为她不在意？妈肯跟她打队，好像冬天里有人送炭火给她，心里肯定暖得很。这些底层劳动人民，虽然没读过什么书，但普遍讲感情，重义气。要他们帮忙，有时就是一句话的事。

刘冰心想，你妈也是底层劳动人民，跟她有共同语言。但这话，她不敢说出来，只是对着周建成意味深长地笑了一下。

周建成觉得这笑分外魅惑，一个翻身把她压在身下。刘冰咯咯低笑两声，突然想起2103那桩事，竟感到异常兴奋，一改往日慢热，积极迎送起来。周建成大感欢喜，差点没忍住，但到底还是咬牙深吸气，等着刘冰到了，才痛痛快快放了出来。

接下来两天，刘冰早上到了负一层，都会打量四周，那辆白色宝骏不见踪影，再检查自家骐达，并未有新伤痕出现。她落了心，并喜滋滋地对周建成说，看来恶人也怕恶。周建成说，那当然，随即又说，其实也是那个人蠢，逼得我们没办法了，才这样做。刘冰说，是的，哪个想干这种事啊？两口子交流情况和看法，是当着梁春花的面。梁春花只顾盯着电视，仿佛没听他俩在说些什么。

又过了一天，周建成经过二单元门口，碰到"枣核"从里面出来，头上缠着绷带。两人目光一碰，"枣核"全无往日那种生冷不忌的劲头，耷拉着头往南门方向走去。望着他的背影，周建成既觉得解气，又生出些担心来。他担心"枣核"这两天没有小动作是因为别的事受了伤，一旦伤好，只怕又会故态复萌。正思索间，有人从背后走过来，跟他打了个招呼。周建成扭头一看，是那晚给他看监控的保安老魏。他也住在小区，穿着常服，看来今天不用上班。周建成点头致意，见他脚跟并未移动，遂掏出烟来，递上一根。老魏粲然一笑，露出满口焦黑的牙齿。他五官端正，但气色黯然，眼神浑浊，令人不欲接近，却明显喜欢接近别人，挨着周建成的肩抽了口烟，然后压低声音透露了一桩事："枣核"挨了打，而且是被捡垃圾的那个老太婆的儿子打的。

周建成虽然难以忍受他的口臭，对此事的浓烈兴趣却压住了那股口臭，非但没有退后，还详细询问根由。原来"枣核"怀疑黄家奶奶连续两天把垃圾丢到他屋门口，说有邻居看到了，找上门去，黄家奶奶坚决不承认，直翻白眼。"枣核"对她咆哮了一通，惹火了黄家奶奶的儿子，冲上来当胸推了一把。"枣核"哪肯咽下这口气，两人就对打起来。没料到黄家奶奶的儿

子会拳脚，"枣核"被打破了头，也没伤到他一根寒毛。事情
闹到物管处，把监控调出来，这几天没看到黄家奶奶进过二单
元的电梯。"枣核"又去叫邻居做证，邻居见到这个阵势，支
支吾吾，只说看到黄家奶奶进过二单元，至于是不是上过七层，
那就搞不清楚了。物管处的人本来就烦"枣核"，见状便表示
无凭无据，我们也管不了，又说你这种性格，也得改一改了，
不要得罪了人还不晓得是哪个。"枣核"又去找派出所，片警
跟物业了解情况，物业也没说他好话。片警遂说这事你错在先，
无凭无据，就上门去凶一个老太婆，手指也戳到人家鼻子上了，
也怪不得人家儿子动手，最好自己协调解决。"枣核"提出赔
偿一万元医药费。黄家奶奶的儿子说自己一个开出租车的，要
养老娘老婆小孩，每月挣多少花多少，要打就打，钱是没得赔
的。"枣核"便扬言喊人过来，对方冷笑一声，说有多少喊多少，
我别的没有，会打架的朋友倒是有一帮，动拳头动家伙都随你来。
"枣核"骂骂咧咧之后，就没了下文，估计是喊不动人，或者
是怕跟这些真正能打的人对阵。

周建成听完原委，一身轻快，这种人，看上去凶，其实内
里尿得很。

是啊，等于白挨了一顿打。

周建成和老魏相视一笑，正欲走开，又转过头来问，那他
的车现在停哪里了？

哎呀，就停在你们那边负一去负二的坡上。我们也拿他没办法，只要不妨碍行车，随他去。

周建成没怎么走过那里，印象中是只有十米出头长的一面直坡插到负二层，却有六七米宽，如果靠边停，只要不是上下同时来车，倒也不碍事。但那毕竟是过道，挨擦的可能性明显大于停在车位里。看来这个人宁肯被夹在中间，也不愿摆在下面，也算不忘初心。只是这种心理古怪可笑，坚持下去，无非妨人害己。他轻轻叹了口气，又微微摇摇头，对老魏的无奈表示理解。

到了电梯前，周建成手慢了一拍，眼睁睁地看着 G 变成 1，好在另一架电梯从负二升了上来。轿厢门开了后，里面站着那个住在十四层的平头男子。周建成自己也理平头，带点鬓角的大平头，这男子是更加干净利落的小平头。看到他的身形和眼神，周建成心里一动，疑心这就是黄家奶奶的儿子。但两个平头很少碰面，都还没熟到可以点头的份上，开口询问更是冒昧，依然只能相对静默，共同聆听轿厢上升的响动。

吃中饭的时候，周建成问梁春花，黄家奶奶住哪一层？

十四层。何事？

没什么事，就关心一下，她不是和你熟吗？

她是个好人呢，勤快得很，又不多讲话。

周建成连忙表示同意，又说，她经常捡废品，看来屋里经济状况还是不太好。

她跟我一样呢，没工作。

那她房子是租的还是买的？

买的，就是隔壁那种小的。

小的也有九十平方米，那她屋里还有点钱。

是他崽的。

他崽是做什么的？

当兵的，也是个老实人。复员回来，没有关系，找不到单位，就买台出租车，跟别人合起开。跟他娘一样，也是个苦八字。

哦，我好像碰到过，比我高半个脑壳，也理个平头。

正是他。

他看样子好像练过把式。

他是喜欢练把式。天台上有个沙袋，就是他吊在那里的。我有时下午去晒衣服，看到他在那里练。

黄家奶奶那个样子，没想到还有个这么威武的崽。

他是替他爸爸。他爸爸过世得早，黄家奶奶吃了好多苦，才把他带大的。还好，他还算孝顺，硬要接她过来，不准她一个人待在乡里。

周建成叹道，那也是应该的。

应该不应该，反正看个人良心。没良心的人，你再辛苦他也不心疼。

周建成点头称是，过了片刻后说，等快过冬了，我把爸爸接过来住一阵，最好在这儿过完年。

那还要看他心不心愿。

周建成笑道，他主要是在乡里待惯了，又舍不得那几块田。

那几块田，种了一辈子了，也种不厌，比对婆娘对崽还上心些。

周建成不好附和，也不能反驳，只得埋头专心吃饭。等到快吃完时，他说，爸爸今天给我打电话，讲地里种的、溪里捞的、山上摘的，他一个人根本吃不完，冰箱里也装不下，好多都发霉变烂了，问能不能把剩下来的全部寄过来。我讲我们也吃不了这么多。他讲城里人不是爱吃什么天然食品吗，我们家都是全天然的，能不能卖给你们小区的人。我讲除非是你愿意卖，他就没作声了。

我怎么卖？

就摆个小摊。十栋外面那一块是属于小区的，城管不会来管，也不会收摊位费。那几个摆摊的都是住在小区里的。你有空就去摆一摆，肯定比收废品赚得多。再讲要是任由老家那些好东西烂掉，确实可惜了。

梁春花不作声。周建成也不再劝，吃完饭后便起身去卧室。

八

2103 的动静,现在成了聂爱红心尖上的首要关注点。每天清早起来,上了厕所后,她都要先到客厅阳台站上一站。在朋友圈中她是这样表述的:早晨第一件事,是站在高高的阳台上,迎接晨风的吹拂。这当然也是事实之一部分,但秘而不宣的另一部分事实是,她在努力尖起耳朵捕捉晨风从 2103 那边带来的声音。下楼锻炼时,聂爱红在连廊上停留的时间远远长于从前,虽然保持着眺望远方的美好姿态,但脸微微侧向进出口那边,心里暗暗希望 2103 的门悄悄打开,从里面滑出一个做贼般的男人的身影。至于白天经过时,2103 的茶室,还有旁边卫生间,她都要狠狠地戳上几眼,恨不能用目光在窗户和窗帘上打个洞。只是自上回后,2103 这边的窗帘又恢复了拉得严严实实的常态,让聂爱红暗自怀疑里面那个女人觉察到了什么,这怀疑又激起了她更大的打探兴趣。她甚至暗示阮中华和汪丽这两只夜猫子在她睡觉后替她继续监听那边的动静。阮中华觉得老娘简直有些无聊,再说这么宝贵的时间,应该尽量投入打游戏的伟大事业中。汪丽在这方面终究比阮中华有好奇心,去阳台上侦探过两回,得出的结论是,2103 这么年轻,又不用上班,竟然睡得那么早,简直有些变态。这变态和早睡联系在一起,听上去扎耳,聂爱红瞪了她一眼。但汪丽从来就不是一个会说话的人,聂爱红也只能用有口无心来安慰自己。

经过一段时间的密集侦察，聂爱红能勾勒出 2103 大致的生活轨迹：早上七点左右下楼，应该是去外面吃早餐。上午闭门不出，只能听得到里面音乐的声音，不是古琴就是钢琴，旋律特别柔和的那种。下午音乐换成萨克斯或轻摇滚，有时还会在三点之后唱唱卡拉 OK。她那套音响确实不错。她有几个闺蜜，通常是晚上来拜访，每当那个时候，茶室里灯火通明，笑语吟吟。聂爱红从连廊上经过，若是见此场景，每回都暗暗咬牙切齿，那些或清脆或娇嗲的笑语像针扎在心上。有次她竟梦见自己坐在 2103 的茶室里，和她们一起品茶低笑，谈论各自的人生和理想，好不惬意。醒来后深自愧悔，痛责自己怎么会做这样的梦，怎么会想到和那样的女人谈论人生和理想。好在 2103 绝不会知道她曾做过这样的梦，聂爱红也就得以继续保持对 2103 的鄙视和憎恶。

最令聂爱红愤怒的是，2103 竟然有两个男朋友，或许还有更多。起初聂爱红很想把那两个在电梯间前的过道上打过几次照面的男人定位成嫖客，但人家明显不是：一个戴无框眼镜，身材修长，发型、手表、手包、衬衣、西裤、皮鞋均极考究，虽然看年纪已近四十，但儒雅潇洒，风采着实不凡；另一个充其量也就二十六七，浓眉星目，肌肉鼓鼓，总是一身名牌运动装，还背着个双肩运动包。无论哪一个，看样子找个年轻漂亮的女朋友都不是什么难事。两人却都盯上2103这块已不算很年轻的骚肉，轮流上门，彼此相安无事。她把这激动人心的发现传达给阮中华和汪丽。阮中华瞪圆了眼睛，过了片刻才说，还有这么搞的？汪丽则撇撇嘴说，那不叫男朋友，叫床友。

聂爱红头次听到这么新鲜的名词。床友，什么叫床友？你到网上去查喽。聂爱红草草吃完饭，朋友圈也没心思去发，就在手机上搜索起来。关于床友的文章一大片，聂爱红选择性地看了几篇，便彻底明白是怎么回事了。其实汪丽还难得地文雅了一下，床友其实还有一个更直白也更粗俗的称呼：炮友。聂爱红想象着2103躺在床上，叉开两腿，挨着来自不同男人的炮火，心潮澎湃，意气难平，暗想这是什么世道，由得这种骚狐狸活得如此娟，要是落在毛家爹爹手里，枪毙十次都有余。只是2103娟归娟，却每次只跟一个男人娟，还没发展到像某篇文章中写的，跟两个男的一起娟，或者再喊上个闺蜜一起胡搞。若是那样，真要打110，举报她聚众淫乱。

聂爱红在内心深处竟希望看到这样的局面，盯得愈发紧，甚至带着倩倩外出竟像是一种掩护。但2103从不越这个雷池半步，她像一个狡猾的妖女，轮流接收来自不同男人精气的灌溉，所以水色才好得那么可恨。聂爱红甚至把她想象成一个千年老妖，靠着采阳补阴才显得这么年轻。只是这种刻画过于荒诞，聂爱红自己也觉得不可信，所以终于没有宣扬出去。

2103 最近的动向是屋里多了两只猫。聂爱红估计是她的一个无耻炮友先送了她一只，另一个不甘落后，随即也送了一只。2103 接了这只，便不好把那只拒之门外，便一并笑纳。其中一只通体雪白，眼睛如同碧玉，高脚长身，神情倨傲，在小区草坪上散步时，其他人家的猫都自惭形秽，自觉保持距离，连那些痴情的小母猫，也只在不远处探头探脑，期待某一刻雪猫王子能够和自己对视。但雪猫根本不屑一顾，它只允许同室的小花猫跟自己亲热。那小花猫身形娇小，相比之下，头显得特别大，眼睛更是大得出奇，两只耳朵又尖如刀削。它一点也不傲慢，总是萌萌的，连聂爱红也不禁承认它真的逗爱。两只猫跟随在 2103 左右，组成了一个牢不可破的小圈子。能够对它们构成威胁的是小区里的狗。大眼小花特别怕狗，无论是大狗小狗，它一见到就会蹿到 2103 怀中，缩成一团，然后探出头，栗色大眼睛露出惊恐之色。雪猫则龇牙竖毛，露出凶悍本色，看上去像极了一只微型豹子。但限于体量，它毕竟敌不过大狗，只能飞身上树，迅捷得像一道白色闪电。或许是这个缘故，2103 对狗显然没什么好感，远远看到就会回避。但有时是回避不了的，特别是轿厢门打开，里面突然探出一只头，虽然被狗绳牵着，但与猫们乍遇，少不得彼此大嚷一番，弄得电梯间的气氛惊恐不安。2103 却并不因此把雪猫和大眼小花禁锢在家中，时常要带它们出来放放风，望着它们在草地上翻滚，或者在树上攀爬。

那时她的眼中会闪烁出快乐的光芒，仿佛正在翻滚和攀爬的是她自己。那种情境中的她，神态像极了一个崇尚自由的单纯少女。聂爱红若在此时看到她，竟往往会忘记对她的憎恶。

倩倩特别喜欢大眼小花，只要看到它出现在草地上，便会欢叫着直奔过去，聂爱红在后面喊也喊不住。大眼小花也喜欢倩倩，非但不躲开，还会绕着她打转，逗得倩倩咯咯直笑。但没笑上几声，就会被随后赶到的聂爱红强行抱走。大眼小花纵然可爱，但因为跟2103沾上了关系，聂爱红断不允许自己的嫡亲孙女去亲近，再者她也担心小动物身上有什么病菌或寄生虫，虽然2103这两只猫看上去跟它们的主人一样干净。她抱开倩倩的时候，会刻意睨不远处的2103一眼。2103却不拿正眼看她，慵懒又傲慢，彼时神态真是像极了那只雪猫。

雪猫对倩倩没有表示出好感。事实上，它对主人之外的一切人类都保持着那种疏离而傲慢的姿态。如果不是大眼小花喜欢倩倩，雪猫恐怕不会允许倩倩接近自己的伴侣。倩倩也本能地跟雪猫保持距离，从不试图去接近它。她跟聂爱红表达了如下观感：大白猫，好可怕。聂爱红顺势巩固了她的态度：对，大白猫是只坏猫。倩倩立刻说，小花猫，好猫。聂爱红便不作声了。她想那只雪猫跟2103真是一个坏子里出来的，小花猫跟着这两个货色，真是委屈了。那么乖巧的小猫，该是刘冰养着才对。但刘冰天天坐柜台，据说上个厕所还要请假，哪有空招呼猫？2103却过得这么悠闲自在，老天爷真是太不公平。但话说回来，老天爷什么时候又公平过？想到此处，聂爱红发了条朋友圈。

聂爱红发现2103几乎不看手机，想必更没什么兴趣发朋友圈。她那台苹果总是塞在裤兜或口袋里，从里面蜿蜒出两条细长的黑线，一直伸到她的耳中。只有来电时，她才会暂时停止听音乐，但并不取出耳塞，直接对着手机说话，有时是地道的潭州话，有时是标准的普通话。潭州话本来腔调呛人，但从她嘴中蹦出来，有种嗲嗲的感觉。好几次接到电话后，她会反身回家。聂爱红便不顾倩倩继续玩耍的强烈请求，最迟再过十分钟，便会上楼，守在连廊那里。果不其然，要么是那个中年男子，要么是那个青年男子，从电梯里神采奕奕地出来。面对连廊那边投射来的审问目光，中年男子视而不见，神情轻淡悠远得像天上的云；青年男子则以一脸阳光轻易就化解掉了这种审问。聂爱红不晓得他俩进屋后跟2103说了自己在连廊上的事没有，只是觉得音乐声比平常大了些，但仔细听听，好像也没大多少。她想应该是会说的。但2103把她当成了空气，叫床叫得似乎更加肆无忌惮。聂爱红只能小声咒骂，死了脸的，都是些死了脸的。

刘冰听到"这死了脸"的行为，果然如聂爱红所料，羞红了脸，仿佛干出这事的是她。聂爱红说，你看看，跟这样的骚货做邻居，真是倒了血霉。没想到刘冰小声说，这都是你情我愿的事，只要不违法，哪个也拿她没办法，聂姨你就当作没听到吧。聂爱红一怔，严厉地注视着她，你们年轻人是不是都这么开放？刘冰脸上的羞红本来已淡，这下唰地连脖子都红了，嗔道，聂姨你说些什么呀？聂爱红这才觉出失言，连忙辩白，我不是说你，你这么规矩，跟她根本不是一路人。刘冰瞟了她一眼，正色说，聂姨，别人的事，我们还是少管吧，然后径直向自家连廊走去。望着她苗条但不会扭腰的背影，聂爱红感觉要在舆论上把2103搞臭，确实存在一定难度。

本层的舆论造不起来，聂爱红便再次把希望寄托于舞队。有些舞友对男人这么搞并不惊异，甚至表现出理解之宽容，但听说2103一个女的也这么搞，顿时义形于色，纷纷表示谴责。有人指出，这种行为，不要说五六十年代，在八十年代严打的时候，也会抓起来枪毙。有人开始回忆那个时期，说有个女的喜欢跳舞，把家里开辟成一个小舞厅，聚集了一帮男男女女，还跳贴面舞，结果被当成女流氓头子抓起来，挨了枪子。叶姐说，那时候也太过了。聂爱红立刻说，是过了点，但现在又太松了。宋姐表示同意，说现在的男女也太随便了。人堆中突然发出悠长的哀叹，我们真是太亏了！聂爱红大惊失色，把目光照向那个满头卷发的婆子。"卷头发"将头一缩，舌头一吐，不再发言。众人陷入尴尬的沉默中。过了片刻，还是老鹿打破了沉默，快跳舞呢，年轻人搞他们的，我们搞我们的。

聂爱红觉得他这个"搞"字用得很暧昧，明显混淆了两种截然不同的行为，正想着怎么驳斥，音乐声已经响起，老鹿跟着叶姐欢快地扭了起来。看着他精瘦灵活的身段，再望望风韵犹存的叶姐，聂爱红突然产生了一种猜测。叶姐虽然也年过六十，但因为常年跳舞，性格又开朗，看上去只有五十出头。老公前几年病逝了，儿子接她过来住。家里条件好，房子是小区中最大的那种户型，有一百四十平方米，还请了保姆。叶姐平时都不用做饭，只是帮着带带孙女，有大量的时间用来养生交友。老鹿虽然比她小了十岁，但两人站在一起，倒像年岁相仿，当然，老鹿还是稍稍显年轻一些。他虽然从来没有当众谈论过叶姐，但瞎子都看得出来，此人是叶姐的忠实追随者。以聂爱红的经验，这种闷不作声的人，背地里搞动作的可能性很大。但叶姐素来端庄，在这个圈子里地位和威信又是最高的，可不能随便乱说。聂爱红甩了甩头，想把这点猜测从脑袋中甩出来。但她脑袋里还有更多乱七八糟的想法和场景，毋庸置疑，都是2103带来的。甚至聂爱红在扭腰摆臀的时候，也联想起了2103在床上的动作，不禁耳根发热。她对自己说，呸，呸，少去想这些恶心的事。但越禁止去想越是忍不住想。她想起自己没有性生活好几年了，又想起年轻的时候，连做这种事都是一本正经，像在例行公事。那个婆子悠长的哀叹又一次响起在耳边：我们真是太亏了！聂爱红在脑袋中坚决否认这种看法，但心却恍惚起来，连带舞步也变得恍惚，差点撞到别人。

九

2103有男人出入，梁春花也撞见过好几回，但她闷在心里，连周建成那里都没有说上一嘴。这种事，以前在村里见得多，只要不来撩自家人，她从来都视而不见。用村里一个老辈的话讲，叫管天管地，管不到裤裆里。何况2103又是没结婚的，这又是城里。在小区住上这么段日子，梁春花已经看明白了，这地方跟村里，完全两码事，都是关上门来各过各的日子，连自家门前雪都不用去管，自有保洁打扫，更何况他人瓦上霜。这样子人情味是淡薄许多，但清净、省心，也好。除非是碰到崽的车位被堵车子被剐那种事，避无可避，忍无可忍，梁春花才会出手，其他情况，她恪守老辈的教诲：多一事不如少一事。

上午带阳阳在下面转了两圈，乘电梯回家时，不但跟聂爱红同路，轿厢里还站着个老头子，大短裤，白背心，胡子拉碴。他按的是二层，见梁春花跟聂爱红都是去二十一层，突然眼睛朝天抒发心声，还是住二楼好，一下就到了。这种心态，梁春花太熟悉了，村里的人见到隔壁房子高出一寸，都会红眼，何况高出这么多层。她装作没听到，聂爱红却动了气，冷冷地说，高层要有钱才买得起的。"白背心"差点跳了起来，扯着喉咙说，你以为只有你家里有钱哦？我告诉你，我崽一年挣二三十万。聂爱红翻了个白眼，哦，挣二三十万啊，还舍不得买高一点，只怕是用嘴巴挣的吧。"白背心"气得浑身发颤，但又无法立刻证明那一年二三十万并非凭空捏造，情急之下，边走出门已渐开的轿厢边回头骂，地主婆，老妖精，一看就晓得是吃剥削饭的。聂爱红半生为无产阶级先锋队服务，一听竟然被诬陷为吃剥削饭的，立刻瞪圆了眼，戳指大骂，老特务，臭流氓，你嘴巴里喷什么粪？又穷又酸，还在这里扮式样，不怕丑了你先人？若非倩倩在身边，看她那架势，是要追出去继续骂的。"白背心"在外面又回了两句，但没有再按开启键。盯着已经关上的轿厢门，聂爱红胸脯仍一起一伏。事情就横在眼前，梁春花不得不出声，算了，跟这种人怄气，划不来。聂爱红板着脸没作声，只睨了她一眼，仿佛在质疑她是不是住二十一楼的。晓得她是气自己没有助阵，梁春花也懒得辩白，低头去哄受到惊吓的阳阳。让她真正在意的是，人家倩倩一个细细妹子，倒不怕，反而两眼放光哩。

　　阳阳其实也不算太胆小，只是文静温和而已，但在倩倩小女侠豪气逼人的反衬下，便显得缺乏男孩子应有的胆大。他不但怕猫，还怕狗，大狗小狗都怕。倩倩敢摸猫，敢跟小狗玩，但面对大狗，还是会紧张。最近2102换了租户，住进了一对青年男女，养了只大狗。那狗长毛尖嘴杏子眼，样子倒不凶，但几乎有半人高，离得近了，还能感受到它嘴中呼出的热气。不要说阳阳和倩倩，聂爱红碰上了，腿肚子都有点发紧。梁春花是在遍地中华田园犬的村里长大，倒不怕火，但她熟知狗性，担心大狗突然发作，咬伤小孩，那可不得了。也是怕什么来什么，走出轿厢，竟然看到"长毛"独自在西边连廊上溜达。见到有人出现，"长毛"一溜小跑就过来了。聂爱红连忙将倩倩抱起，退后两步，站立不动。梁春花则迅速将推车右转，往自家连廊方向快速挺进。但连廊门是锁上的，她边掏钥匙边对半开着门的2102喊道，你们屋里的狗出来了，快来牵进去。

连喊两次，门里才出来一个年轻女子，大约二十出头，嘴唇红得可以当场在白墙上印出花来，穿了件低领无袖装，两球乳房有四分之一露在外面。她那双熊猫眼转了一轮，喊了声九九。九九摇着硕大的尾巴，擦过聂爱红的长裙，钻回屋中。这女子连抱歉的笑容都不冒一个，便准备关门。聂爱红说，看好你家的狗。"熊猫眼"用目光刮了她一下，我家九九很乖，不咬人的。聂爱红说，等咬到人就晚了。我们这层有两个小孩，你要注意点。"熊猫眼"没再作声，把门关了。聂爱红跺了下脚，什么素质？梁春花叹了口气，又摇摇头，走进已经打开门的连廊。聂爱红冲着她的背影问，你家有业主的电话吗，要跟他反映一下这事。梁春花回过头，我不晓得咧，回头问一下我崽。聂爱红说，你记得问呢，你们要是不方便打我来打。梁春花木着脸没作声，心想，我当然记得，你怕咬了你屋里倩倩，我还怕咬了我阳阳呢。等开了里面的门，她又想，我不像你，上门找事，但找上门来的事，我也从来没躲过。

周建成中午回来，听梁春花一说，眉头立刻蹙起，说等一下上班的时候去物管处跟他们反映，不但要业主出面，他们物业也要上门。梁春花说，那你不迟到了。周建成说，我早点过去。梁春花说，你工作重，中午还是要多休息。我反正有空，下午去跟他们慢慢细细讲。周建成说，你去讲什么？梁春花说，你还怕我讲不清楚？周建成想了想说，要讲你就喊聂姨一起去讲，见她不吭声，又说，两个人去，物业会重视些。你一个人去，口讲无凭，多个人，也是多个见证。梁春花嗯了一声。

聂爱红午休得睡到下午三点。梁春花却不用睡午觉的，但阳阳得睡上一觉，也差不多是三点醒来。去敲门的时候，聂爱红刚洗了把温水脸，元气重新满仓。见梁春花主动来找自己，她意外且高兴。阳阳哥哥头次上门，倩倩更是恨不得把自己的玩具和零食全部奉献出来。如果不是双方老人不放心，他俩足可在屋中过一下午的家家。到了楼下，正好撞见黄家奶奶。见梁春花跟聂爱红一起，黄家奶奶睨了一眼后便收回目光，弯下腰继续她的翻垃圾大业。聂爱红只想昂首快步走过去，梁春花却上前跟她打招呼，又说了两句。黄家奶奶稍稍直起腰，这事要去讲，到处是狗，我都看不惯了。聂爱红还是头次听她开口，宁乡口音，声音嘶哑得令人心里一紧。梁春花问，你去吗？黄家奶奶说，去，一起去讲。聂爱红很不乐意，但也不好出言反对，遂闷闷地走在前头。

三个风格迥异的奶奶和两个搭配协调的小孩到了物管处，却发现2103坐在前台沙发上，正在跟几个工作人员交谈。她穿着件白色高领无袖对襟衫，配条黑色敞口裤，都是真丝面料，双腿并拢且稍稍往左倾斜，双手放在膝盖上，竟像个修洁有度的职场女性。聂爱红听到"不拴绳""不戴嘴套"几个词，便明白她也是为狗的事而来。当中一个年纪最长的中年妇女表示，要求拴绳是完全应该的，戴嘴套得看住户意愿，但我们也可以提一提。2103立刻说，光拴绳不戴嘴套，流于形式。大狗真要扑人，其实是牵不住的，只有戴上嘴套，才能从根本上防患于未然。其实这也是为了你们好。万一伤了人，你们物业没有出台相关防范措施，也要负责任的。中年女子说，我们其实也做了很多劝说工作，可有些人就是不听。2103说，不听你们就要采取强制措施，不然我们业主出物业费养这么多人做什么？那还不如用这些钱另外请人来打理。中年女子脸色顿时不太自然，但也没有反驳，而是将目光掉转，你们有什么事吗？

聂爱红没想到2103会抢在前头说这事，自己若开口，就变成附和她了，一时没有搭腔。梁春花却想着聂爱红肯定会先讲，嘴巴也是闭着的。黄家奶奶见两人嘴巴都像糊了胶水，遂愤愤地说，还有什么事，就是狗的事。她攥着个灰扑扑的蛇皮袋，头发乱得像从来没梳过，乍一看还以为是丐帮长老来访，再配以摄人心魂的嗓音，实在令人不容忽视。但她说完这一句就没词了，对面那几位都还在等待下文，一时只听得见空调嗡嗡的响声。

见黄家奶奶竟先开了口，聂爱红更觉没劲。梁春花此时倒觉得义不容辞，遂开口说了一通。她努力模仿普通话，舌头仿佛大了一倍。好在有《新闻联播》标准发音数十年的潜移默化，这口带有浓郁宝庆市飞龙县北面山区口音的普通话，至少湖南人还能听得懂。聂爱红原来厂子里宝庆人不少，当中还有几个正好来自魏源故里，更是一听即明，见她说得费力，遂用武陵普通话替她翻译。中年女子觉得2103已不好对付，见又来了这三位助拳的，心里更是有点发怵，遂果断表态，不但会打电话请业主前去规劝，还将亲自带人上门去做工作。见自己一出马，她便答应得如此爽快，聂爱红顿时觉得对方顺眼不少，松下脸来，打算再说两句场面话就撤退。2103却追问，那其他狗呢？中年女子做出无奈的表情，你放心，我们会尽力而为的。2103站了起来，那就看你们的行动吧，又自言自语了一句，我们小区好奇怪，没有业主委员，然后扭着小腰走了。盯着她的背影，待玻璃门弹回后，中年女子才问，你们不是一起的？聂爱红脱口而出，哪个跟她一起。黄家奶奶终于又戳出一句，你们不是住一层楼吗？梁春花说，是的，是住一层楼，然后又对中年女子挤出点笑，要不，我们等你们一起去。中年女子这句倒听懂了，表示还要喊个保安，要她们先回去。聂爱红倒不放心了，要求对方现在给业主打电话。中年女子脸上闪过一抹不悦之色，但在三位加起来接近两百岁的人物面前，也不好发作，便吩咐旁边的小封在电脑里查找业主电话。那边应得爽快，说是立刻打电话。聂爱红这才堆出笑来，拜托她再去上门做工作。中年女子还没应话，小封就在旁边笑着说，你放心，我们主任向来说话算话，一言九鼎。聂爱红瞄了小封一眼，觉得这妹子黑不溜秋，还挺会巴结领导的。她不再多说，对那个什么主任点点头，带着倩倩出门而去。

走出十几步远，倩倩又在喊阳阳哥哥。聂爱红回头一望，梁春花和黄家奶奶在后面慢吞吞地走着，虽然没有交谈，但显得很有默契的样子。她非常不爽，只想一走了之，但刚刚毕竟并肩战斗过，这么做也不太合适。好在阳阳这次没坐童车，在倩倩的深情呼唤下，勇敢地甩脱梁春花的手，追了过来，这让聂爱红有理由停下来等这支小分队。梁春花为了顾住阳阳，走得快了些。她一快，黄家奶奶也快起来，双手轮流往后甩去，硕大如南瓜的屁股平行摇动起来，仿佛是以屁股为加速驱动器，像极了鸭子疾行。聂爱红看得心里有些难过，便把目光投向不远处的紫叶李。李子早被住户摘光了，但枝叶仍葳蕤悦目。等她俩跟上来后，聂爱红便往台阶处走去。本来有条沿墙的直道接通北门和南门，物管处在靠北门的低处，沿着直道可以快速抵达南边的六栋。盘旋而上的台阶则通往小区最高也最大的平地，那里有二、三、四栋和聂爱红钟爱的小湖、草坪。她想梁春花要是不想爬台阶，也就怪不得自己了。但阳阳和倩倩居然冲到了她前头，手拉手，两三步走一级台阶，梁春花只能跟在后面护着。黄家奶奶则不声不响地留在第一级台阶旁，那里有个连体双筒垃圾箱，内容充实，显然今天还没有被人开发过。这个结果倒是聂爱红想不到的，她顿时觉得轻松多了，仿佛摆脱了什么重负。

到了草坪上，阳阳和倩倩快活如两只小猫，聂爱红与梁春花却并立无言。梁春花本习惯了沉默，不开口说话还自在些，聂爱红却没这份修为，终于没话找话。

你平常跟她讲家乡话，她一个宁乡人，怎么听得懂？

她男人是新化的，就挨着我们那里，讲的是一口话。

哦，她男人也过来了吗？

过世好多年了。

聂爱红叹了口气，倒不是为黄家奶奶而叹，而是觉得活到这个岁数，身边人一个一个地走了，自家说不定哪天也走了，想想真没意思。她把目光重新投到倩倩身上，倩倩正双手挥舞，笑容灿烂。她想我将来走了，崽和孙女还在这个世界上，心里才不那么悲凉。又想，最好再给我生个孙子，孙女也要得，倩倩长大后有弟弟妹妹来往，才不会孤单。反正他们都是没单位的，我和老阮也退休了，最多罚点款，怕什么？这个突然生出的念头让聂爱红顿时浑身是劲，恨不得马上见到儿子儿媳，好好劝说一番。她又想到小周夫妇都是公职人员，肯定不能再生，到时只有羡慕的份，更觉欣然。

倩倩玩得兴致高涨，竟然在草地上打起滚来，边滚边咯咯直笑。眼见这个妹子如此豪放，阳阳有些目瞪口呆，既而受到感染，瞟了梁春花一眼，也学起倩倩的样来。聂爱红见孙女越滚越疯，竟像停不下来，便出声喝止。梁春花却觉得阳阳居然学会打滚了，像个男孩了，脸上露出些笑容来。阳阳没有停下，倩倩便不肯停。聂爱红要强行抱她起来，她像条落在地面的鱼那样头尾摆动，左右挣扎，惹得聂爱红心头火起，在她滚得通红的小脸上抽了一下。倩倩立刻大号起来，身上却松了劲，被聂爱红一把抱起，先是拍打她身上沾着的草须，然后哄她去游乐场滑滑梯。倩倩哭着说，我要在，这里玩，我要跟，阳阳哥哥玩。聂爱红只得说，阳阳，我们去游乐场玩，好不好？阳阳点点头，爬了起来，又望向梁春花。聂爱红便觉得阳阳真是乖，自己要还能有个这样的孙子，到时闭眼也安心了。

到了傍晚，倩倩见到爸爸妈妈，第一句话就是，下午，奶奶，打倩倩。除了地点之外，时间人物情节俱全。同时眼睛也微微泛红，给小报告增添了表情。聂爱红在一边瞅着，又是好气又是好笑。

阮中华笑道，肯定是你不听话，不听话就要打。

听到爸爸这样说，倩倩大眼顿时泛出一点小泪花。

汪丽心里疼惜，奶奶打你哪里啦？

倩倩用小手指点着脸蛋，这里。

疼不疼啊？

倩倩瞟了眼聂爱红，现在，不疼了。

聂爱红忍不住笑起来，鬼崽崽，还晓得告状了。以后还在地上乱滚吗？

倩倩嘟着嘴，摇了摇头。汪丽把她抱起，叭叭亲了两口，又说晚上带她去下面超市坐"摇摇乐"，倩倩眉头才舒展开来。

吃饭的时候，聂爱红突然绽放出一个甜蜜的笑容，用过分温柔的声音说，倩倩要是有个弟弟妹妹就好了。

阮中华有些茫然，瞟了汪丽一眼，汪丽仿佛没听到，只顾着吃菜。

我们那时候，计划生育抓得严，我跟你爸爸又都是国企干部，想多生又不敢。不然你现在有个弟弟妹妹，也不至于这么单。

我那时也想有弟弟妹妹。不过厂里小孩多，大家混在一起玩，也不觉得单。

你们那个时候小伙伴多得打堆，热闹。现在不一样了，住在这里，人跟人之间没个往来，太冷清了。

你不是认得很多人吗？

认得归认得，不过就是见面时打个招呼，闲扯两句，哪能跟住在厂里的时候比？现在这个世界跟过去大不一样了，文明是文明很多了，但人跟人也疏远了很多。等情情长大后，那就更加了。你跟丽丽都是独生子女，她没有堂哥堂弟表姊表妹，将来想找个亲戚走动走动，说说闲话，都难。

哎呀，现在都是这样。亲戚少也有亲戚少的好处，省了好多麻烦。

看你说的。真正有事的时候，自家兄弟姐妹，说什么都比外人靠得住些。你们反正都没有单位，再生一个，不过是罚点款，这钱我来出。

过两年再说吧。

聂爱红瞪了阮中华一眼，我还不晓得你，你就是图个轻松。

阮中华嘿嘿一笑，夹起块红烧肉，大嚼起来。聂爱红见汪丽一直不出声，心想这事还得跟他俩慢慢磨，不能逼急了，也就把后面的话暂时压在肚子里。

十

2102 的狗终于拴上了绳子，但绳子攥在男租户手中，放得很长，明显流于形式。男租户染了头金发，高且瘦，脸上时而爆出一两颗青春痘，位置经常变化；嘴里总不停地咀嚼着什么，不是槟榔就是口香糖。周建成最看不惯的是他的姿势，耸肩勾背，站的时候歪歪扭扭，喜欢靠着旁边的什么东西；走的时候松松垮垮，像是随时会散架。相较之下，那条狗的雄性气概倒足得多。周建成熟悉土狗的性子，小时候在村子里，性子再凶的土狗，他也有办法逗熟，对这类洋狗，心里却不太有底。不过他想，中华狗西洋狗都是狗，狗性应该是相通的，就像中国人西方人，都有个良知在那里。如果不是牵在"金发"手里，他倒想找机会给狗后脑勺那块顺顺毛，看看有没有效果。"金发"眼神迷离，接不住别人的目光，似乎也没有接的意愿，尤其是被迫给狗拴上绳后，更是见了邻居就躲闪。周建成觉得他这么高的个子，五官也不差，怎么就不能活得周正大方一些，有些可惜。但跟他连目光交流都没有，更谈不上出言引导，倒是那只狗，时常用大眼照他一照。周建成懂得在没熟之前不要直视狗，目光略碰一碰，就面带微笑转移。时间久了，那狗见了他，尾巴还会摇两下。周建成由此得出一个结论：关于狗所产生的问题，绝大部分不在狗身上，而在它的主人。

刘冰却怕狗，要是在过道或轿厢里遇见，总会往周建成身后躲。如果周建成没在身边，那更是小腿肚发紧，呼吸也尽量屏住。那狗却颇好女色，见到她常现亲近之态。见它嘴里呼着热气靠近，刘冰立刻花容失色，顾不得礼貌，直接要求对方牵远点。要是"金发"，会一言不发，把绳子紧上一紧。有次是"熊猫眼"牵着，她仿佛跟这狗一样，对刘冰有好感，还靠过来一点说，你放心，我家九九不咬人的，它是喜欢你。刘冰在心里说，还是不要喜欢我的好。但这话她说不出口，只勉强一笑，身子往后退，贴在轿厢角落里。"熊猫眼"见她竟拒绝自己和狗狗的爱意，脸也变冷了，扭过身去，总算把九九牵得远了点。刘冰很久没有梦见被狗追了，这一阵却做了两个这样的梦，都是在雁城老街的麻石路上，自己跑得凉鞋都脱了，手里的冰棍也掉了，街上的人也不见了，最后狗也消失了，自己孤零零地在夕阳光的尾随下，哭着走回家里。

　　周建成睡得沉，没听到她梦中发出的啜泣声。刘冰惊醒过来，望着天花板那若隐若现的白色，回想起梦中那个喜欢穿白裙扎马尾常站在街边和小伙伴一起跳绳的女孩，内心深处便淌出伤感来。她侧身去看身边的人。周建成长了张踏实的脸，他整个人也让刘冰觉得踏实。刘冰要的就是这种踏实。在婚前有另一个人也在追她，那小伙子比周建成帅，单位也不差，但举止言谈飘了些，让刘冰有种不安全感，所以在犹豫了一番后，还是选择了周建成。刘冰至今都相信自己的选择是对的，但内心深处有时也会感到小小的不满足。但到底为何不满足，她也说不上来，只能化作莫名的轻叹。这轻叹也是周建成听不到的。刘冰背过身去，重新合上眼睛。

见刘冰这几天脸色不太好，周建成询问是不是在单位碰上什么事了。

刘冰摇摇头，还不是那条狗，讨嫌死了。

周建成笑了笑，狗不讨嫌，是人讨嫌。

人也讨嫌，狗也讨嫌。

周建成听刘冰说过小时候被狗追的往事，明白她的恐惧感，叹了口气，要是那只狗能戴上嘴套，就无所谓了。只是跟他们不熟，也不晓得他们是什么来路。

梁春花说，他们都是梅城出来的。

你不是跟他们吵过架吗，怎么又搭上话了？

我没吵，是阮家奶奶跟他们吵，过了一会儿，梁春花又冒出句，其实那个妹子也还好讲话。

刘冰忍不住说，要是好讲话，他们就该给狗戴上嘴套了。

梁春花不吭声，仿佛没听到。

明白娘有些不高兴，但也理解刘冰的回嘴，周建成在心里盘算，怎么解决这事，想来想去，只有把这个季度的物业费拖一拖,到时逼着他们加把力管一管,最好聂姨和2103也能这样做,效力会加倍。他把这办法说出来,刘冰连声称好,但随即又蹙起细眉,非得等来催物业费的时候才提吗,不能现在去讲吗?

现在也可以去讲,但效果不会太好。只有真正把物业费卡上一卡,他们才会重视。

明白周建成分析得在理,刘冰说,他们也就是收物业费积极。

到时你去跟聂姨提一下,2103那边,方便讲就讲,不方便就算了。

刘冰点点头,想到终于有理由去敲2103的门了,竟有些隐隐的兴奋。

梁春花一直没插话。等到吃完饭,她转身进了厨房,只听到菜刀在案板上咚咚地响了一阵,待出来时,手里捧着个菜碗,里面盛着切好的酸萝卜、酸刀巴豆,还有一条没有切的盘成几圈的酸豇豆。不消说,这些都是从她那个宝贝大酸水坛子里挖出来的。虽然潭州的水质不佳,温度也不适宜,但她用古法和老坛做出来的酸菜,还是比本地产的好吃得多。她也没说去干什么,捧着这碗如假包换的梁记出品出了门。

刘冰一边喂阳阳的饭,一边问,妈是去送给哪个啊?

周建成摇摇头,本想走到内门看看她去了哪里,但又想娘老子干什么,做崽的不该尾随,便还是端坐在餐桌边,细细地把最后一块腊骨头啃光。

过了十来分钟，梁春花才回来，一手端着已经空掉的碗，一手拿着块巧克力。

妈，这巧克力是聂姨给你的吗？

梁春花摇摇头。

刘冰竟然又想到2103头上，正想再问，周建成却已开口，你到隔壁去了？

梁春花点点头，嘴角浮出丝微笑，小易是个好吃婆，一边喊酸一边喊好吃。小贾也好吃，跟她抢着吃，停了一停又说，两个人还是伢伢咧。

周建成问，他们到底是做什么的？

我也搞不太清。只看到屋里堆满了货，两台电脑都开着，也不怕费电。

刘冰说，哦，那应该是开网店，难怪有两次碰到他们用小推车推着好多包裹下楼。

周建成问，那你跟他们提了狗的事没有？

还没到火候呢。

嗯，也是的。

梁春花恢复了淡然的表情，周建成也没再说什么。刘冰心头的诧异和惊奇却滚来滚去，对婆婆的敬畏又深了一层。

到了床上，刘冰才有机会表达自己的观感。周建成倒不以为奇，只说，老人家处理邻里关系，比我们还是有经验些。

妈做起事来好干脆，跟她切菜一样。

她主见大，喜欢闷声做事。这是她的风格，我和我爸早就习惯了，你也要慢慢习惯才好。

她是在想办法帮我了难，我有什么不习惯的？

那就好。家有一老，是有一宝，这句老话是没讲错的。

你爸也能干啊。

我爸就是做事舍得下苦功夫，很多时候都是娘老子出主意，他去做，两个人倒是搭得好。

那你觉得你像你爸多些还是你妈多些？

周建成想了想，一半一半吧。

刘冰也想了想，然后轻轻嗯了一声，靠在他怀里，哪天我们回雁城看看我爸爸妈妈。

就这个双休日吧。

你这点随你妈，讲做就做。

周建成笑了笑，随即想到岳父岳母其实有点重男轻女，重要的事常以大舅子为先，但冰冰孝顺，也只能随她的心意。

梁春花执意不肯跟他们去雁城，说你们带阳阳去，让我也清净两天。周建成明白她不喜欢亲家公亲家婆那种小市民气，也就没再坚持。他们星期五晚上开车出发，星期天下午赶回来吃晚饭。到星期天早上，梁春花拎着颜色黑黄的竹篮子，搭公交车去了石岭塘菜市场。本来银锭路有个生鲜市场，但品种数量远远不如石岭塘菜市场，那里更靠近郊区，附近农民早上会挑着农货过来，蔬菜水果都是刚摘的，鱼也是半夜才从河里打上来的，新鲜得让人心尖尖发颤。梁春花倒没有发颤，她只是冷静地审视，准确地挑出当中最好的。卖菜的人明白这是个行家，价格也不会乱喊，如果梁春花再压点价，他们也不会反驳，因为她有能力恰好把价格压在双方都不吃亏的程度。如果卖菜人年纪跟自己差不多甚至还大些，梁春花不会压到那个程度，存心让对方多赚一点。个把小时后，篮子里装得满满的，梁春花用胳膊挽着，篮底一边顶在胯上，这样还可以用上身体的劲。本来刘冰买了个拖车，四个小轮可以随时掉头，比用篮子省力多了，但梁春花似乎非得挎着这个从村里带过来的篮子，才能保持住那份买菜行家的气度和眼光。何况公交车两头几乎都是直上直下，比起过去走五六里山路去赶场，已经算是神仙买菜，云来云去。在这点上，梁春花不得不承认，城里就是方便，尤其这种大城市，火车居然可以在地下跑，那是过去谁都不敢想的事。周建成能在这大城市吃上公家饭，还当了干部，她嘴上没夸过一句，心里已是非常满足。能帮崽撑一撑这个家，她劲头足得很，大清早去买菜，简直是件乐事。

回到小区，还没出电梯口，梁春花就听到过道上传来争吵声，好像鞭炮炸开了一样。她没有急着走出去，而是按住开启键，探出头去。小易正站在 2102 门口，鼓起胸前两个圆球，仿佛要和面前的 2103 对挺。

你怎么这么多事呢？

怎么是我多事呢？明明是你在惹事。

我的狗怎么惹到你了？吃了你家的猫了？

它差点就咬到我的猫了。

等咬到再说吧。

咬到就晚了。

那你说说，怎么晚了？

到时你别后悔！

我还怕你？

九九在门内发出低沉的吼声，小易转头把它喝住，又将门完全掩上。梁春花已走到她俩身边，放下篮子，故意喘了口气，才大着舌头用梁氏普通话说，你们莫吵呢，两个乖态妹子，吵起来就不好看了。

2103 转过头说，嫉驰，你来评评理，现在整层楼的人，都被她这条狗搞得不安生，她还不肯给狗戴上嘴套。

戴不戴嘴套，是我的事情，轮不到你来下命令。梁奶奶，这女的可凶了，上来就把门拍得啪啪响。

不拍得啪啪响你会开门？

你怎么晓得我不会开门？

见两对乳房都快挤压上了，梁春花横插进去，把她俩分开，先对2103说，妹子，你莫急，莫躁，有话好好讲。然后又对小易说，小易啊，你就听我一句，给狗买个套子，什么事都没有了。出门在外，和气生财，这是没得错的。

小易没作声，仍是气鼓鼓的，梁春花又对2103说，妹子啊，你先回屋里去，我来跟她慢慢讲。

2103点点头，又瞪了小易一眼，才转身嗒嗒嗒走了回去。待她关上门，梁春花才压低声音说，你莫跟她争，她是本地人。以前西边那户跟她争，她还喊了人过来，都是街上的，恶得很。

我还怕她？今天要不是你在这里，我就打她一个耳光。

老话讲得好，强龙不压地头蛇。你们是出来发财的，不是来打冤家的，就听我一句劝，梁春花说完，从篮子里拣出两串还带着露水的葡萄。小易推辞了一番，到底还是收下了。

从雁城回来没几天，刘冰发现两个变化：一是那条叫九九的大狗终于戴上嘴套，而戴着嘴套的它，似乎有些羞愧，碰到刘冰也不上来亲热了，躲在主人身后；二是2103碰到婆婆，竟会主动喊一声娭毑，梁娭毑也大大方方地受了。以前在刘冰心里，聂姨的形象要比婆婆高大，但现在两人齐平了。刘冰甚至觉得婆婆有些方面比聂姨还厉害，是那种不动声色的厉害。阳阳有这样一个厉害奶奶罩着，她上起班来更加放心了。

聂爱红也发现了这两样变化，不过她的心情跟刘冰大不一样。狗戴上嘴套之事，她认为主要是自己的功劳，梁春花最多有协助之功。而2103对梁春花的态度，让她深受刺激。她本来从未动过要去和梁春花比交际能力的念头，但是，现在这个不太说话的乡下老太婆，居然跟骨骼清奇的2103建立了邦交，简直无法想象不可理解，但梁春花就是做到了。而且，2102那个熊猫眼，对看上去不起眼的梁奶奶也明显透着亲热，而视风采卓然的聂奶奶为无物。聂爱红心里像扎了一根刺。她无法承认梁春花的交际能力胜过自己。当然，若论小区熟人之多，梁春花尚远远不能比，何况自己还拥有一个团队，但聂爱红也痛苦地意识到，起码在这一层，梁春花的交际圈已经盖过了自己。她几个晚上都没睡好，气色素来不错的脸上居然现出隐隐的黑眼圈。

聂爱红终究不甘心，先是向梁春花透露2103跟男人乱来的事。梁春花却丝毫不感到惊奇，也没有发表议论，眼神中却透出种诘问甚至讥诮之意，仿佛在说，你这么大年纪的人，还去听壁脚，像样吗？那寒潭一样的眼神令聂爱红生出几丝慌乱来，仿佛做丑事的不是2103而是自己，竟不能继续向她施展女苏秦之舌，找了个借口匆匆走开了。事后她懊恼了半天，既痛恨自己怎么就不能理直气壮地声讨此事，又责怪梁春花全无立场，哪像个从五六十年代走过来的人？记得一直到七十年代末甚至八十年代初，厂里的未婚男女白天若是在一间宿舍里，都要把门打开的，否则管风纪的干部那里会接到举报，或者直接被人在门口泼屎泼尿。农村那时不晓得怎么样，但有公社和大队管着，想必也不会任人乱来。她想不通梁春花这样旧式气息很浓的乡下老太太，为何竟然对2103的事看得惯，而不肯和自己联手谴责这不正之风。怀着满腔义愤，她又找到刘冰，提醒她注意，别让自家婆婆和2103那样的货色搅在一起。刘冰觉得这个"搅"字用重了，两人无非是碰面时打个招呼而已。何况她虽然也承认2103在那方面不检点，但对她就是讨厌不起来，聂爱红语气又稍嫌急切，刘冰顿时生出微微的反感，淡淡地说，你放心，我婆婆不多事，不会随便跟别人扯起绊起。聂爱红听在耳中，有些疑心刘冰是在暗指自己多事，纵然还有些具体指导的话要说，也只能化作一两声尴尬的笑。分化不成，2102又暂无拉拢的可能，聂爱红有种无计可施的溃败感。她不愿承认这种溃败，打扮得愈发光鲜，在轿厢里和过道上接到电话时语气分外欢快，如有外人在场，对儿子儿媳态度关切得像领导慰问职工。汪丽偷偷地跟阮中华说，我怎么觉得妈有点不对劲。阮中华蹙起他那对自家引以为傲的卧蚕眉，睨视汪丽，有什么不对劲，她不是一向都这样吗？汪丽不满他的睨视，但也提不出什么证据，遂撇撇嘴，把目光转到另一边。

十一

陆宗明突然给周建成发微信，说在潭州，要过来看看他。周建成回复道当然是老弟来探望老兄，问他现住何处。陆宗明说在岳麓山一个朋友家中，这地方还不好找。我们兄弟就别拘礼数了，还是我过来看你。周建成只得从他，请他过来吃晚餐。陆宗明又说自己吃素。周建成本想在家中设宴，以表对老陆的亲热和敬重，听他这么一说，只得改在外面。幸好银锭路上有家素菜馆，他中午回家时先去探了一探。这素菜馆是家公益组织开的，还不定期开设国学讲座。上首墙头挂了幅孔圣人的像，里侧墙边横着排书柜，摆放了一些书籍，以南怀瑾、于丹的著作居多，还有《弟子规》《三字经》什么的，原典却少。灯光不像一般的餐馆那样通明，而是柔和中透点幽暗，门外廊边还栽着些斑竹，清影寂寂，与馆内灯光相呼应。这环境还算适宜，遗憾的是没有包厢，也不能带酒进去。不过从未见陆宗明在朋友圈中发喝酒的照片，想必他潜心修行，把以前爱喝点小酒的嗜好也戒了。

下班后，周建成直奔素菜馆，选了个靠窗的桌位。这素菜馆有两种就餐方式：一为二十元一位，自助；一为吃点菜。周建成唤服务员拿菜单来，服务员虽然应声而至，但脸上一派淡然，并称周建成为道友。周建成一怔，看着这位脑后绾了个髻子、身材瘦小的中年妇女，到底还是微微颔首，把菜点了，说是四十分钟后上菜。馆里的茶不收费，泡在玻璃壶中，置于书柜旁的长条桌上，得自己起身去倒。茶是红茶，散发着来自山野的香气。他慢慢地啜饮着，看着窗外竹子，渐渐体会到一种许久不曾有的悠然心态。在单位里整日忙碌，常规事务既多，领导又不时会布置临时任务，固然难得有此心境，在家中又得哄好老娘、老婆和小崽，也不省心。像老陆那样跳出世俗事务，今生已不可能，只求有时能偷得浮生半日闲，便是一种福分了。周建成微微叹了口气，窗外竹叶似乎也跟着叹气，轻轻颤动。

此时门外进来一人，矮身长面，昂首挺胸，年纪不过四十左右，发际线几乎已退守到头顶，跟馆里工作人员遍打招呼，还拉开消毒柜检查了一下里面碗筷。客人也有认识他的，唤秦老师。秦老师对其中一人说，我昨天讲课，你没来听啊。客人嘿嘿笑着，表示下次一定来。秦老师这才满意，又环顾四周，发现了周建成这位新客，目光在他脸上驻了一驻。周建成却垂目避过，心想这人大概是把自己当成银盆岭王阳明了，但王阳明不会强求别人来听课的。秦老师轻咳一声，背着手去厨房视察。

几乎是正六点半，接通人行道的弯月形台阶上浮现出了陆宗明那张熟悉亲切的面孔。周建成站起来，快步走到门口，下了台阶，两人在中间空地上会合。他习惯性地伸出手，陆宗明却拱手作揖，贤弟别来无恙。周建成一愣，陆宗明的手已搭在他肩头，大笑起来。周建成也笑起来，和他来了个拥抱，感觉他身上冒着热气，像是走路过来的。

落座后，陆宗明微微眯起眼，凝视着周建成。他那双凤目还像过去那样清亮，往昔有些粗糙的皮肤细腻了许多，虽然唇上和颔下都留起了胡须，但比起数年之前，竟一点都不见老。身上那件玄色龙纹唐装也还算新，只有蓬乱依旧的长发透着落拓之意。但这乱发配上高颧凤目，不用出声便能使人相信这是一位高人。

你怎么越活越年轻了，是不是服了什么灵丹妙药？

心里不挂事，经常游山玩水，这就是我的灵丹妙药。

看来得叫你陆神仙了。

神仙我是做不成的，当个江湖散人还差不多。

这次怎么想到回湖南了？

岳麓书院的朱院长请我过来给他的学生讲讲阳明学，我想着正好借机回家一趟，就答应了。

他好像也是宝庆人吧？

宝庆的，儒学专家。

你看，连这样的大专家也认可你的学问，你莫再述而不作了，好歹也给世人留本著作。

陆宗明微微摇头，又点点头，著作是不敢留的，不过札记倒积了不少，里面也还有些心得。

古人的著作，很多就是札记。

今日已不同古时喽，要成体系，别人才愿意搭理。

哪有那么多体系？一本书，有十几条真知灼见，就很了不起了。

十几条？现在的著作，能有一个原创性见解，再抻开来讲，便是本好书喽。最常见的是写了二三十万字，不过东拉西扯，还云里雾里。

你是有干货的人，还怕写不过这些人？

这世道，识货的人不多了，我又没什么名气。

朱院长不是赏识你吗？

他倒是知道我的，但说到出书，那就是另一回事了。现在出版社都讲究经济效益，思想学术类这样冷门的书，作者没有名气，又拉不到扶植资金，任谁去说情，出版社的编辑都难得接招。我又不是湖大系出身，也不太可能被纳入他们学校的出版规划中。

那万一里面有当代的《传习录》呢？

那也照样被埋没，陆宗明苦笑了一下，眼神略略有些暗淡。

周建成想起前不久有个退休领导出了本游记，装帧豪华，里面不过是些流水账和口水话，很多单位还每个职工发了一本，一时心情复杂，想不出什么话来安慰他。好在菜端上了，周建成便请陆宗明动筷，又抱歉这里不能喝酒。陆宗明说有四五年不沾酒了，周建成便赞他有毅力。

我们修阳明学的人，特别讲究知行合一，在日用中见功夫，不然就是白学了。

嗯。我记得你在学校的时候不太守时，现在看来也变得很守时了。

何止不守时，简直没有时间观念，经常被老师狠批。

你还记得吧，你唯一一次约会，还放了别人鸽子。

哈哈，怎么忘得掉？其实也不是故意的，确实是在图书馆里看书入了迷，等到想起这回事，再赶过去，已是芳踪渺渺，再难寻觅。

那是你不再去寻觅了。

我是觉得命中无缘，就不强求了。

缘分也可以营造的。

造出来的不是缘，是业。

明白在这些术语辨析上永远不是老陆的对手，周建成也就不跟他探讨什么是缘什么是业了。

几年前，我云游到韶关，跟一位临济宗高僧约好了见面。路上有事耽搁，去晚了一个小时，那位高僧竟然坐化了。这事对我的触动特别大。当然，他坐化也不是因为我，而是机缘到了，顺势便走了。但从那以后，我想迟到也做不到了。

这个世界，有一些事情真是难以解释啊。

其实也不难解释，都是心性上头的事，用时髦学人的话讲，唤作精神能量。

王阳明好像反对这种东西。

他是说过佛道两家无非搬弄精神，但并没有否定精神本身，而是不满佛道把心性修炼跟世俗行为割开来，一件事变成了两件事。阳明先生讲致良知，讲知行合一，都是在强调这本是一件事。

周建成有些明白，但还不是十分明白，想再问问，又觉得这事得自己想明白才算真明白，便只点点头，夹了一筷红烧茄子，大嚼起来。

这时客人渐多，以吃自助餐的为多。他们大概常来坐，习惯了这里的氛围，交谈时都是低语。湖南人腔调普遍高，潭州人更是说话像喊。在餐馆大厅这样的地方，通常情形是各色人声在耳边炸来炸去，大家都习以为常。周建成愈发觉得环境不错，日后也可以带家人来吃。这时有一对夫妇带着小孩进来了。那对夫妇不过三十出头，女的戴金丝眼镜，男的小头胖脸，都穿着文化衫，上面印着逼人眼目的粗体人生格言，就差在额头印上"文化"二字了。小孩不过五六岁，倒还俊秀，但眉眼间略露骄气。落座之后，他们不好好吃饭，倒考较起小孩的学问来。男人先是问小孩那张像是谁。小孩说，我知道，是孔子。

男子大声说，对，又叫大成至圣文宣先师。说完眼睛横扫全场，看有没有人注意到他的渊博学问。有几人往他这边瞟了一眼，男子兴致更高，又问，秦老师要求你背的《弟子规》，你记得多少了？小孩便背了起来，抑扬顿挫，声盖全场。男子时不时为儿子的流利叫好。周建成不禁皱了皱眉。

陆宗明放下筷子，望向那边，缓缓说，这位兄弟，圣人之教，在行不在言。小孩子，最要紧的是教他守礼。公共场合不要高声喧哗，打扰他人，这是起码的礼数。

男子脸唰地红了，看上去像个红烧狮子头，一时说不出话来。女的反应倒快，尖声说，我们在教育小孩，背《弟子规》也是弘扬传统文化，怎么是打扰别人呢？

传统文化是要弘扬，但也要得法。现在大家在吃饭，你们声音这么大，恐怕不是在弘扬，而是在糟蹋。

男子站了起来，鼓着眼睛说，你怎么说话的？

周建成脸上变了颜色，站起来说，你怎么说话的，声音大得这里好像是你们家。

陆宗明神色如常，挺了挺腰，我只是直言而已。小孩子不可让他以学问骄人，何况《弟子规》也算不得什么学问。

秦老师闻声而至，先劝男子坐下，然后转向陆宗明，这位道友，《弟子规》怎么算不得学问呢，那请你讲讲，什么叫学问？

儒家之学，当然以"四书五经"为尊。小孩子嘛，可以先读读《论语》，要是能学得一个礼，就是终身受益了。

"四书五经"当然是要学的，但小孩子启蒙，还是《弟子规》《三字经》这些书好。

道友这话有待商榷。《弟子规》是清朝李毓秀写的，《三字经》是南宋王应麟写的，在他们之前，董仲舒、马融、郑玄、范仲淹、司马光、周敦颐、程颢、程颐这些大儒，都不是用《三字经》《弟子规》启蒙的，直接学习"四书五经"。孔孟之言，句句都说到实处，并不难懂。更重要的是，直接读原典，早日明白圣人的本义，根基扎得正，便不会走偏了。

秦老师脸微微泛红，气息也有点变粗，一时不知如何辩驳。

那孩子的母亲在旁边高声说，秦老师，我们听你的。

对，秦老师，我们只听你的。

陆宗明摇了摇头。

陆兄，夏虫不可语冰，多讲无益，我们吃了饭就走。

秦老师显然不愿默认自己是一只夏虫，吐了口粗气，冷冷地说，桀犬吠尧。

陆宗明笑了起来，道友真的认为自己达到尧舜的境界了？

人人都可为尧舜。

这话是不错，但都可为尧舜和真的成为尧舜之间，还有漫长的路要走。据我所知，连朱熹和王阳明，也从没认为自己成为了尧舜。

毛主席说过，六亿神州尽舜尧。

陆宗明仰面大笑起来，笑完后，对周建成说，这尧舜之地，连一顿饭也吃不清净，我们还是走吧。

周建成起身便去结账。

秦老师在背后喊道，不收你们钱！

周建成回过头来说，吃饭付钱，是起码的规矩。我们做不了尧舜，但起码的规矩还是要守。

收银员不肯接钱，周建成便把两百元拍在柜台上，和陆宗明并肩出了门。走出十来步，那收银员追了上来，将找换的零钱塞到周建成手中，又低声说，那一家人是现世宝，我们其实也不喜欢。

陆宗明呵呵笑道，你们秦老师很喜欢啊。

秦老师他……收银员吐出半句，又把话吞了回去，转身进店。

陆兄，你还没吃饱吧？

我晚上本来就吃得少。

那去我家里坐坐，我那里有好茶。

陆宗明犹疑了片刻，见暮色中周建成一脸诚恳，便说，好，去看看你住的地方。

从素菜馆到银峰佳苑，一路都是上坡，但坡度变化和缓，走起来并不吃力。到了南门外，大妈们正在热舞。陆宗明竟有兴趣驻足观看了一会儿，然后对周建成说，古人说，嗟叹之不足，故咏歌之，咏歌之不足，不知手之舞之，足之蹈之。诗书可焚，唱歌跳舞是永远禁不了的，这是人的天性。

周建成看了这么多次广场舞，可从未品味到这份深远的古意，微笑之余，不禁佩服陆宗明襟怀开阔高远。这时舞队中有人扭头往他这边张望，正是聂爱红。周建成扬手跟她打了个招呼，便领着陆宗明进了南门。门后五六米远又是七八级台阶，拾级而上，便能见到灯光映在水中。但这片水域无论如何不能称为湖了，只可唤作池子。池的那头也有一座亭子，长得跟小湖边那座中式亭子不一样，檐不飞角不翘，也无花花绿绿的彩绘，透着几分日式的简洁。亭中亦无桌，但连着亭柱的宽面长条木板可供闲坐。环池多长草细树，所以蚊群昌盛。两人在亭中站了片刻，还没来得及好好欣赏天上明月和池中波光，手背和胳膊上已有几处又痛又痒，只得撤离。周建成苦笑道，蚊子恐怕没什么良知。陆宗明说，蚊子的良知只对蚊子生效，对人类它只管吸血，毫无愧疚，只有人的良知才能惠及异类，所以才有动物保护组织，这就是人的伟大之处。周建成想了想，觉得确实如此。

到了家中，刘冰没料到周建成会带客人回来，先是有些诧异，但她晓得陆宗明是周建成大学时代最好的朋友，旋即浮出笑意，细细地切出一盘火龙果，端到封闭式阳台，又拣出两碟小吃，一碟是开心果，一碟是苏式绿豆糕，至于泡茶，那是周建成的专业，倒不用劳她动手。跟陆宗明客气了几句后，刘冰退到客厅，继续看她的韩剧。阳阳却对陆伯伯大感兴趣，梁春花一不留神，他便溜进主卧，在阳台入口处探头探脑。陆宗明招手让他过来，阳阳虽也有点害羞，但没有转身逃走，犹豫片刻后，踩着小碎步摇到陆宗明面前。也没有问他多大，陆宗明只微笑着端详他的五官，然后把手放在他头上，闭上眼轻轻摸了一遍。这时梁春花追踪了过来，见此情形，不自觉地止步屏息。

陆宗明睁开眼后，对周建成说，令郎骨相甚佳啊！

梁春花听不太懂，但见儿子满脸欣然，明白是好话，便也欢喜起来。

娘老子，你把阳阳带出去吧。

梁春花过来拖阳阳时，陆宗明欠身对她一笑。梁春花觉得他礼性重，更增好感，回笑时罕见地露出牙龈。

待她带着阳阳走后，陆宗明说，老人家精气足，牙齿那么齐整，眼睛也有神采。

你现在很懂这一套啊，是不是相术和中医都学了？

这么多年，碰到一些高人，杂七杂八也学了一些，不过都没有深入。古人治学，先求精纯，再务广博，我这也是犯了贪多嚼不烂的毛病。

周建成本想说艺多不压身，但旋即想到陆宗明向来重道不重技，便说，你已经够精纯了。

陆宗明微微摇头，自家事自家明白，心性上的事，是丝毫瞒不过自家的。

周建成心想日日省察内心，难道活得不累？但见陆宗明眉眼之间始终有种蔼然自得之色，又确实是从中获得了很大的满足和快乐，便想，老陆还真是得道了，同时连连点头。

我这次讲完学，打算回家看看。这些年在外云游，家里都是老兄在撑持，我也没尽到什么责任。这"孝悌"二字，简直无从谈起。

在这方面，周建成对陆宗明向来有些腹诽，但也不好出言责备，见他终于醒悟到了，便说，是该回家看看。照我说，伯父伯母年纪也大了，你干脆留在湖南。不一定是宝庆，这里也可以，其他地方也可以，也方便时常回家看看。

默然了一小会儿，陆宗明说，理当如此，看有没有什么合适的机缘吧，顿了顿又说，这么多年，时常让你接济，我还从来没说过"谢"字呢。

哎，我们兄弟俩，提这个干什么。

陆宗明对周建成一笑，眼神中那种亲切，跟大学时代毫无二致。周建成觉得心间暖暖的，异常舒展。这种感觉，是在单位里绝难觅到的。

喝了几泡茶，又谈了些往事，陆宗明便起身告辞。周建成坚持把他送到小区外路口，要给他叫车。陆宗明却说还是走路回去，见周建成面露惊异之色，笑道，你放心，我很多次半夜都还在山里走。岳麓山又不高，安全得很。

周建成暗想这大概是他的一种修行方法，便不再坚持，而是从上衣口袋里掏出一个信封。陆宗明一见，便连连摆手，说现在不缺钱。周建成还是探手往他口袋里塞，却被他双手封住去路，那力道绵软中透着沉坠，竟像是国术也练得有几分火候了。陆宗明又往后退了一步，双手收回，爽然一笑，你放心，等我再度饥寒交迫时，会主动跟你开口的。

望着他渐行渐远的身影，周建成在夜色和灯光交织的斑驳光影中站立了好一会儿，才转身回家。

十二

聂爱红心里赌着气，在整个二十一层愈发显得形单影只。虽然情情依然紧密相随，但这小人儿简直还算不得一个全人，自然也不能为她增添声威。她带着鹤立鸡群的悲凉感，努力耸着已经严重下垂的胸脯，一路散发着寂寞的芳香。但到了楼下，世界大部分还是属于她的。梁春花毕竟口音浓重，形容朴素，不及她女外交家派头十足，舞友也分布全小区。有时碰巧好几个舞友都推着孙孙会聚于步道上，她便再不容她们散开，热情地招呼着聚拢着，并肩摆出一个童车阵，在步道上缓缓推进。此时若遇见梁春花，她便视若无睹，只顾着跟舞友们说笑。这热烈的场面反衬得梁春花孤独落寞，极大地安慰了聂爱红受伤的心。只是倩倩尚不能领会外婆的复杂心绪，看到阳阳，便在车中踊跃欢叫，恨不能蹦到地上，奔去相会。聂爱红不便喝止，同样只能视若无睹，用更响亮的笑声压住倩倩的骚动。

舞友中不乏兼爱麻将者，屡次策动聂爱红加入麻坛。一个说，白天打麻将，晚上跳跳舞，活到九十九；另一个说，有什么烦心事，搓几圈麻将，就忘得精光。对于前一种说法，聂爱红存有疑问，但后一种说法让她动了心。想着试两盘也无妨，若是没味，退出便是。至于倩倩，就让她抱着泰迪熊，再替她带上小垫子，到时坐在一边玩。没想到屈尊答应后，那两位舞友还不能立刻兑现，说是先去安排。这让聂爱红好生奇怪，询问之下，才知各栋的架空层虽然辽阔，但麻将桌椅有限，麻将事业最为兴旺的四栋也不过常设两桌而已。因为各家桌椅虽多，但上下搬动繁难，只能靠这家捐出一把松松垮垮的椅子，那户奉献一张历史悠久的桌子，杂凑成一套，固定摆放在架空层某处。桌少人多，只能轮流上场。而且本栋的基本不跨栋打，除非别处有人诚心邀约并组好了局，否则贸然前往，往往会招来冷脸，麻将没打成，反而惹出满肚闷气。聂爱红倒不用担心遭遇冷脸，因为两位舞友都是叱咤四栋麻坛的宿将，邀请个把外栋的朋友去切磋，想必无人敢有异议。但宿将们也得遵守规则，她俩得先劝退一位牌搭子，再跟另一位牌搭子预定好时间，然后请聂爱红入局。

一番操作后，聂爱红终于在某个上午坐在了四栋一张所谓的麻将桌子边。

必须承认，这张朱漆斑驳的小方桌虽然富有文物的风味，但身子骨尚称结实，四个人八只手一台麻将放在上面，连一丝腿颤的迹象都没有。椅子形象各异，有硬头硬脑的方头凳，有颜色发黑的小木椅，有金属支架造型时尚但椅面人造皮革褪去大半露出里面薄海绵的现代椅，还有一张赫然是小湖亭中的铁艺长椅。面对这些风格迥异的椅子，聂爱红犹豫到不能下坐，只在桌边徘徊。那三位也没有确定位置，而是轮流掷出色子，谁点数最大谁先选。聂爱红觉得这么像煞有介事实无必要，掷出前还双掌合十将色子夹在掌中对空拜两拜更是有些可笑，轮到她掷时，随手一丢，却掷出个"豹子"来，顿时惹出一片羡慕声。同伴催她快快选座，她到底还是坐在那张明显光鲜得多的长椅上。这椅比桌子长一倍，一端与桌子一侧齐平，探出去的那部分，如果再坐一个人，可以从容地看到她和下家的牌。如此摆放，显然是给看客提供方便。聂爱红还没来得及思索当中利弊，那三位已迅速选好位，坐下后，各自掏出一沓零钱。她这才醒悟到是要赌钱的，想起身，但面子上实在拉不下来，又怕别人传她小气，只有硬着屁股暂时不动。再摸摸身上，因为习惯了以微信支付，几乎不备零钱，只有张百元大钞，原是用来预防手机万一没电的。

坐在对面的舞友见她神色异常，露出格外体贴的笑容，头三盘输赢都不算，等打熟了再数钱。

聂爱红点点头，勉强笑了一下。

这打麻将并不复杂，甚至可以说简单，两个舞友又照顾她的感受，牌出得慢，边打边讲解规则，坐在上家的舞友还跟她解释自己每次出牌的理由。对面那新伙伴也暂时没有露出不耐之色。聂爱红绝不肯让自己智商显得比她们低，听得认真，看得仔细，三场过后，已大致了然，只是第一个抓牌时，仍是在别人的提示下才慌慌张张地把那四个小方块从方阵中拎出来，还差点掉了一个，砌出的牌也参差不齐。这倒也罢了，砌牌时人家边说话边出手如风，迅速合成两排，然后双手一合一端，一排就到了另一排上面，严丝合缝，当得起"长城"美誉；自己也是一合一端，但才离桌面就迸散了，散落半桌，只能一个两个地放上去，显得又笨拙又狼狈。聂爱红暗自气恼，心思不在输赢上，出牌时不多思索，只想着别显得太慢，输了气势。没想到无心胜有心，她竟连和了两把小牌。

对面那位撇了撇宽阔的嘴巴，不会打的刚上场，都是这样。

坐在对面的舞友说，很久没打的，手气也狂好。

听在耳中，聂爱红心里赢钱的那点小欢喜全跑光了，面色也不知不觉沉了下来，暗想，总有一天要让你们晓得，老娘不是光靠手气的。

她开始把心思放在出牌上，想着要来个"大碰对"，好一鸣惊人。正打得入神，鼻端袭来大蒜的味道，扭头一看，一个老头不知何时已坐在身旁，还偏着头，那张不知羞的老脸快挨着自己肩膀了。见聂爱红转头，他咧嘴一笑，更浓的大蒜味从他口中喷涌而出。

聂爱红身子往右横移，恨不能移到扶手外面，抬手掩着鼻子，你这个人，怎么不打招呼就坐在这里？

老头笑容不减，我经常坐在这里。

见他如此厚颜又镇定，聂爱红只能把目光转向其他三位。那三位都是笑眯眯的。

其中一个说，他呀，我们都叫他"麻神"。

坐在下家的舞友拍了拍聂爱红的手，让他指点指点，包你几天就学成精。

聂爱红心里作呕，但这个"麻神"显然深得众心，又不便出言赶他走，遂侧着身子勉强打下去，"大碰对"的雄心已经消失，只想着快快打完这盘，起身走人。"麻神"却不计较她的肢体语言，见她将要出错牌，忙喊莫打。聂爱红偏打了出去，结果立刻被对面的"宽嘴巴"欢欢喜喜地要了。"麻神"叹了口气，她落听了。聂爱红不愿看到"宽嘴巴"的得色，等"麻神"再次指点时，虽然眼角都没扫他一下，还是照做了。其他两位也经验丰富，都小心翼翼地出牌，速度明显放慢。

转到第三轮，"宽嘴巴"伸出左手，说了句，神仙怕左手，然后那只手在一众散牌上慢慢摩挲，终于提起一子，包在手心，手回到自家"长城"后面，目光下垂，猛然张开五指，哟了一声。其他三位均面色一紧。然而她并没有把牌归入自家队伍，而是抛了回去，原来是张白板。

聂爱红松了口气，复生气恼，心想，你到底是来打牌的还是来做戏的？

其他两位依然笑笑的，想是见惯了。

其中一个说，神仙怕左手，"麻神"可不怕。

"宽嘴巴"瞪着"麻神"，你还不到我这边来！

"麻神"笑嘻嘻地说，到你那儿坐哪里？坐空气啊。

她喊你过去的，你就坐她腿上。

你敢不敢坐？

只要她肯，我就敢。怕就怕还没坐下去，她就打110。

我不得打110的，只怕110没来，你屋里那个来了，那就麻烦了。

众人哄笑起来，"麻神"自己也笑歪了，幸好是歪向另一边。

聂爱红一方面希望他离开，但"麻神"坚守在自己这边，她又有点小得意，也不参与调笑，专心看牌。大概是要照顾"宽嘴巴"的情绪，他不怎么出声指点了，只是观战。聂爱红吃进一张，对于该打出哪张全无主张，忍不住用眼角扫他一下，"麻神"立刻说，六索，聂爱红遂打了出去，果然没人要。她想这人看着涎皮赖脸的，其实算是个伶俐人。

这一圈打到最后，无人和牌。各人把牌推倒一看，聂爱红和"宽嘴巴"的牌基本对死了。"宽嘴巴"满脸不乐意，冲着"麻神"说，你这个要死的，看到新人就忘了旧人。

"麻神"只是嘿嘿笑，并不气恼。聂爱红觉得这话说得不清不楚，便边起身边说，你来打。

你刚刚上手，怎么就走了？坐在上家的舞伴瞪圆了眼，眼中盛满惊讶。

再打几圈，再打几圈，下家的那位拉住她的手，仰着头说。

聂爱红正要堆出笑容来婉拒，听得"宽嘴巴"垂首嘀咕了一声，赢了钱就想溜，顿时笑容和脚步都凝固了。

那我们换一下位置再打，省得你啰唆。

"宽嘴巴"猛抬头，既惊且喜，确定目光炯炯瞅着自己的聂爱红并非假意客套后，起身流水绕了过来。

"麻神"不便随聂爱红迁徙，终于陪在了"宽嘴巴"身边。他跷起二郎腿，又点了根烟，在烟雾的笼罩下，目光不时投射到聂爱红脸上。聂爱红只装作不知，心里却不住冷笑，同时又泛起优越的感觉。她坐得端正，挺着胸，洗牌出牌渐渐找到些感觉，只是起首抓牌时还要数圈，不能像其他三位那样几乎不假思索。

麻将桌上的时间是滑过去的。聂爱红突然觉出倩倩似乎很久没来桌边骚扰，顿时打了个激灵，往铺在靠近架空层栏杆边的小垫子望去，上面空空如也。她手中还捏着麻将，头已向左右和身后连续猛扭几下，大声喊着倩倩，没有任何回应。脊背有些发凉，聂爱红霍地站起，也顾不得说什么，匆匆离开战场，把架空层和四栋外面的大草坪、篮球场、篮球场右侧三栋后面的空地寻了个遍，连湖中也察看了，还是不见倩倩踪影。聂爱红开始心悸，倒不是忧惧倩倩被人拐走，而是担心她跌伤，或者更糟糕，碰到那种攻击性强又没戴嘴套的大狗。好在思维还没有乱，她想了一想，便直奔六栋游乐场，一路上还左右张望，希望能看到孙女的身影闪现在某棵树下、某级台阶上或某块小草坡上。刚进游乐场，聂爱红便听到倩倩快活的笑声，顿时大大地松了口气，待见到倩倩在小滑梯上眉开眼笑、没心没肺的小模样，尤其旁边还陪着阳阳和梁春花时，一股火气又腾地蹿起，冲过去揪了一把她的小脸，暴骂起来。

从未见奶奶如此盛怒，倩倩先是怔了一怔，然后眼泪滚滚而出。她越是哭，聂爱红骂得越厉害。梁春花在一边看不下去，出声劝解。

聂爱红斜着眼说，你见她一个人跑来，也要问一下是怎么回事，再告诉我一声呢。

我以为你等下要跟起来的。不过你放心，有我看着呢。你要是再不来，我就带她去找你了。

梁春花口气不温不火，让聂爱红醒悟到这终究是自己的过失。她火气稍稍下降，但胸中还憋着口气，转头对倩倩说，你下次还敢不敢一个人溜走了？

倩倩把头摇得跟拨浪鼓似的，小脸上泪水和鼻涕交织纵横。

聂爱红顿感心疼，但还是冷冷地说，还不走？

阳阳连忙把泰迪熊送到倩倩怀中，满脸沉痛地望着她跟着聂爱红远去了。

去四栋架空层取垫子时，那三位和"麻神"打得正欢。聂爱红携倩倩归来，两个舞友也没有暂停一下，手仍在桌面上抓摸搓甩，只是嘴上说着找到啦回来啦，算是于百忙中抽空表达了安慰。倒是"麻神"还对她欠了欠身子，又笑着对倩倩说，你这个细细妹伢啊，快把你奶奶急晕了。

蒙蒙地望着这个陌生又显得亲热的爷爷，倩倩既没有承认，也没有反驳。

"宽嘴巴"接着开了句口，我就晓得没事的呢，小区又不比街上，安全得很。

聂爱红一言不发，只顾卷起小垫子，连看都懒得去看她们。

到了傍晚，阮中华回来见倩倩眼睛都哭肿了，问明原因，忍不住埋怨聂爱红，你不是从不摸麻将的吗？

聂爱红本来懊悔，见儿子这一说，偏要鼓起眼，我打两盘麻将怎么啦？成天帮你们带崽，就不能娱乐一下？我以后还要天天去摸两圈呢，你未必还拦着我。

阮中华顿时有些气沮，转而对倩倩喝道，以后不准乱跑了，晓得吗？

汪丽一把抱过倩倩，摸她的小脸蛋说，人家也没有乱跑，人家是去跟阳阳哥哥玩，是不是？

倩倩惊恐得缩成一团的小心终于得到安慰并重新绽放，在汪丽怀里又是拱又是亲。聂爱红看了一眼，昂首进了自己卧室，把做饭的大任留给汪丽。

过了两天，聂爱红又出现在四栋架空层的老年麻坛。"麻神"仿佛预知她会归来，毫不惊讶，只是起身热情招呼。在他的指点下，聂爱红很快上了道。她虽然打得不甚精细，但反应快，组牌出牌日益利落，牌风也好，绝不会因为输了十几二十块就怨天怨地。渐渐地，大家都接受了这位新成员，有几个老头还因为她的出现而格外兴奋。聂爱红明白他们的小心思，心里觉得好笑，面上绝不肯轻易假以辞色。这矜持的做派反而使她在这些老头心目中更具魅力，争相讨好。聂爱红心安理得地享受他们的殷勤，连"宽嘴巴"之流或隐或显的妒忌也让她觉得畅快。她想，原来打麻将这么快活啊！当年以身作则不沾麻将，那真是有些亏了。

聂爱红下楼打麻将，若是碰到梁春花带着阳阳，倩倩自会奔上前去。有梁春花照管，聂爱红倒也放心——她早就观察到了，只要小孩在身边，梁春花绝不会去翻垃圾箱。若是梁春花准备回家而聂爱红还在酣战，她会把倩倩送到四栋架空层来。有时倩倩还会提出去哥哥家玩，聂爱红也答应。等鏖战归来，她便去2101领人。周建成家装得精致，这当然是刘冰的功劳。聂爱红从不肯多坐，更不会向梁春花坦承羡慕她有个好儿媳，但也不是全无表示，酱板鸭、花生仁、夹心糖、石门茶叶这些武陵特产顺带着送过几回。梁春花起初自是好一番推辞，聂爱红便鼓起眼睛说，你不肯收，那就是见外了，听那语气，仿佛跟梁春花乃世交好友。梁春花抵挡不住，到底收下了，但每次都会上门还礼，有时是油豆腐，有时是又香又辣的宝庆杂菜。收下那半只酱板鸭的第二天，她特意蒸了碗香喷喷的梅菜扣肉端了过去，阮中华、汪丽两口子吃得险些连舌头都吞下去，再三称赞周家奶奶的好厨艺。见聂爱红面上有些不乐意，阮中华又对倩倩说，搭帮你奶奶，才吃得到这样的好菜。

聂爱红这才有了笑意，那当然。你娘是什么人？周家奶奶能干是能干，到底是个乡里人。我肯跟她来往，那她还不掏心掏肺？一碗扣肉，那是小意思。

对这番说辞，连汪丽也乐意相信，连连点头。倩倩听不太懂，但见妈妈的表情如此，也跟着欢笑。聂爱红心中更乐，脸上红灿灿的，光彩更胜这入口即化的扣肉。

十三

　　见婆婆跟聂姨往来渐多，刘冰暗暗期待她在穿着打扮上能够受点影响，不要总像现在这样，虽然干净，但终嫌土气。梁春花却热爱她那些半旧的单色衣服，稍微带点花的都不肯要，发型也永远是齐耳短发。刘冰送的平跟女式皮鞋她倒接受了，说这样的鞋子湿地里也走得，还不打滑。不过在家中，她会换上单布鞋，对刘冰精心挑选的凉拖鞋和布拖鞋视而不见。那是双纯布鞋，没有钉胶底的，梁春花穿上去走路几乎无声。刘冰有时会冷不丁发现她不知什么时候就到了身后，顿生惊悚之感。她明知梁春花不是故意这样的，但还是忍不住厌憎这点，连带痛恨起那双布鞋来。布鞋可不止一双，梁春花还带过来一双棉布鞋，鞋面厚如瓦片，预备天寒时穿的。两双布鞋都是千层底，针脚扎实，看上去能与天齐寿。刘冰有时整理鞋柜，竟生出把它们丢掉的冲动。这念头也只是一闪而过。她越来越不敢惹梁春花，只希望阳阳快长大，这样婆婆就可以回乡下了。但婆婆确实为这个家尽心尽力，刘冰又觉得这样想不对，心底遂暗暗生出愧疚来。这番心思，是无法跟周建成说的，倒是可以跟女同事聊聊。然而分理处有两个结过婚的女同事，贬损起自家婆婆来，可以说肆无忌惮，刘冰常常听得心惊肉跳，觉得也太过分了，便不好在她们面前诉苦，免得引出什么难听的话来。有时她们主动问起，刘冰还会说梁春花的好话。于是她们都一致羡慕刘冰有福气，说得她展颜一笑，再次相信了自己的福气。

刘冰不敢当面非议梁春花的穿着风格，聂爱红却仗着跟梁春花日渐熟络，在电梯里碰到他们一家时，对周建成说，小周，你娘穿得也太朴素了，你也要带她去"奥克斯"那里逛一逛，买几件洋气的衣服穿呢。虽然轿厢里没有其他人，周建成还是觉得有伤面子，脸色顿时一沉。刘冰连忙说，不是我们不买，是她不肯穿。聂爱红却不依不饶，这就是你这个当媳妇的责任了。我们这些人不是不肯穿，是节约惯了，怕你们花钱。所以你们不要管她怎么讲，先买回来再说。她又对梁春花说，你也不要太替他们省钱了，多花崽女的钱，他们心里其实还高兴些。这是孝顺，又不是别的什么。梁春花已经习惯了她这种孟浪的好意，点着头说，他们孝顺的，住在这里，吃他们的穿他们的，都是花他们的钱。

等到终于摆脱聂爱红，回到家中，周建成板着脸说，冰冰，娘老子不愿意逛商场，你就到网上给她买两身新衣服。娘老子，买回来你要穿，省得别人还误会我们不肯给你买衣服。刘冰立刻找出皮卷尺，给梁春花量胸围腰围。梁春花虽不情愿，但心知崽是个极要面子的人，在捡废品这事上还窝着股暗火，遂忍住了没有反抗，心想，你们买吧，买回来我反正不得穿，以后带回去送给侄女外甥女。

刘冰倒没指望梁春花能积极参与，自个儿把唯品会、天猫、京东逛了个遍。大红大紫她是不敢挑的，亮黄嫩白那显然也不合适，刘冰选了一套浅灰、一套咖啡色。浅灰那件是纯色，短风衣款，配条黑蓝色棉混纺裤；咖啡色的是一套，近乎职业装，有肩垫，带暗条纹。当然，她也顺便给自己挑了一套秋装，给周建成和宝宝各买了一套内衣。周建成的外衣，那得自己陪着他去店铺里挑，那种好几千块甚至上万的高档男装，网上买还是不太放心。周建成也早已接受了她的观点：男人衣服不必多，但一定要上档次。不过他也有自己的坚持：喜欢正装，排斥风格活泼的休闲服装，品味未免单一。刘冰心想他的这种固执，其实也来自梁春花。好在周建成也希望他娘穿得上档次点，在这上头两人阵线统一。她把选好的款式拿去给周建成看，周建成完全信任刘冰的眼光，瞟了两眼就说好。刘冰却不依，你多看两眼，不要到时不行又来怨我。周建成只好盯着图片研究了一番，结论仍然是好。刘冰这才满意地离开书房，也没去征询梁春花的意见。

等衣服的这两天里，周建成去蔡锷中路那家有名的"芙蓉金店"给梁春花选了个金镯子。他的工资全部上交刘冰，单位另发的奖金和补助则自由支配。刘冰对此并无异议，虽然也觉得如果能全部掌管那就更加放心。见周建成亮出光面金镯子，她立刻意识到是给婆婆买的，心头竟微微一酸，但还是迅速漾出笑来。梁春花还以为是给刘冰的，待周建成拉起她的手，才反应过来，连说不要。但崽亲自买的金镯子，又是亲手给她戴上，她心里其实极为受用。戴金镯子，在乡下，那可是有福气的象征。这镯子又不花哨，正是梁春花曾经暗暗想过的那种。镯子到底上了腕，她左看右看，都觉得舒心，但嘴里还是说，买这么贵的东西，怕要费你们好多工资咧。周建成瞧出了她内心的欢喜，笑着说，这是我加班补助攒的钱，不费工资，顿了一顿又说，新镯子配新衣，正好。刘冰这才醒悟到周建成的用心，那点不快立刻消失，看了丈夫一眼，又是感动又有些心疼他。

有了这句"新镯子配新衣"，衣服到时，梁春花便不好试都不去试一下，何况小两口站在旁边，都满眼期待呢，连阳阳也放下玩具，瞅着奶奶。梁春花要躲到客房里去换。刘冰却说那里没有大镜子，半推半哄把她带进主卧。对着摊在床上的两套衣服，梁春花觉得颜色尚好，不打眼，但款式还是嫌洋气。打量了好一阵后，她对刘冰说，要不，你穿吧。刘冰说，这都是按你的尺寸买的，我怎么能穿呢？梁春花又说，那就干脆退了吧。刘冰笑道，网上买的，不能退。梁春花立刻指出她曾经退过高跟鞋。刘冰佩服她的记忆力，只好说鞋子好退，衣服不好退。梁春花将信将疑，但网购这件事她完全外行，不好跟刘冰争。见自己的小谎言让婆婆面露惶惑，刘冰胆气突增，拿起那件短风衣，一边展开一边说先试试这件。梁春花一时没了主意，任她摆布。

换上新装，刘冰还嫌不够，又说她的布鞋不搭，去连廊鞋柜处取了皮鞋来，顺便把周建成和阳阳招进卧室。梁春花正对着镜子左看右看，见儿子和孙子一并拥进，竟害羞起来，两手都不知往哪里放。周建成还没看清便已高声叫好，阳阳也说，奶奶，漂亮。梁春花嘴里说你们莫乱讲，脸上却开了朵大花。刘冰说，奶奶穿新衣服，宝宝跟奶奶拍张照。周建成便举起阳阳递了过去。这手机一拍照，尤其是跟孙子合了影，梁春花便觉得这衣服不能送人了。刘冰又说，明天要是天气好，我们去西湖公园多拍几张，选好的洗出来。阳阳立刻眉开眼笑，去公园，拍照照。梁春花想着要跟崽和孙子拍合影，得穿最合适的衣服，等他俩出去后，主动试了另一套。刘冰在旁边含笑看着，心中甚是得意。

第二天吃过早餐，洗好碗筷后，周家全体出动。周建成提着折叠好的童车打头，腰板挺得笔直，努力让自己比刘冰高两厘米的事实完全呈现。刘冰总算卸下高跟鞋，穿着休闲帆布鞋，抱着阳阳走中间。梁春花穿着那套咖啡色衣服，躲在后面，心里只盼着不要碰到熟人。小易两口子喜欢睡懒觉，倒不担心他们会出现；2103吃了早餐回来，上午一般都把自己关在屋里；

阮中华两口子大清早便出门了,只有聂爱红才有可能出现,然而梁春花最不想碰到的就是她。外门开了,还好,对面一片空寂。等电梯的时候,梁春花盯着跳动的楼层数字显示屏,心里念着1,2,3,4……仿佛念快一点,电梯也会上来得快些。有架电梯终于到了二十一层,她心头一喜,那架电梯却又继续往上升。她心里又紧了起来,盯着数字显示屏,看着它一路升到三十层,中途还停了两次,不禁略感焦躁。好在另一架电梯开始从负一层缓步上升。刘冰说了句,我们小区的电梯就是慢,哪像是日产的?梁春花本来从不计较电梯快慢的,这下立刻点头,就是慢。等到上面那架终于下到二十一层,梁春花才松了口气,头一个钻进去。

到了负一层,冷不防碰到黄家奶奶正站在电梯间出口门禁旁的三个大塑料垃圾桶前辛勤工作。黄家奶奶工作时目光很定,从不去看什么人从她身边经过。梁春花最清楚这点,犹豫了片刻,还是跟这位小区里唯一的朋友打了个招呼。黄家奶奶抬起头,愣了一下后方认出梁春花,眼中顿时现出惊讶之色,然后迅速变得淡漠。她扯动了一下嘴角,算是回笑,然后低下头,继续她庄严的工作。

上车后,阳阳自是坐后面的儿童座椅,刘冰在旁边陪着他;梁春花靠在副驾位上,望着斜对面的黄家奶奶。直到公园停车场,她都盯着前方,一言不发。下车后,阳光不浓不淡,风不冷不热,草地欲黄还青。翻过一面草坡，下面的湖那真的是湖，看得见对岸但望不到两边的尽头。阳阳主动下了车，一手接过刘冰递来的彩色风车，一手牵着他妈妈，朝着湖边走下去。周建成干脆又把童车折叠起来，提着跟在后面，到了环湖步道才重新打开，等着阳阳走累了主动回归。梁春花看着孙子欢呼雀跃，儿子儿媳满脸笑容，觉得自家也该高兴，但就是高兴不起来。黄家奶奶的表情一直在她眼前闪烁，风吹不走，湖边飘来飘去的垂柳也拂不去。湖中几艘皮划艇争相向前，却寂静无声。梁春花跟着阳阳他们驻足看了一会儿，心想，这有什么意思？哪有乡下划龙舟热闹。

照相的时候，刘冰发现梁春花尽管看着镜头方向，却像在走神。她喊道，妈，笑一下！妈，笑一下！梁春花倒是笑得努力，显然在全力配合，那笑容却沉沉的，仿佛嘴角在上翘的同时又随时准备下坠。只有路人帮他们照小全家福时，梁春花眼中才笑出了阳光，整个人也放松了。

刘冰把这张在手机屏幕上放大了，周建成说，娘老子，这张照得好。我就给爸爸发过去，让他看看。

梁春花问，他现在怎么看得到喽？

他现在会用微信了。

他也会用那个么子？

会，蛮简单的。你是不愿用，要是用的话，保险学得比他还快。

梁春花还不相信，盯着手机。照片传给一个叫"北坪菜农"的，名字上面的圆形图片中却是一片菜地。照片传完后，"北坪菜农"没有反应。周建成瞟了梁春花一眼，点开"视频通话"，响了好几声后，屏幕上突然出现一张再熟悉不过的老脸，脑门上似乎还挂着汗珠。梁春花吓了一跳，待到老伴咧开大嘴向她打招呼时，还没回过神来。老伴站在菜地边，一手挂着锄头，扯着喉咙说，哎呀，穿得这么洋气，进了城硬是不同些！

　　看着他那张笑得有点变形的脸，梁春花呸了一声，你才洋气呢！

　　老伴继续打趣她，梁春花便闪到一边去，把屏幕让给周建成。周建成移到阳阳面前。阳阳看到那张笑得眼睛眯成一条缝的脸，怯生生地喊了声爷爷，然后扭头看着周建成，像个小机器人一样等待下一步指令。周建成只好自个儿跟爸爸聊了一阵，才挂掉，然后望向梁春花。梁春花站在旁边柳树下，脸上光影交织飘忽，跟她的心神一样不定。

　　回到家中，梁春花钻进客卧，出来后又是旧时衣裳，一脸释然。

　　妈，你怎么不穿新衣服了？

　　新衣服是出门穿的，在屋里，还是穿旧衣服自在些。

　　刘冰虽仍存疑问，却不好再说什么。梁春花坐在她的竹椅上，望着阳台外面的天空，似乎在思考着什么。那只形制简单的金镯子还亮在腕上，被她深蓝色的旧布衣一衬，竟显出悠远的年代感来。

周建成从她身边走过，两步后就被她喊住了。

建成，你帮我换个手机，就是你们用的那种，看要好多钱？

周建成愣了一下，随即笑道，哪要好多钱？不要好多钱，我帮你买就是。

那现在这个手机呢？

现在有回收旧手机的，等买来新的，这个旧的你不想留，我去帮你卖掉。

那你要告诉我用那个么子。

好呢好呢。你比爸爸灵性，他都学得会，你肯定学得会。

梁春花嘴角现出隐隐的笑容，仿佛想起了关于老伴的一些往事。

十四

聂爱红在游乐场见到梁春花低头玩微信，像发现了新大陆，哎呀一声，立马挨着她坐下来。梁春花居然玩得顺溜，打字也不慢，这让聂爱红更加惊讶（当然，也有一丝隐隐的失望，因为她预备着教她怎么玩）。梁春花用的是款"华为"，这倒令聂爱红感到合适，因为在她眼中，这比之她的"苹果"显然要低一个档次，但也算高级手机，可以摆在一起做朋友的。梁春花在她眼中，也开始具有"华为"品质了，虽然身上那层乡土气息严重的壳还不肯换掉。把这种变化视为自己的影响所致，她怀着比较愉快的心情，等待着梁春花加她微信。

梁春花正埋头跟老伴聊天，指挥他将家中的大大小小拍照片发过来：门窗、桌子、挂蚊帐的老床、描花的开水瓶、陪嫁的大樟木箱、厨房里的大水缸、家里养的狗、门口坪里那棵老桂花树……当然，她也没忘了有一搭没一搭跟聂爱红寒暄，陆续回答了手机多少钱（一千五）、谁买的（我卖了旧手机，崽也搭了些钱）、跟谁聊得这么热乎（建成他爸）等问题，就是没想起要加聂爱红的微信。聂爱红有些气恼了，索性指出这手机绝对不止一千五，旧手机也绝对卖不了五百。

梁春花有些愕然，但聂爱红在这方面显然是个权威，她没有底气置疑，沉默片刻后问，那你讲要多少喽？

起码四千，只有多没得少。要是低于这个数，我数钱给你。

那你的手机好多？

我的是苹果，上了八千。

突然觉得这个还没有巴掌宽的家伙有些烫手，但又确实是个好东西，用上了就舍不得甩脱，梁春花叹了口气。

你叹什么气喽？崽给你买的，是福气，你只管安安心心用。

也是，辛苦一世，也享一下崽的福。

他们也还是在享我们的福。没有我们帮他们带崽，他们何能安心去上班？

梁春花可从没这么想过，刚刚还觉得聂爱红亲切了一点，现在又远了。她想，一家人，又不是做生意，要算得这样清楚吗？望着在滑梯那里爬上爬下的阳阳和倩倩，又想，世界上最逗爱的就是小人崽崽，不要我带，那才是折了我的福。

见梁春花没了声响，貌似发呆，聂爱红觉得无趣，也低头看起朋友圈来。过了一会儿，见梁春花又开始收看照片，便问她，你朋友圈加了几个人了？

么子朋友圈？

就是，你加了几个人的微信了？

哦，建成他爸的、建成的、冰冰的、我屋里妹子的、女婿的。

那你这叫家人圈，不叫朋友圈。

梁春花心想，微信不就是跟屋里人联系的吗，见聂爱红目光炯炯地看着自己，突然醒悟，然后觉得有点好笑，心想，你想加我微信就直讲嘛！她向来不在这样的事上较劲，遂开口加了聂爱红的微信。身旁这位目光才转为柔和，语气也恢复了热情，一边通过一边说，加了微信，今后我们两个有什么事就更方便通气了。梁春花盯着她的微信名：红·爱，心想这阮家奶奶花样真的多。她已经会修改备注名了，当即又划又点，把红·爱改成阮家奶奶。聂爱红斜眼看着，心里又堵起来，却作不得声。

过了几天，聂爱红都没等到梁春花给她点赞，哪怕她特意发了张倩倩和阳阳骑旋转木马的照片（倩倩在图片正中稍偏右位置，阳阳在左边，但也占了三分之一多的画面）。她疑心梁春花屏蔽了自己，去点她的朋友圈，却只看到一条横线。她只好感叹这老太婆活得太寡淡，简直就像这条横线。

梁春花非但不发朋友圈，而且不肯使用零钱支付功能。周建成要给她微信转生活费，她瞪圆了眼睛，非要像过去那样，拿现钱。周建成开导她，说微信支付又方便又安全，如今用现钱的越来越少，有时找个零都不方便。梁春花立刻反驳，说去大市场买菜，几毛钱都找得开。

周建成不禁笑起来，现在哪个像你这样，包里装着那么多块票毛票喽？

看你讲的，那些卖菜的个个都有一大把。

那是人家没办法，怕买菜的数现钱。

我把现钱，未必人家还不接？

接，接，周建成只好停止劝说，掏出几张"毛爷爷"，又说剩下的明天去银行取了再给。

梁春花胜利地接过来，心想，看得见摸得着，才是钱。

第二天午后，梁春花趁阳阳睡着了，反锁上门，和黄家奶奶一起去卖废品。她那两身新衣服，至今没有穿第二回，刘冰问起来，她说，新衣服要出门才穿。但这个出门，特指和他们一起去外面玩或者做客，在小区里不算出门，去菜市场也不算出门，卖废品就更加不算出门了。黄家奶奶对她的回归朴素表示满意，她的满意不用嘴说出来，而是表现于眼神和态度。眼神一碰，没有弹开，就完成了和解。跟她打交道，梁春花觉得简单、踏实。两人提着沉甸甸的、捆绑扎实的废品，路过的人无不行以注目礼，那目光大多倾注在黄家奶奶身上。梁春花的朴素是一种干净的、统一的朴素，并不惹眼，黄家奶奶的艰苦朴素则是混搭的，到了秋天尤其醒目：外穿一件翠绿色粗线旧毛衣，又紧又短，背后烂了一大一小两个洞；腰后露出一截细得可怜的帆布腰带，虽然已经发黄变暗，但还看得出是白底蓝色条纹；下面那件已经看不出纱路的土黄色裤子厚如门板，每条裤腿可以装进一个小孩；脚上套着双黑色长筒雨靴。聂爱红曾公开说，看到她那一身装扮，心里就发紧。梁春花却看得惯——这种混搭风格，乡下太多了，建成他爸到现在也是这种风格，崽送的西装只穿上衣，下面仍是涤纶大裆裤，再配双解放鞋，地里也去得，村长家的堂屋也进得。黄家奶奶更是一副浑然模样，旁人嘲讽的目光和窃笑根本对她无效。

到了废品店，戴着金耳环、金项链、金戒指、金手镯和套袖，系着围裙的老板娘对这两位的废品分类水准以及质量早已放心，直接过秤、算钱。她和梁春花都用心算，差不多同时报出总数，然后对视一眼，目光中皆含笑意。黄家奶奶平素木木的眼神流露出佩服，还有羡慕。她不会用乘法，只能扳着手指一斤多少钱又一斤多少钱地加，还不能混品种，每算好一种得用笔记在废纸或硬纸板上，最后再慢慢地算出总数。每当这时，她心底会腾起模糊的羞愧感，但要是自己不算上一遍，任凭老板娘报数，又不落心。只有跟着梁春花来时，这一切都会变得爽快。看着梁春花干脆地报出总数，一点也不比老板娘慢，她还会生出自豪感。当然，黄家奶奶也有卓然之处，便是她的废品数量和种类每次都远比梁春花的丰富。

老板娘数现金的时候，发现零头不够，便问哪个有微信。黄家奶奶猛摇头，还掏出自己那部严重脱漆的"诺基亚"来以示确实没有。梁春花只得主动招供自己装有微信的事实。微聚的眉头立刻分开，老板娘先付了黄家奶奶现款，然后掏出款银灰色"小米"手机来，轻点两下，便将屏幕照向梁春花。梁春花尚不知如何用手机收钱，却不肯在老板娘面前输了气势，摸出手机，点开微信，目光慢慢地从上往下扫，待瞅见底端右边那个"我"，便想付钱肯定是付给我，遂点开一看，果然有个"收付"。她怀着略略激动的心情，乘胜进入"收付"，看到一个并不陌生的图案。这个图案许多店面都有，仿佛一道必贴的符篆——放大打印出来再过塑，要么粘在墙上门边，要么立在或贴在柜台上。梁春花手一转一抬，轻快地将自家屏幕对着老板娘的手机一迎。两台手机隔着寸把远的距离打了个照面后，却面面相觑，没有产生反应。梁春花倒是一脸淡定，手停在半空，抱定主意以静制动，跟着老板娘的动作走。老板娘察觉到不对，头凑过来瞄了对方手机屏幕一眼，然后开心地笑了。梁春花被告知这是付款码时，顿时有点慌乱，竟任由对方在自家屏幕上指点了一下，现出收款码来。她侧过手掌看了一下，觉得长得跟付款码没什么区别，只是个头小点，背景由绿色变成了黄色，顿时暗生气恼。老板娘边付款边说，这个最容易搞错了。梁春花既没点头也没摇头，盯着跳出来的收款数字，从头数到尾，从尾数到头，虽然确认无误，但还是没办法感觉到是收了钱。

返回时，梁春花心里不踏实，总在想着那31.6元到底待在手机的哪个地方，会不会自动变少甚至消失。黄家奶奶则神情笃定，还露出几丝罕见的怡然之色。倒没指望她能理解自己的担忧，梁春花只是有些羡慕，心想，有时脑壳简单还省心省事些。没走多久，便望见十栋下面的超市，她突然想出了消解担心的办法，便对黄家奶奶说，我去买点东西。黄家奶奶并没有就此跟她分手，而是一言不发陪同前往。家里其实没什么要买的，梁春花转了一圈，挑了瓶李锦记的生抽。这玩意儿几乎每天都要用，再买上十瓶也不会浪费。她点开付款码，心想这次应该没错，但超市老板娘微笑着指着柜台上那道符箓说，你扫我。梁春花又一次略感慌乱，好在这个"扫"字提示了门路，她想扫微信是扫，扫别人的付款码也应该差不多。几乎是怀着赌一把的心情扫了一下，果然是对的，她顿时在欣悦中恢复了镇定，无师自通地又输了个 5，点了一下确定。美中不足的是手机并没有自动显示还剩下多少，但她已经不怎么担心了，因为付款成功证明钱确实在手机里。黄家奶奶在旁边看着她这一系列操作，流露出钦佩加茫然的表情。

　　周建成见梁春花现在没事就研究微信，把所有功能都一一点开，还学会了玩跳一跳，心里暗笑。他告诉梁春花，这个发明微信的人就是宝庆人，平溪那边的。梁春花不太相信，她认为这样的东西，只有神仙才想得出，怎么会是一个乡里伢子发明的，而且还是平溪县的？平溪县挨着飞龙县，她去过，那地方就是橘子比飞龙的好吃一点，如何就出了个这样的人物？周建成百度出张小龙的资料，梁春花半张着嘴，翻来覆去地看，又盯着张小龙的像看了许久，然后发出悠长的感叹，这个伢子只怕前世是个狐仙。她这么一说，周建成还真觉出张小龙带狐相，但他有狐狸的灵性，却没有狐狸的多变，而是一根筋，咬定青山不放松，所以才能做出这么大的事业。

　　周建成百度了这一回，梁春花也学着百度起来，时常慨叹，里面有好多知识啊。周建成本想说网上很多资讯都是假的，但不忍打击老人家高涨的学习热情，到底还是没说出口。梁春花看得多了，又说这网络好是好，也有蛮多乱七八糟的东西，然后瞟了阳阳一眼，说细伢子最好不要让他们看。周建成说正是的，教育专家都是这么讲的，伢伢最好不要碰手机。梁春花便不再当着阳阳的面玩跳一跳，因为她发觉小家伙对这个玩意儿很感兴趣，经常眼睛溜圆地在旁边盯着，小手指还跃跃欲试。

刘冰见婆婆总算与时俱进了一回，有意顺势培养她跟自己的共同兴趣，主动帮她安装了京东、淘宝和唯品会。梁春花最喜欢逛淘宝，说里面的东西又便宜又多。刘冰却没见她下过单，忍不住对周建成说，妈也有点怪，那么喜欢逛淘宝，却不买东西。周建成说，她就是在网上逛下街，东看西看，也是种乐趣。

这话说过没有两天，梁春花就给阳阳网购了一顶虎头帽，二十元。这帽子光鲜，却是刘冰看不上眼的化纤面料。偏生阳阳还特别喜欢，戴到头上就不肯取下。梁春花左看右看，十分得意。她自己节俭，从小也教育周建成要艰苦朴素，却愿意在孙子身上花钱，于是阳阳身上和手中陆续多了一些价廉并且看上去很美的东西。刘冰看着心里堵，嘴上却只能说阳阳的东西我们负责买，妈你就别花这个钱了。梁春花说，你们买的是你们买的，我买的是我买的。刘冰咬咬牙，只得指出她没有退休工资这一严酷事实。梁春花立刻像受到了重大侮辱，直着脖子说，国家包了田包了地给我们，那就是工资。刘冰便不敢作声。梁春花捍卫了尊严，但也陷入沉默。她想自己确实没有工资，虽然在这里吃住都不要钱，建成给的买菜钱又足，实际上把零花钱也打在里面了，但逛淘宝不能花他们的钱。单靠卖废品，一个月也挣不了几个钱，何况那其实也是捡着好要的，大头还是要让给黄家奶奶，人家是靠这个补贴家用的，不能去抢。盘算了一阵后，她通过微信向老伴发出指示：把吃不完的东西寄过来，田里的地里的山里的都要得，另外还要寄两只木头小板凳过来，那板凳牢，坐二三十年都不会松。

十五

梁春花真的要去摆摊，周建成却纠结起来。捡废品固然不体面，但老娘来帮自己带小孩，还摆小摊，倘若传出去，也不好听。然而这件事又是自己鼓励她去做的，如果阻拦，简直没有说得出口的理由。最让他担忧的是，万一老人家摆摊不误捡废品，到头来便是一番苦心都成空。思来想去，他只好这样说，娘啊，你要是缺钱花，只管问我要。梁春花说，我不缺，顿了顿又说，你的钱是你的，我摆摊挣的，那是我的。周建成紧接着说，那好，你硬是想去摆，我也支持。但你的主要任务是带阳阳，一边带阳阳一边摆摊，以你的能干，倒是可以兼顾。要是再去捡废品，那就顾不全了。默然了一会儿，梁春花方说，我就晓得，你讲来讲去，还不是要我莫去捡废品。周建成嘿嘿一笑，我是你的崽，我想什么，还瞒得过你？梁春花横了他一眼，嘴角逸出丝笑意。刘冰在旁边瞟见了，竟生出微微的醋意。

梁春花用自己的方式做出承诺后，便一门心思打理她的货物：干菌子最宝贵，数量也不多，还是留给自家人吃；晒干的小鱼有两种出身：一是来自村前溪中，数量较少，味道最好，这得留下来，一是来自门前塘里，数量既多，口味也不如溪里的，那就拿出去卖；至于板栗、干笋、落花生，老头子寄了一大堆过来，各自拣出三四斤就是；最麻烦的是那些臭皮柑，酸得人牙齿打战，乡下是用来泡酒喝的，也不知哪个会买，但放在家里只会烂掉，也摆出去试试吧。她翻出大大小小数个塑料袋，把准备卖的东西分门别类装好，装的过程中又翻检了一遍，把那些烂的生虫的寻出来丢进垃圾桶。老周家卖出的东西，可不能让人说闲话。分拣和质检工作完成后，再统一放进只中号编织袋。那袋子蓝白相间，是女儿送的，可比蛇皮口袋洋气得多。拉上拉链，梁春花欣赏了一会儿这只变得充实饱满的漂亮袋子，想起得透气，又把拉链拉开，将东西一样一样拿出来，敞开摆在靠近客厅阳台的地方，再将鱼干单独拎出，置于五斗柜上。虽然到这里一年多了，从没有见过老鼠的身影，她还是担心这鱼干香气太诱人，把无孔不入的老鼠从地面召上来。至于为什么不放进冰箱，那是因为梁春花认定，再好吃的东西在里面关上一阵，味道也会变差。

梁春花做这一切的时候，阳阳在旁边瞪大眼睛看着。他当然也想插手，但梁春花让他别乱动，他遂老老实实坐在方头方脑的小板凳上，捧着剥好的一塑料小碗花生米，边嚼边观摩奶奶如何打理。周建成看在眼里，心里暖融融的。他想起小时候就是这样看着娘做事，渐渐地看会了怎样把事情做得井井有条。刘冰却有些躁，原因是阳阳屁股下那只小板凳。这板凳原木色，只刷了层清漆，刚从乡下过来的，还散发着杉木的清香。梁春花本来把它和另一只都放到阳台上，阳阳却要搬进来，弃刘冰网购的彩绘小凳于不顾。这凳子与客厅的欧式风格不搭先放到一边，最让刘冰难受的是，她由此觉察到儿子的审美品位竟然跟他奶奶渐渐接近。我的崽可是潭州的宝宝啊，要是变得土里土气，将来上了幼儿园，那还不被同学嘲笑？这念头在心底里憋了又憋，等到了床上，终于忍不住向周建成吐露。那怎么叫土气呢？那是本色，是朴素。周建成的语气不容置疑，甚至透着火气。刘冰一翻身，把背对着他，两滴眼泪从眼角沁了出来。等了一会儿，也没见周建成来哄，刘冰更觉憋屈，睁着眼睛，看着对面大衣柜若隐若现的乳白色面板，一任泪水打湿枕巾。

　　接下来两天，刘冰都神色冷冷的。周建成也没去伏低做小，他觉得此事关乎周家人的尊严，得让刘冰改变认识。城里有城里的格调，乡下有乡下的风格，并无高低之分。你刘冰是市区长大的，身上那种韵味我是爱，但乡里人有乡里人的内涵。要说为人处世有担待，我娘可比你娘强多了。阳阳受奶奶影响，要是学得那种质朴无华讲求实际，这对他的成长来说是大好事，怎么你就看不过眼呢？这番话，他没对刘冰说，因为明白说了一时也接受不了，只盼着她自己能慢慢领悟。

刘冰的态度，梁春花也看在眼里，却连问都不问一句。小两口之间，哪有不闹点别扭的？老辈人，要能忍住不多嘴不插手，时间一长，自会化解。这是她的经验，她也只剩这些经验了，所以守得很牢。根据经验，她翻了从乡下带来的皇历，选定了开张的日子，又耐心等了一天，才在下午快四点的时候，掮着那个分量不轻的编织袋，两只小板凳用绳子系好，挂在另一边肩膀上，牵着阳阳出门。看到奶奶背了这么大的包，阳阳也没嚷要坐车出去，乖乖地跟在身边。

到了楼下，黄家奶奶正好经过，见梁春花身上挂了个大包，一双门缝眼睁得空前的大，问她是不是要回去了。梁春花说，去门口摆摊呢。丝毫没觉得惊奇，黄家奶奶放下手中活计，要替她背包。梁春花晓得若是推辞她会不高兴，也就乐得轻松。黄家奶奶身上有股牛劲，驮着包，反手捞住一侧，走得比平时还快些。到了十栋外，梁春花早看好了地方，在靠人行道这边，正对着理发店和药店中间。放好包和凳子后，她从包中掏出一把干笋，塞给黄家奶奶。黄家奶奶牵挂她那些废品，没再停留，只说，有事你喊我。梁春花目送她走远，便从大包里掏出那些袋子来，一样一样摆好，袋口尽量敞开，又从左口袋里摸出把弹簧秤，右口袋里掏出张打印出来过了塑的微信收款码——这是周建成替她去打字店弄的，都放到靠凳边的地上，然后气定神闲地坐下。阳阳学着她的样，也稳坐在小板凳上，两腿叉开，手里拿着彩色塑料球，眼睛望着每一个过路的行人，仿佛在说，快来买我奶奶的东西！

斜对面是三家并排的超市，梁春花有意避开，不让他们认为自己是在做对门生意。身后的人行道还隔着台阶和花坛。坪里那头也有卖水果的，支着小车，斜对着南门岗亭。到了傍晚，那里还会出现卖卤菜的，还挂着武冈卤菜的招牌，生意不错。梁春花尝过一回，不过是用八角桂皮之类熬出来的，跟中药卤出来的正宗武冈卤菜不是一码事，便没再去买。不过那次也并非全无收获，她探明了卖卤菜的老头也是跟着崽住在小区，老婆也在这儿，主要是带孙子，兼带帮他卖卤菜。他们能摆个那么大的摊子，自己这个小地摊自然也摆得。她又检视了一遍自己的货物，在心里复习了两遍那个从手机上学来的新词：纯天然食品，心里更加笃定。

有个老妇人本是陪着小孩在斜对面超市门口坐摇摇车，一身黑衣，宛如只大鱼鹰。这只"鱼鹰"盯着小摊好一会儿，终于踱了过来。她背着手，弯下腰，审视了一遍摊上货物，每样都用手摸了，笋子还放到鼻底嗅两下，然后抬起头来，猛然堆出一脸笑容，却不问价格，只是询问梁春花的来历：住在哪里？

是来带孙子的？待到打探清楚，又突然收起笑容，感叹她还有闲心卖东西，自己带孙子都顾不过来了。梁春花不愿意再接话，低头看向地面。老妇人仍不罢休，甩下一句，这些东西，我们老家万千。梁春花装作没听到，拈起颗花生剥给阳阳吃。老妇人便又踱了回去，还歪斜着眼回望了两次。

几分钟后，又有个老头经过摊前，停下来看了看，准确地指出这不是塘里的鱼。梁春花敬他是个行家，给了他一丝微笑。老头却问起她怎么摆摊还带孙子过来，家里还有老伴吗？梁春花心想这是什么话，回了一个字，有，就板起脸来望向别处。老头又逡巡了一阵，问了一下鱼的价格。梁春花喊了个高价，他像是受到了侮辱，带着愤愤之色走了。瞥了眼他有点驼的背影，梁春花心想，今天不是吉日吗，怎么净碰上些这样的货色？

坐了半个小时，到底还是有个中年妇女称了三两小鱼，又买了半斤干笋。梁春花盯着她扫了收款码，再去瞅自己手机，屏息等待了几秒钟，30元这个数字像糖粒子一样从眼里跳进心里，甜得她眼角都溢出笑容。她称赞这顾客会买，中年妇女倒很谦虚，宣称自己也不太懂，只是看着觉得好。梁春花说，是好的，你回去吃一下就晓得了。中年妇女笑了一下，那神气要信不信。梁春花便咽下还想说的一句话：要是觉得好吃下次再来买。

这一开张，又有个年轻妹子凑过来，问这鱼怎么样。梁春花说是溪里的鱼，最好吃了。她却弄不明白溪里的鱼跟其他地方的鱼有什么区别，为什么最好吃。对着这张粉嫩的脸，梁春花倒有耐心传授乡土知识，说溪里的水最干净，也凉一些，这样的水里出来的鱼，比河里的、塘里的、水库里的都好吃。妹子听得头一点一点的，却不买鱼，拈起颗花生，也不征求梁春花的意见，剥开放进嘴里，然后迅速吐了出来，你这花生没炒的啊？梁春花说，是新鲜花生。那妹子又把手伸向板栗。梁春花说，板栗也是生的。妹子这回倒不嫌生，用牙齿咬裂外壳，剥了壳又撕去皮，咬下一小角，嚼了几下，便把剩下的丢进嘴里，一边嚼一边说，清甜的，比炒的还好吃。梁春花眯眯笑，看着她那张樱桃小嘴。妹子问了价格，然后全要了。梁春花向她推荐干笋，她摆摆手，却把目光投向那堆臭皮柑。梁春花说，这柑子清酸的。妹子哇了一声，我最喜欢吃酸的！梁春花只好让她先吃一个，要是受不了就莫买。妹子喜滋滋地剥了一个大的，往嘴里塞进一瓣。她咬下去的时候，梁春花不自觉地倒抽一口凉气，仿佛自己牙齿已经被酸倒。果然，妹子边吃边叫，好酸！但她没有吐出来，而是在酸汁横流中又吃了一瓣，脸上的表情也不知是笑还是哭。阳阳看得来劲，伸出手来嚷着要吃。妹子也没征求梁春花的同意，撕了一瓣喂给他。阳阳嚼了一口，竟然酸傻了，鼓着腮帮，不知是该吐出来还是该咽下去。梁春花倒不以为意，笑笑地看着，随他自己处置。阳阳终于吐了出来，眼泪汪汪地望着梁春花。梁春花摸摸他的小脸蛋，以后还敢吃吗？阳阳一边抽鼻子一边摇头，又哀怨地望了对面的小阿姨一眼。妹子笑得牙齿都露出来了，她也酸出了眼泪，抹了一下眼角，竟要全部买走。梁春花瞥了眼她的肚子，平坦得衣服都贴不住，暗暗惊异，半卖半送给了她。妹子高兴之余，又买了半斤小鱼，然后拎着袋子，兴高采烈地往东门去了。梁春花心想，冰冰其实跟这妹子差不多乖态，可惜没有她这么带喜气。

这时，从东门那里过来一个保安，像是要去超市买东西，远远地望见梁春花的小摊，便甩着手先往这边来了。这保安既不乖态，又毫无喜气，一双鱼泡眼照了照梁春花，便问，哪个准你摆的？梁春花在他的制服面前不由自主地站了起来，先抓了一把花生给他，然后笑着说，我就住在小区。"鱼泡眼"接过花生，面部肌肉稍稍松弛，问她住在哪一栋哪一户，是租户还是业主。待到问清是跟崽一起住，口气缓了下来，但还是说不能随便摆，要先报备，等领导批准。梁春花先是指了指那边的水果摊，又说晚上还有卖卤菜的。"鱼泡眼"说那都是经过批准的。梁春花便说，我回去问问我崽。"鱼泡眼"说问不问都一样。梁春花站着不动，见对面那个鱼鹰样的老妇人又过来了，心里更是发紧。

那老妇人却瞅着保安，皮笑肉不笑地说，我听说在这里摆摊，还要给你们送礼。保安瞪着眼说，你听谁讲的，乱讲。梁春花立刻明白了，一屁股坐了下来，我崽讲了，这是业主的地方，我们本来出了钱的。还有你们的工资，都是我们出了钱的。"鱼泡眼"一愣，过了片刻才说，今天就算了，你回去跟你崽说，下次还想到这里摆摊，要先到物管处报备，说完就转身往超市去了。那黑衣老妇人回头瞅着保安，待他进了超市，方转过头来，压低声音说，这里的物业黑得很，连当个清洁工，都要送礼。我隔壁一个老头子，就送了两条好贵的烟，才上了班。梁春花将信将疑，但老妇人这次毕竟是帮了忙，便捧出一大把花生递过去。老妇人连连摆手，坚辞无效后，还是收下了。她说，你只管摆，莫怕。梁春花眯眯笑，但心底并不信她。

晚上吃饭时，梁春花说了保安的事。尽管她语气平淡，也没转述黑衣老妇人提供的内幕，周建成还是感到诧异，继而气愤起来，忍不住冷笑一声，他们还真把自己当领导了。刘冰撇了一下嘴，他们不是把自己当领导，是把自己当主子了，做个什么事，都不问我们一声的。看那神情，有一半是对物业的不满，另一半倒像是对周建成后知后觉的不屑，仿佛在说，你现在才晓得啊？

虽然刘冰的神情让周建成觉得有些不舒服，但她终于肯主动搭腔，也算是个可喜的变化。顺着刘冰的话，他猛然想起小区里面曾见有摆摊卖特价商品的，还有电信的、卖纯净水的，不时进来搞营销，以前熟视无睹，甚至还觉得是便民措施，现在想来，物业肯定都收了钱的。只是这笔钱怎么管理，怎么用，业主一无所知。他点点头说，简直是倒过来了！搞得老子火起来，干脆不交物业费。梁春花说这是个好办法，让他们搞清楚到底是谁养着他们。刘冰却依然冷冷地说，我们业主也只剩这招了。这话说得周建成一愣，但仔细想想，还真是如此，便不能再放出什么狠话，埋头吃饭，胸中隐隐有些憋气。好在到了深夜主动求欢时，刘冰只象征性地挣扎了两下，便由冷变暖，最后热烈扭动起来，让周建成得以在宣泄后放松入睡。

十六

第二天上午，周建成提前半小时回家，顺道去了趟物管处。前台两个女子，正在谈笑。二十出头的那个坐在台后高脚旋转椅上，不时左右微微转动；三十出头的那个倚在台侧，臀部外拱，只是腰身太粗，无论如何也称不上姿态妖娆。她们都被束在制服中：黑色外套，白色衬衣，一横蓝色领结，见周建成进来，脸上露出的微笑也接近一致。待听到是来找领导的，两人齐齐收起笑容，对视一眼。年长的那个问有什么事吗，周建成微微沉吟，还是坚持先见领导。见他不肯吐露，两人面色更加凝重，一时都没开口。周建成不耐烦跟她俩纠缠，转身往右边走去。两人没有跟上来，而是在短暂的沉默后继续投入谈笑事业。

插进去五六米，再横移两步，便到了大办公室门口。里面两排隔间，类似于餐馆大厅里的卡座，只是隔板低矮许多，里面的人不必站起来也能冒出头，空间狭小得只容一人一桌一椅。尽头处有间小办公室，门虚掩着。不用想周建成就明白那是负责人坐的地方，径直走去。还没跨出两步，旁边一个中年女子升了起来，问他有什么事。周建成打量了她一下，瘦长脸，肤色暗淡，眼睛倒还有神，有部门主任的气度，便说自己是六栋业主，然后问她是负责什么的。我是客服主任，姓姚。周建成搞不清这个主任的权限有多大，又瞟了眼尽头处那间小办公室，还是先跟她说了一下情况。

是要报备的。

那你们在电梯里面挂广告，把卖促销商品的放进小区，有没有向业主报备？

姚主任一怔，然后环顾四周，像是在寻找声援。有人也站了起来，但没有吭声，她暂时只能继续独自迎战，遂把眉毛一挑，我们物业公司要报备也是向市建委报备。

哦，那看来你们是跟建委领工资喽，业主以后也不用交物业费喽。

这不是一回事。

这怎么不是一回事？谁交钱谁就是这里的主人，你们物业公司不要骑在业主头上！

姚主任降低了声音，我们本来就是做服务的，没有谁敢骑在你们业主头上。

还没有骑在业主上？十栋外面那个坪本来就是小区的，属于业主共有，我老娘在那儿摆个小摊，还要看你们保安的眼色。

这是制度，不存在看保安的眼色，他们也是执行制度。

这是什么鬼制度？我们出钱，请物业来是做服务的，不是请了群领导来管我们的。

反正摆摊就要报备。

好啊，摊摆不摆无所谓，物业费以后我也不交了！

周建成差不多是吼起来了。姚主任冷着脸，倒不敢继续争论下去。小办公室那里终于有了动静，走出一人，西装领带，略弓着背，小眼睛有点阴阴的，看年纪倒比姚主任小。姚主任叫他程经理。

老板在哪里高就？

周建成心想这人年纪轻轻的怎么一口江湖腔，但还是放缓了口气，也跟他打起了江湖腔，谈不上高就，在市人防办混口饭吃。

噢，你们人防办高科长我认识。

老高啊，也是，这里的地下人防工程是他手里的事。

程经理眼睛顿时不那么阴了，甚至还有了亮色，领导在哪个部门？

周建成本想说综合科，但担心他听不明白，便淡淡地说，办公室。

说起来都是朋友。贵姓？

免贵姓周。

程经理把头偏了偏，问姚主任，周科长找我们什么事？

姚主任小声说了几句。程经理打了个哈哈，都是自己人，大水冲了龙王庙，误会，误会。廖主任，你去跟那边保安说一声。周科长，进去坐坐。

周建成摆摆手，还得回去吃饭呢。我呢，也不是个多事的人，这事就到此为止了。

那好，下次再到人防办来拜访领导。

不客气，有空来坐坐。

程经理把他送到前台门口，握手道别。周建成应付完了，转过身，眉头便锁了起来，心想，也不知他跟老高有多熟，万一传到老高耳朵里，等于传遍单位，天晓得他们会怎么议论？又想起这摆摊原是自己撺掇的，而之所以一力撺掇，是因为老娘捡废品，所以怪不得自己，也不能怪老娘，只能怪物业。好在就算传出去，是摆摊，总比捡废品体面。这样一想，周建成的眉头才舒展了些。

午饭时论起这事，周建成只说，娘老子，没事了，你只管去摆呢。梁春花点点头，眼神中流露出赞赏和舒心，却没问周建成是怎么办到的。周建成认为这是她的过人之处，最难得的是到老了还保持得很好，不像有的老人，年轻时也不多话，年龄一大，啰唆病便来了。当然，这也是因为自己做事一向让她放心。这份默契和信任是长时间培养起来的，还有血缘的因素。自己跟冰冰虽然恩爱，但要抵达这种程度，恐怕还要假以时日。

吃晚饭时，刘冰问起这事，周建成简单说了一下经过，但略去了打单位牌子这节。刘冰说，物业就是欺软怕硬，顿了顿又说，我们这里怎么没有业主委员会呢？

周建成也觉得该有个业主委员会了，不然有什么事，总是业主单枪匹马去解决。但业主委员会怎么弄，他心里也是一片茫然，想了想后说，这种事肯定很耗时间，得专人去跑。要是聂姨那样的人肯承头，说不定还有可能成立。

刘冰兴奋起来，是呀，是呀，她热心，口才又好，最合适了。

梁春花插了一句，她又不是业主。

刘冰压根没想过这一节，立刻黯然无语。

这也是个问题，但不难解决。物业也搞不清她的户口转过来没有，万一较真起来，就用她崽的名义。到时成立，她崽挂名，实际主事的是她。

是呀，到时我们家也可以当个委员，你是名誉委员，娘是实际上的委员。

你们啊，想得太简单了。这个什么业主会，我看就是要跟物业唱对台戏，人家会那么容易准你成立？

周建成倒觉得业主委员会跟物业不全是这种关系，应该既互相制衡又有合作，不过娘老子说得也有道理，现在小区是物业一家独大，你要成立一个能制衡它的组织，它肯定不乐意。沉默了一会儿他说，这事肯定难搞，但法律是允许的，物业再怎么牛，也不敢跟法律对着干。冰冰，你先探探聂姨的口气，她要是愿意承头，我们也出把力，搞起来对大家都有好处。

刘冰嗯了一声，又点点头。

吃过饭后，刘冰洗了碗，带着阳阳去楼下。阳阳跟刘冰出门，倒是放得下他那辆御用童车，却喜欢黏在妈妈身上。刘冰臂力有限，只能抱一阵再放下来牵着他走一阵。她本也可以把车子推出来的，但想着该让阳阳多走走路了，对发育好些，便宁可自己辛苦点。阳阳却不能体谅妈妈的苦心，反而以走路为条件，嚷着买巧克力吃。他虽然小，却已清楚跟着妈妈出来可以要求买巧克力，跟着奶奶出来只能要求买棒棒糖，至于跟着爸爸，那是没有糖吃的，因为爸爸禁止他吃糖。刘冰也明白吃糖对他的牙齿不好，但抵挡不住儿子的央求加哭闹，每回总是妥协，总想着偶尔吃一次也没关系。她从南门走出来，进超市挑了块榛子巧克力。阳阳又拿了一块，手快得让刘冰反应不过来，然后仰着小脸望着刘冰，笑得几颗小米粒牙全露了出来，那只拿巧克力的手却藏在身后。觉着又好气又好笑，刘冰心却是软软的，骂了句，小馋虫，就往收银台去了。付完款后，她到底只让阳阳拿一块，另一块留着明天吃。阳阳还要争，她说，那我回去告诉爸爸喽。阳阳便不吭声了，撕开包装，咬下很小的一角，含在嘴里。这种三寸长、一寸宽的巧克力，他能吃上一个多小时，比女孩子吃得还秀气、精细。刘冰认为这份精致是遗传了自己的，看着就欢喜。她牵着阳阳，往东门走去。

舞曲还没奏响，聂爱红正在热身。刘冰自己不开口，却让阳阳喊了声聂奶奶。聂爱红像是有几个月没见到他俩了，双眼放光，从队伍中飘了出来。

哎呀，我正想找你说话呢。

聂姨，你有什么事只管说。

也没什么事，就是今天看到你婆婆在外面摆摊卖东西，我好心好意劝她，说她年纪这么大了，崽和媳妇都是在好单位上班，还出来摆摊做什么？多说了两句，她还拉下脸来了。

你千万别在意。她就是这个性格，犟得很，怎么劝都劝不动的。

我听说小周是支持她的。

没有，没有。本来是劝她不要去捡废品，劝不动，只好想了这个办法。

原来是这样啊，那也真是难为小周了。聂爱红又是锁眉又是撇嘴，脸部简直有点扭曲变形，充分表达了对小周以及小周夫人的同情和体谅。

唉，这也是没有办法的办法。

你婆婆也真是喜欢苦自己，我喊她跳舞她不来，想带她打麻将，她更是连边都不沾。

她要是有你这种观念就好了。

说起来我们还是有很多共同话题的，都是吃苦过来的。

那是，你们的经历，我们没办法比，经验也丰富。

也不过是多吃了些盐，多走了些路，比不得你们年轻人，读书多，学历高。

你太谦虚了。阳阳他爸爸常讲，聂姨有见识，办事风风火火，是个当领导的料。

看小周讲的，他才是当领导的料，你啊，以后就等着当领导夫人吧。

我才没那个命呢，只要他安安稳稳就好，刘冰顿了一顿后又说，他今天跟我论起个事，就是小区没有业主委员会，什么事都是物业在拿捏，又说要是你来承头，当这个业主委员会主任，最合适不过了。

我都退休的人喽，干了一辈子革命工作，只想享享清福，还来操这个心干什么？

刘冰被她堵住了话，正想着怎么措辞，旁边有人说，聂姐，你要是把这个业主委员会搞起来，我们都选你当主任。

看你说的，我又不是业主。

你怎么不是业主？

又有人说，你不是业主，那也是业主的娘。

是啊，业主的娘当然也是业主。我们都是业主，他们物业敢说我们哪个不是业主，我们把他们办公室都掀翻。

物业也就是个撮钱的，专门从我们这些人身上刮油，喊他们换个过道灯泡，都要磨蹭半天。

刘冰觉得过道灯泡换得倒是挺快的，基本不过夜，但见群情渐渐激愤，也就没有出声在这点上替物业辩白。

有人拍着大腿说，他们呀，只有收物业费最积极，本来是一个季度一交，头个月还没过，就开始催了。

我们是老实，按时交钱，你们不知道，还有人一两年的物业费都没交呢。

那不成了我们替这些人出钱搞服务吗？

就是，老实人在哪里都吃亏。

叶姐走了过来，静静听了一会儿，才开口道，本来有小区就该有业主委员会，我们小区也不知道是怎么回事，始终成立不起来。

叶姐，你号召力强，要不然你来搞。

聂爱红心里突然一紧。

叶姐一笑，我带这个舞队，都有些力不从心了，哪还有精力去做这样的大事？

聂爱红不自觉地松了口气。

老鹿喊道，跳舞！跳舞！

叶姐往队伍前走去。宋姐开始吆喝着归拢队伍。聂爱红招呼刘冰来跳，刘冰一边笑一边摇头，还往后退了两步。

看着她那张在半明半暗间仍清晰可辨的脸，聂爱红叹了口气，也是，跳这样的舞，你还太年轻。

一时不知该如何回答，刘冰只有抿着嘴角笑，目光尽量温柔。

聂爱红没再说什么，转身融入舞队。

回到家中，周建成已经进了书房。刘冰把阳阳交给梁春花，选了四个网购来的苹果：两个又大又圆、面色红润、表皮细腻的来自山东烟台；两个又小又带点麻皮的来自陕西某个小县，商家称之为野苹果，其实就是没有打农药的放养苹果。在洗泡这个环节，不管打没打农药，四个苹果享受同一待遇，在放了食用碱的水中浸泡了十五分钟，到了时间后，又都被女主人拎着在水龙头下冲洗了半分钟。之后山东大俊妞和陕西山沟小娃则被严格区分开来，非但切成小块的时候绝不混淆，连装进的果盘也不同。稍大一点的果盘放客厅，小点的则端进书房。周建成正在浏览网页——虽然有了智能手机，他还是喜欢用电脑上网。把果盘放到桌上，刘冰俯下身去，扫了一眼页面，似乎是物业管理方面的条文，便道，你不会亲自上阵吧？

想上阵也没有时间啊，只是想了解了解。周建成直起腰，抬头望着刘冰。刘冰用牙签挑起一块，送到他嘴边。周建成先不咬，而是把鼻子凑上去，深深吸了口气。他喜欢这种苹果的野香，当然，也喜欢它酸甜的滋味。

嗯，好香。

你呀，放着好苹果贵苹果不吃，偏爱吃这些几块钱一斤的。

不以贵贱论英雄，不以价钱论高低。你那些贵苹果，甜是甜，脆也脆，但就是没有这种土苹果好闻，这可是大自然的香气，来自山野的芬芳啊。

刘冰扑哧笑出声来，你看你，吃个苹果还要抒情，你当初怎么不去读中文系呢？

周建成嚼着苹果块，微微摇摇头，你是没跟中文系的打过交道，他们可不只抒两句情这么简单，动不动就来几十行诗。像我这种只能发两句感慨的，在中文系是混不下去的。

哪里混不下去了，你文章不是写得挺好的吗？

周建成含笑瞅着老婆，没向她解释历史论文、单位公文跟文学作品不是一回事，而是问，你碰到聂姨了吗？

碰到了，也跟她说了。

她什么反应？

刘冰一时脑中模糊，聂爱红到底是什么态度，竟然有点说不上来，想了好一会儿才道，反正那些跳舞的人也鼓励她当，她既没有答应，也没有不答应。

周建成点点头，那你不要再提这事了，讲一次就够了。

刘冰嗯了一声，很乖的样子，在台灯灯光的映照下，多了几分白日没有的妩媚。

周建成忍不住探手在她胸部袭取了一把温软。

轻轻打了一下他的手背，刘冰说，不怕丑，耍流氓。

那等一下我还要耍大流氓呢。周建成压低了声音说。

想得美。刘冰白了他一眼，带着笑意转身走开。

十七

聂爱红起得比平时要晚，因为昨晚没怎么睡好，那个什么业主委员会的事，竟在心里搅了好几遍，进入梦中，也碰到有人叫她聂主任。待洗漱完毕，瞅着镜中那张尚未粉饰的脸，她的雄心又熄灭了大半，想着已经退休的人了，还折腾这个干什么，过点轻松日子算了。别人是晨练之后才化妆，她是化了妆才肯出门晨练。脸上扑一层粉，眉毛细细描过，又涂上口红，顿时精神一振，又感觉年轻了十岁。出门后，不期碰到2103也准备下楼。聂爱红本不愿跟她乘坐同一架电梯，但转了个念头后，又觉得那样做2103会认为自己是怕了她，所以终于和她跨进同一个轿厢。2103照旧眼睛瞟都不瞟她一下，待轿厢到了G层后，又抢先走了出去。聂爱红瞪着她的背影，再次生出无可奈何的痛恨。迈出轿厢口的时候，她脑海里又闪出一个念头，要是我当了主任，就能治治这个骚货了。

沿湖边转圈时，聂爱红脑海里始终盘旋着这样一幅画面：她，银峰佳苑业主委员会主任，以收到投诉为名，在几个委员的簇拥下，昂首挺胸进入2103那充满着暧昧气息的房间，对她伤风败俗的行为进行严厉批评教育。面对业主委员会的强大阵容和凛然正气，2103，还有那只大白猫，都像斗败的公鸡那样，不得不低下高傲的头。这场景光想想，便让聂爱红觉得解气，继而激动不已。想到细处，她连跳舞的心思都没有了，索性坐在湖边长椅上，掏出手机查看业主委员会该怎么弄。在百度上看了好几个答案后，她明白首先得把《物业管理条例》（以下简称《条例》）弄清楚，便又去搜《条例》。一看颁发日期，居然是2003年，聂爱红顿时有些惊讶，心想怎么从没听人说起过呢。从头到尾划了一遍，条条款款还真多，一时半刻绝对看不完，聂爱红便决定先回去做早餐，等吃过饭后再慢慢学习。起身后，她想起好多年没有学习文件了，不过这一次，没有上头组织，完全是自发的。

吃过早饭，洗了碗，聂爱红不像往常那样先在沙发上休息一阵，而是翻出笔记本，寻了支水笔，在餐桌前坐下。倩倩先是感到新奇，既而有些不安，一边玩抱抱熊一边频频瞟向聂爱红。过了二十来分钟，她终于明白奶奶似乎会这样一直坐下去，便抱着娃娃走到桌前，小声说，奶奶，出去玩。聂爱红头都不抬，下午再去。望着神情严肃的聂爱红，倩倩眼睛渐渐发红，但终究没有哭，只把嘴巴嘟得老高，带着娃娃回到坐垫上。过了一会儿，她用手指点着抱抱熊的脸，熊熊，不哭，奶奶，说了，下午，出去玩。聂爱红嘴角逸出一抹微笑，忍住不去望她，心神终于能够完全注入《条例》。

聂爱红记下的第一则笔记是：2003年6月8日中华人民共和国国务院令第379号公布。这条让她立刻获得了深厚的底气，自豪感也油然而生——这可是国务院颁发的，国务院还专门为我们业主制定了一个文件呢。她想叶姐、宋姐也未必知道这点，更不用说梁春花和"麻神"他们了。聂爱红有种迫不及待向他们宣告的冲动，但转而又想，得先把文件学全唰，国务院为我们业主制定了些什么，我要说得清才行，于是暂时收敛起这份冲动，往下慢慢划动，边读边想边记。你们看，你们看，第一条说得多好："为了规范物业管理活动，维护业主和物业服务企业的合法权益，改善人民群众的生活和工作环境，制定本条例。"这个必须记下。它充分体现了毛主席说的为人民服务，我们业主就是住在小区的人民群众嘛。第二条也要记下，什么叫物业管理，讲得再清楚不过。原来物业管理不单是物管处的事，而是"业主通过选聘物业服务企业，由业主和物业服务企业按照物业服务合同约定，对房屋及配套的设施设备和相关场地进行维修、养护、管理，维护物业管理区域内的环境卫生和相关秩序的活动"。但我们这个物业公司又是哪个聘的呢？聂爱红停下笔，想了好一阵，能够肯定的是应该不是业主聘的，不然为何中华从来没提过这事。但不是业主聘的又是哪个聘的，莫非是物业公司自己找上门来的？问题是找上门也得有个批准的部门啊，这个部门又在哪里，总不会物业公司自己批准自己吧？绕来绕去，聂爱红脑壳有点发蒙。她大半辈子都是住单位房子，现在武陵的房子也是七八年前厂里集资修建的，比市场价低三分之一多，退休职工闹了好一阵，万幸争到了指标。修好后也是聘物业来管理，当时聘不聘、聘哪家的问题，依旧是由厂领导决定，这一点，连退休职工也没有异议。但银峰佳苑的领导又在哪里？聂爱红怀着疑惑和寻找答案的希冀，继续往下看。还好，到了第五条，就找到了领导部门：地方人民政府房地产行政主管部门。虽然不清楚这个主管部门具体叫什么，但毕竟知道有个上级组织可以依靠了，心中顿时安定不少。然而，紧接着的一条兜头给聂爱红浇了瓢冰水："房屋的所有权人为业主。"很明显，自己不是业主，中华才是，甚至没有血缘关系的汪丽离业主这个位置也比自己近。聂爱红有种准备高高跃起却一脚踏空跌到沟里的感觉。手中的笔倒在桌上，她盯着这简短却致命的一行，像是在发呆，心里却翻腾着说不出的沮丧和懊恼。第六条下面垂列着许多项权利，聂爱红以一种漠然的心态打量着。一直到屏幕底部，这些权利居然还没完。她想不看了，又忍不住要看个究竟。在这矛盾的心情中，她又重新回到开端，把十大权利一条一条厘清了。多好的规定啊，然而自己连被选举的资格都没有，更不要说当业主委员会主任了。她索性退出界面，喝了口菊花枸杞茶，滋润一下受伤的心，脑海里却萦绕着一个从文件中跳出来的新词：专项维修基金。这是笔什么钱？怎么从没听到哪个提起过？这笔钱是怎么来的，难道物业会自己掏腰包？不可能。羊毛出在羊身上，很有可能是从业主身上挤出来的。

聂爱红越想越觉得自己的推测是对的，为了证明这推测，她又百度出《条例》，在第七条中找到了它的来源。果然。但她又感到疑惑，因为只听说交物业费水费，没听阮中华提过要交这笔钱。再往下看，这个词在第十一条中又出现了：筹集和使用专项维修基金，但仍然没解释什么叫专项维修基金，怎么个筹集和使用法。继续下翻，相关解释依然没看到，但另一条规定令她陡然一振：业主可以委托代理人参加业主大会会议。像是挡住去路的墙体突然裂开，一条小路穿了过来。聂爱红想起一个舞友说的话：业主的娘也是业主。是啊，业主的娘就算不是业主，那也可以做代理人。再往下看，第十六条中对业主委员会成员的要求简直字字引发共鸣：热心公益事业、责任心强、具有一定组织能力。聂爱红觉得说的就是自己。样样具备，只欠产权，但产权是崽的，那也等于是自己的，当然，最后都是倩倩的。聂爱红瞟了眼正在专心搭建积木的倩倩，觉得这样好的孩子，该有一个业主委员会主任奶奶，或者主任爸爸。这样想着，脑海中闪过一个念头——中华有资格去竞选这个主任，只要自己出面把前期工作做好，到时大家也不好意思不投他的票。他是不喜欢管事的，最后还不是要我来代管，这就叫，垂帘听政。呸呸，这个词太封建，不好听，反正就是这么个意思。家里要是出了个业主委员会主任，那就把小周那一家比下去了。副科长又怎样，到时这小区里的科长、处长，都要听主任的。

聂爱红越想越兴奋，但到底没有忘记毛主席的教导：不打无准备之仗，还是按捺住激动的心情，继续学习文件，笔记做满了三页。她感觉自己已经是这方面的专家了，只是专项维修基金还是没太弄明白。这个词又出现了多次，显然很重要。好在网上没有什么搜不到的，她退了出来，又重新百度了一下。好家伙，这专项维修基金是从业主身上剜下的一块肥肉啊，多的几百万上千万，交房款时开发商就收了，然后不声不响移给物业。要是没有业主委员会，这么大一笔钱，又是自己出的，业主居然管不到，简直令人气愤。看来成立业主委员会太有必要了，不然会被物业当宝耍。

晚上吃饭的时候，聂爱红提起专项维修基金的事，阮中华和汪丽都一脸蒙。后来汪丽总算回忆起了当初买房时是交了这么一笔钱，似乎有两万多。聂爱红便大致估算了一下，小区最少有一千户，七十到九十平方米的小户型好像多一点，按平均每户一万五算，那也有一千五百万。这么大一笔钱，光存在银行吃利息，就有不少呢。阮中华和汪丽果然都现出愤愤之色。聂爱红便趁势把话头引到业主委员会的成立上来。阮中华大声说，这是好事啊，但听到聂爱红鼓动自己出面，他声调立刻降了一半，眼睛不看聂爱红，对着饭碗说，这里面好多麻纱，扯不清的，我哪有时间去搞？

是啊，我们招呼店子里的事，都忙不赢。

瞪着这两位只图轻松好玩的主，聂爱红说，这可不是闲事，关系到你们切身利益！

阮中华说，我晓得，我晓得，只要有人肯去搞，我们绝对支持。

你怎么支持，坐在这里喊两句口号？

阮中华扬着眉毛说，不是要业主投票吗，不管哪个承头，我绝对投赞成票。

要是隔壁的承头，你也投？

愣了一下，阮中华随即讪笑道，她，不可能喽。

聂爱红叹了口气，你呀，光想着投别人的票，就没想过要别人投你的票。

我不行呢。我一个做生意的，个体户，别人怎么会选我？

怎么不能选你？这又不是选国家主席，还要看行政级别，只要是业主，就有资格。

阮中华还是摇头。聂爱红说，你就是烂泥扶不上墙壁，一辈子也就这点出息。算了，算了，你怕麻烦，我代你去搞。事情是我来做，到时争到的位置，还是你的。

你是我妈，我怎么好意思坐你的位置呢？

你是业主，我不是啊。这个位置只能业主来坐。

随你，随你，反正我是没有空来搞这些事的。

你放心，不会麻烦你这个甩手掌柜的，你只要授权给我代理就行。

授权，授权，你老人家全权代理。

汪丽本想说点什么，但见聂爱红兴冲冲的样子，话到嘴边还是缩了回去。等聂爱红下楼跳舞，她才对阮中华说，妈要去搞这件事，那不影响带倩倩？

她想去搞，哪个还拦得住她？阮中华见汪丽忧色转深，又说，兴许是一阵风，刮一阵也就散了。

汪丽想了想，也是，这事要是容易搞，早就搞起来了，妈只怕是一厢情愿。

她就喜欢瞎操心。

倩倩在一边睁大眼睛，不准，说奶奶，坏话。

哎呀，你还很护着你奶奶。

倩倩不说话了，眼睛微微发红。汪丽抱住她，你爸爸说了，妈妈可没说，是不是啊，倩倩？

倩倩微微点头，又横了阮中华一眼。阮中华咧开嘴笑起来。

阮中华说那话的时候，聂爱红倒没有打喷嚏。她正忙着向舞友们渲染业主委员会的光辉前景：今后大到修电梯，中到放哪家公司进来搞促销活动，小到挂一块广告牌，那都是业主委员会说了算，由不得它物业公司关起门来做决定了。每年的财务报表，也要交给业主委员会审查。这业主委员会啊，就是小区的人大常委会。舞友们自然兴奋，但也有人提出疑问，要是这样，物业没点油水，还愿意搞吗？聂爱红一听就来气，他们的工资是我们出的，未必还要另外给他们油水？她说的是正理，那人反驳不了，脸上讪讪的。

叶姐见气氛有点冷场，遂说，业主委员会，主要是起监督作用。有了监督，物业就不敢乱用业主的钱，这跟国家成立纪委反腐败是一个道理。

宋姐笑着说，物业也有腐败行为，我们也要反腐败。

一说到反腐败，大家都很赞同。

叶姐正色对聂爱红说，你认真去搞，我们都支持。

聂爱红拉着叶姐的手说，有你这句话，我就有信心了，随即又眉头微蹙，但是国家规定只有房屋产权人才是业主，我不是业主，到时只怕连个委员都没资格当。

此言一出，气氛又沉凝起来，大家你看看我，我看看你，有的还互相询问，你是业主吗？得出的结论是大多数只能算业主的娘。听说是国家规定的，再没人抛出"业主的娘也是业主"的高论。有人失望之余，又开起了玩笑，老鹿，干脆你来搞，我们选你。此言一出，大妈们纷纷发出哄笑。

老鹿连连摆手，我搞不得，我搞不得。

你怎么搞不得，房子未必不是你的？

就是，你还是个大男人呢。

你又有钱又有闲，身体又好，适合得很。

老鹿苦着脸说，你们莫搓我，我根本没这个能力，还是聂姐搞。

聂姐不是业主，到时连个委员都当不上，那不白忙活了吗？

聂姐的崽是业主，到时大家选她崽当主任，那还不是跟聂姐当一样？

大家听得一愣，默然片刻后，有人说，这倒是个主意。

聂爱红本来冷着脸没作声，这时眉眼又松活了，看着老鹿，心想，这家伙其实脑子还很活泛。

叶姐说，现在也只有这个办法了。既然爱红肯牵头为大家服务，你们到时一定要选爱红的崽当主任。

老鹿第一个表态，绝对不选别人。

宋姐说，我们肯定要选自己人。

对，选自己人。

放心，我们不会让聂姐白出力的。

聂姐，你放心吧。

聂爱红满脸溢出笑容，连说谢谢。在接下来的舞蹈中，她罕见的没有去训导别人。

十八

取得舞友们的表态支持后，第二天聂爱红又去策动"麻神"那拨纯粹的麻友。令她意外的是，对于业主委员会如何搞，"麻神"竟似比她还清楚。但"麻神"全无热情，还一个劲地给她泼冷水，搞不成器，搞不成器的。聂爱红忍不住瞪他，你讲讲看，你讲讲看，怎么个搞不成器？

"麻神"倒不生气，你莫激动，我只跟你摆一条，你就晓得了。聂爱红双臂抱在胸前，用眼睛照着他那张尖瘦的脸。抽了口烟，"麻神"方悠然摆出一条：小区里小户型房子多，出租的也多，这些业主又不住这里，就算选他们做代表，他们也难得过来开个会，但完全撇开他们，代表大会又开不起来，开不成代表大会，那这业委会就没法选。说完后，他那双小双皮眼瞅着聂爱红，似笑非笑。

明白他讲到了点子上，聂爱红却忍受不了那似笑非笑的表情，下巴一扬，还有什么，你再摆出来。

"麻神"微微一怔，舔了下嘴唇，又说，你晓得啵，现在这家物业公司是地产下面的子公司，他们最担心的是什么？就是被换掉。只要业委会不成立，他们就不得有这种担心，那就是万年江山。

听到这里，聂爱红忍不住说，他们不想成立就不成立啦，这江山又不是他们的，是业主的。

"麻神"嘿嘿一笑，他们当然不会这么明说，但他们有的是办法拦你。

聂爱红沉着脸，一时无言。有人说，打麻将吧，操这个闲心干什么？聂爱红一听心火就直接烧到了眉头，这是闲心吗？你们一个个未必是住在外面的，这房子未必不是你们的？不是你们的也是你们崽女的？房子里面是你们的，房子外面未必就不是你们的？公摊面积，维修基金，你们哪一家哪一户少出了一毛钱？出了钱还管不到，还反过来被出钱雇的人拿捏得死死的，你们还以为很有光彩是吧？

这劈头盖脸一番话，震得大家一时都陷入沉默。聂爱红本想停住，但看众人的表情，心劲更足，又点着"麻神"说，你跟我还不一样，我的房子是我崽的，你的房子是在你名下。我晓得你，是个有能力有办法的人，不然当年也争不到那么多拆迁款，两个崽买了房子，自己也买了一套。你一家有三个业主，本来最该出面的就是你……

"麻神"嘀咕道，我又不是没试过……

那你就继续试啊，革命工作又不是一天两天就干得成的。以前你要是孤掌难鸣，现在有我啊！我一个女人都不畏难，你怕什么？你要不帮我，我就去找别人。我就不信，银峰佳苑这一亩三分地，我们这些出钱的还做不了主？

许多人都瞅着"麻神"，表情复杂。"麻神"把烟头一甩，老子怕什么？你要真的敢搞，我还会让你一个妇人家冲在前面？

好，你要记得你今天讲的话。

你只管放一百二十个心，"麻神"目光扫了一圈，你们莫笑，你们个个也走不脱。

"宽嘴巴"还在捂着大半截嘴偷笑，像是看到两公婆吵架后又迅速和好了。

聂爱红扭转了局面，心情畅快，想着下一步是不是该派活了，但如何派活，心里其实并没有一本明白账。盘算了片刻，她便把"麻神"叫到一边商量，任由其他人组局开打。架空层里再无多余凳椅，两人站着交谈。"麻神"本是个到哪里都习惯坐着靠着的人，这时却肯奉陪，虽不说站得端正，但至少没有倚着墙面。他比聂爱红矮了大半个头，脸窄身瘦，在聂爱红面前一站，对面正后方的人就几乎看不到他。聂爱红很少正眼看过他，现在也只是把目光搭在他的头顶，居然没发现什么白发，心头掠过一丝诧异。但她暂时无心探询"麻神"是用什么妙法来保持这满头青丝，只顾着跟他商量如何"开展工作"。

"麻神"平素话多，现在一谈正经事，反而变得三思而后言了，聂爱红噼里啪啦问上一大通，他垂着眼皮，答上三五句，再瞅聂爱红一眼。不过这样聂爱红倒放心，句句都听了进去。综合"麻神"的意见，一是尽量先别惊动物业，他们越晚晓得越好；二是当务之急是把业主代表先定下来，再开业主代表大会；三是最好能在建委和街道办找到熟人，先把路开好，不然他们到时不盖章，这个事就会泡汤。第一条聂爱红心领神会，第三条"麻神"不说她暂时还想不到，但一说她就理解——凡事只要有上级组织的支持，那就好办，第二条她却生出疑义——干吗要先定，业主代表难道不是开会选举的吗？每一户到场一个人，超过百分之七十就可以开。聂爱红为自己终于也说出了内行话而感到振奋，目光炯炯地看着"麻神"。"麻神"又现出似笑非笑的表情，我们又不是政府，喊齐七八百人开会，那可能吗？就算喊得齐，只要有一个人争，其他人都会跟着争，到时莫讲选代表，不打起来就算好的喽。聂爱红痛恨他那种似笑非笑的表情，却又被噎得说不出话来。她本是有实际工作经验的，"麻神"说的这些情况，想一想都句句在理，心情未免有些灰暗，过了好一会儿才说，那你讲怎么搞喽？"麻神"说，每个单元起码要定两个代表，每栋就是四个，打张表出来，每一户都要有业主在上面签名，就可以了。此话一出，聂爱红便看到一条明晰可行的道路从眼前铺展开来，顿时觉得他又变得顺眼了。"麻神"却补充了一句，你莫以为很容易，麻烦事多得很。聂爱红说，要是怕麻烦我就不搞了，然后又浮出笑容，四栋就归你负责了啊。"麻神"眼帘下垂，没有立刻接话，待聂爱红的笑容快要冻结了，才说，我最多只管这一栋。聂爱红说，你放心，我还有人手呢。

回到六栋游乐场，看到倩倩跟阳阳在滑梯上玩得正欢，聂爱红觉得眼下一切无不如意，满面漾笑地挨着梁春花坐下。梁春花却以为她是赢了钱，心想，还是当过干部的，这么喜欢打牌赌宝，虽然没往旁边挪一挪，但面上淡淡的。聂爱红心情好到竟不生计较心，寒暄两句后，便扯到阮中华买的房子，房产证上还写了媳妇的名字。当然了，店子是小两口一起开的，生意是一起做的，房子媳妇占一半，也是应该的。有的人家，媳妇厉害，明明是男方买的房子，却只写了她的名字，万一，我是说万一，将来离婚，这财产分割官司还不好打。梁春花听得认真，却没发表意见。聂爱红忍不过，索性直接问你们家是怎么弄的。梁春花对这种大事向来问得很清楚，也觉得没必要搪塞，便说，也是写了两个人的名字。聂爱红立刻说，我就想着是这样的，他们两口子感情那么好，又都是领工资的人。梁春花听着心里熨帖，回报了一句，你屋里阮伢子汪妹子感情也好，同进同出的。聂爱红以饱含感慨的口吻说，只要他们年轻人和睦，我们这些老家伙，有时受点委屈，也就不往心里去了。这话，更是说到梁春花心坎上，多看了聂爱红两眼，心想，看不出来，活得好像慈禧太后一样，也有在崽和媳妇那里受夹板气的时候啊。聂爱红却只是点到为止，没有跟梁春花深入交流这方面的复杂感受，转而谈起成立业委会的大业来——在她心中，六栋一单元目前也只有梁春花一家可以作为依靠力量，无论如何是绕不过的。

她先解释业委会是什么，为什么要成立，才说得几句，梁春花便说，我晓得，就是跟物业唱对台戏。聂爱红说，对，现在是物业一家在唱戏，我们也要搭起台子来唱戏。梁春花微微点头，一家唱，唱得再好，久了也会唱疲，变差，只有唱对台戏，才会一直往好里唱。聂爱红一拍大腿，正是你讲的这个理。梁春花不理会她的激动和赞赏，冷不防抛出句，那到时还准摆摊吗？聂爱红一怔，随即道，准，当然准，那是我们的地盘，想摆就摆，只有外面来的人不准，就算准，也要收费。梁春花又问，哪个来收这笔钱？聂爱红睁圆双眼，当然是业委会，不可能让物业来收。梁春花继续问，那到时哪个来管账？聂爱红觉得这老太婆不像是乡下来的，倒像检察院或审计局的，但还是耐着性子说，账到时是由委员们一起管。梁春花微微摇头，再怎么一起管也有个具体管的，这个具体管的发不发工资？聂爱红说，业委会基本上是做义务工的。梁春花又微微摇头，到时总还要发点补贴，不然做不长久。看着她那副忧思深沉之态，聂爱红又好气又好笑，还没到那一步呢，到那一步再说，现在是要把代表选出来。这个选代表啊，要一户一户上门去摸底、登记，还要做思想发动工作。这个事，年轻人没有时间，也做不来，只有我们这个年纪的人，从毛泽东时代过来的，最清楚怎么做。梁春花没有接话，望向斜对面那两个小人崽崽，目光定定的。看着她那双清亮得出奇的眼睛，聂爱红蓦然想起了"麻神"那头黑发，心头生出恍惚之感，本来还要说些什么的，这时也随着梁春花一并陷入沉默。

到了晚上，聂爱红跳完舞，跟叶姐他们商量选代表的事。舞友们明显比麻友们实在，纷纷按栋数领了任务，当然，领了任务的都是代表人选，他们要做的工作就是说服本栋业主签名确认。有的还要在本栋再找一个代表。有的则超出了名额，比如一栋就有三个舞友，谁都想当，但谁也不好意思让别人退出。这种事，连叶姐也不好裁决，怕伤了和气，一时沉吟不语。宋姐快人快语，抓阄吧。大家你看看我，我看看你，觉得只有如此了。叶姐却没有发话，又思索了片刻，问聂爱红，是不是只能一单元两个？聂爱红其实也拿不准，"麻神"又不在身边，便说，两个是标准数。叶姐说，那就是了，不低于两个，多选应该也可以。老鹿立刻点头称是。聂爱红说，那就不低于两个，不超过三个，你们看呢？其他人均无异议，事情就这么定了下来。现在只剩下十栋、七栋和二栋还没有自己人，聂爱红没多思索，便表示，我再去找。这话说得干脆，叶姐眼中流露出赞赏之色，还上前给她整理了一下衣领。聂爱红心头受用，本已感到微微的疲倦，这时又精神起来。

回到六栋一单元大堂前，聂爱红仰头望了眼头顶上那些密集的灯光，想起自己这一栋根本没有发动起来，心里便有些焦躁。在电梯上升的过程中，这焦躁感也逐渐上升，待跨出轿厢，她在电梯口靠对面墙站住，身子侧对着2101那边。连廊那扇门似乎没有关紧，却迟迟不见有人出来。她实在按捺不住，终于彻底转了过去，往2101走去。

刘冰听到敲门声，以为是周建成忘了带钥匙，待看到聂爱红满面红光地站在门口，先是愣了一下，随即迎出来，躬身从旁边的鞋柜中取出双拖鞋。聂爱红连忙弯腰去接，两人差点撞头。换上鞋后，聂爱红感叹鞋柜做在这里，又不占房间的地方，又方便，然后夸刘冰会布置。进门后，见地板干净得像是用水洗过，聂爱红又夸奖了一番，还对梁春花说，你福气好，讨了个这么能干的媳妇妹子。刘冰就竖在面前，梁春花没法不接受聂爱红的称羡，只有点头微笑。因为恭维的直接对象是婆婆，刘冰也没有谦虚，而是泡了杯枸杞菊花茶端上来，又取出包松子，撕开来倒进一个半截苹果形的玻璃碗中。阳阳不用大人提示，热烈地喊了声聂奶奶，然后问倩倩妹妹呢。待听说倩倩妹妹在她自己家里，他脸上的神情顿时不那么热烈了，闷闷地走到一边，跪在垫子上玩他的塑料小火车。

聂爱红见梁春花在一把旧竹椅上落座，略觉诧异，多看了两眼。刘冰说，妈喜欢坐这把椅子。聂爱红靠在软和的沙发上说，这椅子好，坐惯了不容易得腰椎间盘突出。我老家也有一把。梁春花瞟了刘冰一眼，然后请聂爱红品尝自己的专享蚕豆。她难得有如此主动的盛情，聂爱红当然积极回应，拈起那硬邦邦冷冰冰的一颗入口，却发觉嚼不动，吐也不是，吞也不是，只有含在嘴里。刘冰跟她说话，发现她声音突然变了，表情也有点不对，立刻明白是怎么回事，含笑道，太硬了吧。顺着她的话头，把蚕豆吐在茶几上一个装着瓜子壳的小塑料碗里，聂爱红对刘冰表示，我牙齿奈何不了，又对梁春花说，你这口牙，当得年轻人。梁春花正在慢慢地把一颗蚕豆嚼碎磨融，听得此言，脸上罕见地露出得意之色。刘冰说，我也嚼不烂，聂姨，吃松子吧，这是进口的。松子是开口的，极易剥，小小巧巧的一颗，带点自然的清香。聂爱红觉得刘冰就像这松子，而梁春花就像那蚕豆。这比方她觉得妙极了，只恨不能说出来，也不好发朋友圈，除非是把梁春花暂时屏蔽了。正这般想着，周建成进来了。聂爱红起身打招呼，语气热烈得仿佛她是主人，而周建成是如约而至的客人。周建成脸上丝毫不露诧异之色，只是说，聂姨，你坐。聂爱红说，你快坐，正好有事要跟你们商量呢。

周建成靠着另一边扶手坐下，静静地听聂爱红说完，又静默了半分钟，才说，这件事，我们是最早劝你出山的，当然支持。不过我们两家住在同一楼层，都当代表，恐怕其他业主那里通不过。不如你另外再找一户。有什么需要我们做的，只要在能力范围之内，尽管开口。

不行不行，以你的能力和身份，起码得当个委员。小周，你也晓得，在整栋楼里，我跟你们家关系最好。你娘跟我姊妹一样，冰冰又跟我特别亲，特别投缘。我不依靠你们，还能依靠哪个？别的人，不知根不知底，我也信不过。至于在同一楼层，提起来是个问题，放下去又不是个问题，最多我再做做思想工作，多介绍介绍你的情况。你是政府的人，又是科长，能够加入我们业委会，别人还巴不得呢，你就别推辞了。

周建成往上推了推眼镜架，聂姨，感谢你的信任。我说了，往后有用得上我的地方，我绝不推辞。一个单元要是有五六个代表，同一层产生两个代表，还说得过去。现在最多只有三个名额，我们有三十层，六十户，那就说不过去了。

这个包在我身上。你聂姨也是当过干部的，你要相信我有这个能力。

我不是这个意思。这里面还牵涉到一个公正的问题。我们两家的关系，楼上楼下都看得到。就算强行把我选上，其他业主心里肯定有想法，这就会影响下一步的工作。毕竟，这件事是要大家齐心才做得好的，光靠我们还不行。

聂爱红顿时无语，客厅的空气变得有些凝滞。阳阳那辆小火车在塑料轨道上循环转动，声音细小而清晰。

聂姨，你还不晓得他的性格。他既然说了帮忙，肯定会帮忙。至于当不当委员，那都是名义上的东西，我们是自己人，无所谓的。

聂爱红叹了口气，你们要我到哪里再去找合适的人哦？

周建成说，十四层的那个黄家奶奶，她崽可以。见聂爱红露出愕然的表情，他又说，她崽会功夫。物业有保安，我们也需要这样的角色。

聂爱红惊愕的表情开始淡去，代之以犹疑。

梁春花说，那个伢子要得。

聂爱红目光下垂，仿佛要在地面上寻找决策，不过她很快抬起头，你们都讲要得，那肯定要得。到时你陪我到他屋里走一趟啊。

要得。

还有，隔壁那两户，到时签名，还要麻烦你代我去找一下他们。

要得。

聂爱红站起来，上前擒住梁春花的手，幸亏有你们啊。老话讲得好，远亲不如近邻，我看，我们跟近亲差不多，一定要互相帮衬。

不习惯这般当众表达亲热，但又不便把手抽出来，梁春花面露腼腆之色，仿佛一个被老师错赞的学生。好在聂爱红很快放过了她，转身又跟刘冰和周建成说了几句热乎话，便告辞。刘冰起身送她。在门口换上鞋子，聂爱红坚决不许刘冰再送到连廊口，以嗔怪的口气说，你再要这样客气，我以后就不敢上门了。放心，我替你关好那扇门。刘冰只好止步，目送她走出连廊。

十九

梁春花从黄家奶奶那里回来，神色依旧平静，嘴角却有一丝若隐若现的笑。

妈，他家同意了吗？

梁春花点点头。

我就晓得，有你陪着聂姨去，他们肯定同意。

梁春花嘴角那丝笑瞬间扩大了一下，旋即复归于若隐若现。

周建成在旁边看着，明白这笑意味着同意是同意了，但同意的过程中只怕有点小故事。他今天上午终于完成了一个大材料，到现在都还有轻松感，有闲心打探一二，便问，黄家奶奶态度还好吗？

好，她对我一向好。只是不顺她眼的人，她就不管那么多了。

聂姨上门是客，未必她还不理？

茶还是有一杯的，黄家奶奶这点礼性还是有的。阮家奶奶也是的，也不看看黄家奶奶是什么人，到她屋里去做客，还要打扮得花里胡哨，耳环、项链都挂起，镯子还要戴两个，好像生怕别人不晓得她是吃国家粮的。

刘冰忍不住说，她向来都是这样打扮，也不是故意显给黄家奶奶看的。

她就是喜欢现世，排场大得很。黄家奶奶不吃这一套，只跟我讲话，茶也是先倒给我。她那脸色，就算涂了寸把厚的粉，也是掩不住的难看。

周建成想象着那番场景，忍不住笑出声来。刘冰却替聂爱红难受，心想，聂姨粉是涂得重，但也没有寸把厚啊。

不过她呢，到底是场面上的人，见到在黄家奶奶面前不受待见，便跟小黄和他媳妇套近乎。小黄性格像他娘，没有多话讲，他婆娘倒是肯讲。阮家奶奶那张嘴巴，最会哄年轻人，小黄婆娘被她几句话就哄得眉开眼笑。不过当不当代表，她应了不算，小黄还是看他娘的意思。

周建成说，黄家奶奶还不是看你的意思。

她是个讲义气的人，我既然上了门，她不会不答应的。

聂姨也清楚这点，所以要喊着你一起去。

嗯，她其实也是个聪明人，会来事，就是有时不太通味。

刘冰暗生疑惑，既然聪明又会来事，怎么又说人家不通味呢？周建成却完全明白梁春花要表达的意思，嗯了一声。

这个阮家奶奶，跟小黄婆娘聊得亲热，出来又问我人家是不是嫁二道的。

她怎么这样问呢？

还不是看到人家戴副眼镜，白白净净的，比她屋里小汪人才要强，就不信小黄能找到这样的原配。其实小黄才去当兵的时候，两个人就谈起了，那时都还是黄花崽黄花女。

这个话你就莫跟黄家奶奶讲了。

我不得讲，要讲了那还得了，黄家奶奶会一脑壳顶翻阮家奶奶。

周建成又一次忍不住笑了起来。刘冰却关心小黄婆娘是做什么的，待听说是在奥克斯广场对面的服装批发市场里开了个小缝纫铺，便哦了一声，不再打听下去。

梁春花坐下来，对着墙壁，仿佛在自言自语，到时还要陪她走隔壁两家。

妈，到时我也陪你去。

梁春花瞅了刘冰一眼，你不是怕狗吗？

现在不怕了，刘冰脸微微有点红，九九认得我了，其实它乖得很。

周建成晓得她是想去 2103 屋里一探庐山真面目，却不说破，只是想，女人好奇心就是重，不管老少，都是这样，只有娘老子算是个例外。

一个星期过去了，聂爱红还是没来烦动梁春花。梁春花不闻不问，像是已然忘却。刘冰却惦记着这事，一会儿猜测聂爱红是不是独自上门，一会儿又怀疑梁春花和聂爱红在她白天上班的时候把这事办了。她不好直接问梁春花，只跟周建成提了一句，周建成略加思索，便说，不会，聂姨大概是要等其他人都签了，才去找她们。刘冰问，为什么呢？周建成笑了笑，她是怕其他人还没签，她们以这个为理由推托。刘冰觉得分析得在理，却噘起嘴说，你们这些当干部的，心思就是比别人深。周建成说，那也是被逼出来的。

刘冰其实有几次碰到过聂爱红，见她眉头深锁行色匆匆，不便催问。这天晚上，不想聂爱红自己又过来了，一进门就跺着脚说，气死我了。刘冰请她坐下，给她上了杯茶，问是怎么回事。

聂爱红却朝着梁春花说，你还记得吗，上次在电梯里跟我们吵架那个糟老头子？

梁春花想了想，才慢吞吞地说，那种人，拗得很，不好讲话。

何止是不好讲话，简直是个混账。你讲我上门好歹是客，他开口就是你这个地主婆，怎么肯上我们穷人屋里来了？我忍着脾气跟他赔笑，讲楼上楼下，偶尔拌个嘴，也很正常。过去了就过去了，没必要放在心上。你们讲，是不是这个道理？

刘冰连连点头。梁春花却只是静静地看着聂爱红。

他一个男的，心眼却比针还小，横着眼看我，问我是不是有什么事要求他。我有什么事要求他？还不是为了大家的事！为了大家，这口气我也忍了，跟他讲清楚找他来是做什么。他脑袋一偏，嘴巴一撇，说这个字不得签，哪个当代表，跟他家没关系。我说你住在这里，怎么跟你没关系呢？他讲就这几间屋跟他有关系，屋外的事一概不管。我问他难道你不交物管费？他不作声。我看他是成心要跟我打擂台，就做他婆娘、他崽的工作。他婆娘也不作声，他崽昂起下巴说，当代表有什么好处？我说就是为了选出业委会，业主有个自己的组织，对大家都有好处。他崽又问进了业委会可以少交物管费吗？我说我们小区每平方米收一块九，又是个新小区，真不算高，这件事，只怕做不到。他崽还没说话，那槽老头就讲，那有个屁用。我还想再做做思想工作，他们，他们竟然把我赶了出来。你们说，气不气人，真是一屋子的混账。我们小区怎么住了这种人？

聂姨，你消消气，跟这种人，不值得生气。

聂爱红这时方觉出口渴，喝了口茶，又有些烫，心里更加烦躁，坐在那里，胸脯一起一伏。

梁春花慢悠悠地说，少了他们一户，也不要紧。

那怎么行？所有人都要签字，才有效。

哪个规定的？

我问了的。

哪个会来清数？

聂爱红顿时愣住了。

刘冰说，是啊，除了我们业主，不会有谁来清这个数的。少了个把人，看不出的。

周建成从书房里踱出来。聂爱红见到他，又把事情说了一遍，只是省略了一些细节。周建成说那暂时只有绕开这户，顿了顿又说，少数服从多数，只要绝大多数同意了，应该问题不大。听了这话，聂爱红的心稍稍定了下来，说暂时只有这样搞。周建成问她那些出租户怎么签。聂爱红又激动起来，说只能让租户打电话给业主，大部分租户还是好说话的，有的不情不愿，那就要多讲几句好话，跟他们磨。现在的问题是业主都不愿意专门为这事过来一趟，我问能不能代签，他们有的不肯授这个权给租户，肯授权的呢，租户又有顾虑，怕到时要担什么责任。你们讲，这个事难不难办？

周建成也觉得难办，蹙起眉头，沉吟不语。

刘冰说，那可不可以建个微信群，让他们把签名拍个照发过来？

聂爱红眼睛一亮，这是个办法，我试试。哎呀，我怎么没想到呢，还是冰冰聪明。

好容易显得比丈夫和婆婆聪明一回，刘冰兴奋得红了脸，哪里哟，我也就是随便讲讲。

聂爱红这次倒没有谈完事就走，而是跟刘冰闲扯了一阵。阳阳闹着要跟倩倩玩，她才透露倩倩下午被她爸爸妈妈开车回来接了出去，说是去什么儿童乐园，到现在还没回来。话音落了还没多久，阮中华就打电话过来，说已经回来了，问她在哪儿。挂了电话后，聂爱红说，肯定是倩倩想我了，又对阳阳说，明天妹妹再和你玩。阳阳寻出颗圆球形的巧克力，要她带给倩倩。聂爱红笑得眼睛都眯起来，摸着他的头说，他们感情好得像是两兄妹，然后又叹了口气，他们这一代大多是独生子女，太单了，再这样下去，将来堂兄堂弟表姐表妹这样的关系都没有了，可怜啊。梁春花也跟着叹了口气。

聂爱红走后，刘冰说，聂姨这阵子太操心，人都瘦了。

梁春花说，她劲头足，这阵子跑上跑下，变成我帮她带倩倩了。

周建成说，这是件好事，我们只能给她鼓劲，莫让她泄气。

梁春花不置可否，却说倩倩还是逗爱，又说阳阳要是有个这样的亲妹妹就好，可惜国家政策不允许。

阳阳觉得倩倩就是自己的妹妹，不明白奶奶为何这样说，睁大眼睛望着她。

周建成其实也想要个女儿，但政府抓计划生育的严厉，他从小就看在眼里：上门围堵，抓人去流产，几个壮汉抬着一个呼天喊地的大肚婆；罚不到款，乡干部硬生生把人家的牛都牵走了……这些印象，太深刻，想抹都抹不掉。自己幸亏在农村，还能有个妹妹，很多城里出生的同事，独苗一根，如果配偶也是独生子女，那得对四个老人负责，担子未免重了一些。也不晓得将来会不会变。从逻辑上来说，周建成认为应该变，不然以后老年人会越来越多，但国家这么多年来抓计划生育的决心和力度，又让人觉得会一直这么下去，所以他也不抱希望，对娘的感叹，只能保持缄默，省得她生出希冀，徒增失望。其实对政府狠抓计划生育，梁春花的体验比周建成深刻得多，所以感叹了也就感叹了，根本没敢去想会有什么变化。

聂爱红到底没有建业主微信群，因为她担心大家都在群里，有人一问这代表是怎么定的，肯定会有其他人跟着质疑，到时若是弄得群情汹汹，实在难以招架。事实上，已有人当面问过她了，好在是一对一，她眼睛不眨地说是大部分业主推荐的，对方也没办法查证。有两个较真的说我怎么不晓得，聂爱红便说，这是个苦差事，要不你来当代表，请你来承头，我巴不得撒手不管呢。对方想了想，觉得确实是个苦差事，也就没继续跟她较真。事情搞到这一步，太不容易，她实在不想横生枝节。刘冰的意见她采纳了一半，想方设法加上那些业主的微信，请他们将签名发私信过来。有的业主心思细密，还在姓名中插上一行小字：本签名只供业主代表选举之用。只要对方肯发签名过来，她就谢天谢地了，插多少行小字都没关系。有几个生死不肯发签名，只表示口头同意，她只得让对方发条语音过来，聊胜于无。折腾了两个多星期，除了那个"混账老头"，本单元只剩下同层中间那两户了。2102那家倒还好办，其实不用自己出面，完全可以请梁春花帮忙打探到业主的电话；2103可就绕不过去。想起那个"骚货"目中无人的神气和一张利嘴，聂爱红又恨又有些畏火。她动过也请梁春花代劳的念头，但这样做，等于彻底承认梁春花在本层的影响力完胜自家，实在心有不甘。思来想去，聂爱红还是决定去试试。

一到有事要求2103，聂爱红就变得善于替对方着想了：下午是万万不能去的，上午嘛，似乎是她埋头鼓捣什么事情的专用时间，也最好莫去打扰，那么，晚上最适宜，但也不能太晚，八点到九点半之间吧。盘算好之后，聂爱红整个白天都避免碰上2103，经过她门口和窗前时瞟都不瞟一眼，生怕门或窗突然打开，撞上那双亮得有点灼人的眼睛，也不知该回以什么样的表情合适。晚上学跳新舞时，聂爱红有点心神不定，被叶姐纠正了一次，好在夜色中没人看得出她的脸烧了起来。叶姐那栋的进展还算顺利，以她的人缘和气场，这本在意料之中，也是好事，但聂爱红无形中又增添了压力，有种今晚必须得手的紧迫感。本来学新舞是她的心头爱，这次却觉得难挨。好容易熬到结束，跟舞伴们匆匆打个招呼，聂爱红便往东门奔。待走上台阶，她又把脚步放慢，同时对自己暗暗生出气恼来，慌什么慌，不就是一个怪女人吗，又没长三头六臂！

见终于可以去2103家了，刘冰率先从沙发上站起来，说是进卧室换一下衣服。聂爱红认为她一身粉色睡衣挺养眼，反正是去女邻居家，不换也没关系。刘冰却很坚决，不行，不行，这样去拜访人家不礼貌。聂爱红只好和梁春花相对默坐，静候周家少奶奶换好衣服又补了妆。刘冰出动，阳阳便闹着要一起去。周建成呵斥了一句，阳阳小脸顿时涨得通红，泪珠在眼眶里打转。刘冰还没表态，梁春花便已牵起他的手，让别个去玩一下有么个要紧？这样，本是两人并肩上门的组合，现在变成了一支四人小分队。周建成目送这老青幼三代鱼贯而出，在某个瞬间竟生出跟上去的些微冲动，但他随即克制住了，转身进了书房。

士气高昂地行进到2103门口，聂爱红、梁春花和刘冰又都犹豫起来，你瞟我一眼，我瞟她一眼，都等着其他人去敲门。见此情状，聂爱红咬咬牙，正备抬臂，拍门声从她腰前溅了上来，低头一看，竟是阳阳。她们都还没反应过来，门内已递出一声，谁呀？聂爱红还没想好怎么回应，阳阳已经喊了起来，阿姨，是我。片刻后，里面传出门把转动的声音。聂爱红晃到一边，将刘冰和梁春花暴露在正门口。没料到还有这一出，刘冰尚未反应过来，便已跟2103打了个照面。她只能像面对客户一样，奉献一个甜甜的微笑，你好！

脸上惊讶之色一闪而逝，2103点点头，见梁春花也在，便叫了声娭毑，扫到藏在门边阴影中的聂爱红，本来略有暖意的脸色又变得淡漠，有什么事吗？

刘冰瞟向聂爱红，聂爱红望向梁春花，都没开口，一时静得针落在地上都能听见。右边连廊传来响动。聂爱红转头一看，原来是倩倩溜了出来，想必听到了阳阳的声音，而阮中华和汪丽竟然没有跟出来，也不晓得在做什么。她连忙喊道，快回去。话音还没落，倩倩已经竭力奔了过来，像一只屁颠屁颠的小熊猫。见她现身，阳阳欢喜如小猴。两人手拉手，快乐的气息顿时冲破了这门前的尴尬和沉默。倩倩指着门内对阳阳说，里面，有小猫，然后仰头冲着2103笑，大眼变成了月牙形。在这样的笑容面前，2103绷不住脸，一芽笑意忍不住从嘴角探出头来。

梁春花终于开口了，妹子，我们有个事想跟你扯扯，是好事。见这老人眼神中露出企盼，面容里透着沧桑，刘冰又在一旁亭亭玉立始终得体地微笑着，还有两个小孩仰着嫩嫩的小脸，2103感到没法把他们挡在门外，一边转身一边说，进来说吧。

才进客厅，大眼小花便迎了上来，乍看来了这么多人，立刻顿足不前，许是因为在自家，并没有转身逃走，站在那里，像尊小巧精致的雕塑。雪猫伏在沙发靠背上，稍稍转了下脑袋，两道冷冷的光直射过来。倩倩和阳阳蹲下去要摸小花的头，雪猫立刻发出瘆人的叫声。小花认得倩倩，但不能忽略雪猫的态度，回头望了一眼，身子跟着转了过去，慢悠悠地踱到茶几前。客厅和餐厅是连在一起的，摆设遵循极简主义，连把多余的椅子都没有。沙发不长，只够坐三个人。2103说了声坐吧，自己仍站着。刘冰觉得她既然开了口，不坐显得不礼貌，但看着那只满脸警惕的雪猫，又不敢坐。瞟了一眼她的神色，2103命令雪猫下来。雪猫横了刘冰一眼，一旋腰就到了地面，再一蹿上了窗台，横身卧下，往外远眺，再不回头看一眼。

刘冰让梁春花先坐，又请聂爱红来坐。聂爱红并不想坐，但既然进了屋，不能流露出本不想来的意思，便也坐下了。刘冰又对2103说，你请坐，客气周到得仿佛她是女主人。2103说，你坐，我站一站。刘冰嘴角现出一朵小酒窝，那就不好意思了，然后坐下来，双膝并拢，双手放在膝盖上。阳阳和倩倩感受到了什么，一时安静下来，并肩站在茶几旁，像是提前进了幼儿园，而2103就是他俩的新老师。2103显然没有上茶或倒杯水的意思，却从玻璃茶几上拿起一盒开了封的巧克力，递给两个安静的好孩子。倩倩居然没有用眼神向聂爱红请示，眉开眼笑地接了过去。聂爱红暗生一点气恼，却作不得声。阳阳说了声谢谢阿姨，便凑过去和倩倩研究里面的内容。刘冰觉得这声谢谢非常悦耳，显出自家宝宝是有教养的孩子。

聂爱红给梁春花使眼色，梁春花本想装作没看到，继而又想，既然来了，那就帮忙帮到底，便大着舌头对2103说，妹子，我们第一次上门，也没带什么东西，少了礼性，你莫见怪。

2103点点头，接着释放出一个笑容，双臂交叉抱于胸前，一副静待下文的表情。梁春花本想依照惯常套路，把她和这屋子以及两只猫先夸上一夸，但眼见得她明显是个特别不喜欢讲客套的人，便省略掉了，直接端出来意。2103听完便说，早就该成立了。聂爱红和刘冰对视一眼，都从对方眼里看到了轻松和喜悦。立刻亮出了签名表，聂爱红想递给2103，却担心遭遇她的冷脸，放到茶几上吧，又会显出生分和隔阂，一时手伸也不好伸，放也不好放，只能暂时低头看着上面再熟悉不过的内容。刘冰见状，拿了过来，站起来双手递给2103。聂爱红觉得这妹子太贴心，正感动着，就听得2103问，这两个代表是怎么选出来的？此言一出，刘冰和梁春花都不能作声。聂爱红努力让表情显得自然，抛出了那个标准答案。2103立刻说，看来我不在这大部分业主之内。聂爱红脸部肌肉顿时变得僵硬，但笑容并没有撤下，冻在上面。刘冰想说点什么，却觉得怎么说都难以圆场，只好看向阳阳和倩倩。两个小家伙在那里持续品哑巧克力，幸福得对这边的紧张无感。大眼小花仰头望着他俩，仿佛是在计数，看看你们到底会吃掉我家多少巧克力。

梁春花突然笑骂道，看你们两个饿鬼，好像在吃自己屋里的东西一样。然后对2103说，你喜欢吃坛子菜吗，要是喜欢，我那里做得有好坛子菜，下次给你送些过来。她把话题扯到坛子菜上，2103神色略略缓和，但也没表示到底喜欢还是不喜欢，只是说嫘驰你莫客气。梁春花说，隔壁邻居，就跟乡里乡亲一样，我才没讲客气。要是生分的人，我还不好开口送呢，顿了顿又说，这个事，我晓得的，方方面面，上上下下，基本上是阮家奶奶在跑，也难为她了。不周到的地方，你多担待点，莫往心里去。我本来好清净，也是看到这是大家的事，能帮衬一下就帮衬一下。你是读过书的人，有知识有文化，也要多帮衬一下。

嫘驰，我讲了，这本来是好事，但要做对，起码的程序要走到位。像这两个代表候选人，到底是什么情况，有什么能力和资格，都要讲清楚，最好附张简介，一目了然。现在这样子，不明不白，签名都签得稀里糊涂。讲句不好听的，物业喜欢糊弄业主，我们业主不能糊弄业主。

聂爱红听得耳根发烧，忍不住说，我们要想糊弄，今天就不会上门。到这里来，就是想跟你讲清楚。

那好，这两个代表是什么情况，凭什么是他们而不是别人？

聂爱红一咬牙，他们两个其实是名义上的，就算当了委员，做事的也是我们这些老家伙。但我们不是业主，不能当代表，不能当委员，只能在背后做事。

梁春花说，年轻人要上班，没得空，只好这样搞。见聂爱红不吭声，她又说，妹子，我看你好像不要上班，要是情愿的话，选你当代表，当委员。

聂爱红和2103都一怔。刘冰笑着说，这样最好了。

首度在她们面前露出犹疑之色，2103思忖了片刻，摇摇头，我也有自己的事，实在没空。这样吧，字我签了，你们稍等。说完，她转身往书房走去。

刘冰略露失望，梁春花面静如古井，聂爱红流露出欣喜之色。

过了一小会儿，2103出现在客厅，将表还给刘冰。刘冰起身接过，2103那栏中一个又挺拔又秀丽的签名映入眼帘：孟清。

二十

陆宗明终于回湖南了。有位宝庆籍民营企业家，在桃花岭下办了个宝庆书院，专门从事青少年国学培训，其实是瞄准了附近梅溪湖国际新城那些望子成龙又颇有资产的住户的钱袋子。他又想做点公益事业，准备打造一个宝庆国学论坛，定期请国内外各路国学大咖前来宣讲。这论坛需要一个内行来具体打理。岳麓书院的朱院长跟该企业家相识于微末之际，却不过情面，挂了个顾问头衔，也实打实顾问了一回，就是向他推荐了陆宗明。

陆宗明在电话里不问待遇如何，却提出请谁不请谁得全由他定，否则免谈。企业家倒因此对他产生更浓厚的兴趣，见面之后，觉得人没问题，遂发扬宝牯佬的爽直风格，三言两语就定了下来，陆宗明出任宝庆国学论坛秘书长，还上一门高阶课，讲授宋明理学。见他孑然一身，无房无存款，企业家喟叹之余，特批给他配了一个套间做办公室。

周建成拣了个周末，开车去陆秘书长的办公室实地考察了一番，见外间摆着书柜，里间也摆着书柜，而办公桌和床均是能小则小，衣柜更是阙如，只有两个叠放的大行李箱，便打趣他此生大概是要以书为妻了。陆宗明颔首复一笑，然后要周建成陪他出去买些书。周建成说，你们书院应该有图书室啊，那么多书，不任你读？陆宗明说，亏你还是个读书人。图书室的是图书室的，我的是我的，读起来感觉不一样。周建成说，在你面前，我可不敢称读书人，又说，你要买不如在网上买，又便宜，又不用自己跑。陆宗明说，在书店里买书才叫买书。周建成能明白他这种心态，想到当初喜欢读书的时候却没钱买，经常在书店穷逛，东看看，西翻翻，一两个小时都不觉得累，现在有钱买了，却很难起逛书店的念头，不禁有点怅然若失。再看看陆宗明兴致勃勃的样子，他提了提劲，大声说，行起，买书去。

开车到了定王台，在里面逛了两个小时，淘了二十来本书，陆宗明还意犹未尽，出来把书放进小车尾厢后，见不远处省新华书店大楼高耸，又被吸引了过去。店内空间既阔且深，有一块区域却排着列长队，原来是作家在签名售书。陆宗明视而不见，周建成经过时却扫了一眼，正好看到作家抬头接过读者递上的书，顿时吃了一惊——那人太像孟清！他又驻足细瞄片刻，样貌神态丝毫不差。不想被她看到，周建成退到后面，又悄声问排队的一位读者这书哪里还有，读者指了指不远处的新书陈列台，还告诉他要先去收银台付款盖章才能签名。拿起一本翻看，书名唤作《不即不离》，勒口处有作者简介：孟非花，80后，自由作家，主要作品有《花非花》《君行早》。浏览了两篇，似小说非小说，似散文非散文，文风有些像当年的三毛，但三毛多写异域风情，她的书写背景则是城市。合上书，又拿在手中掂了掂，周建成放了回去，抬头一看，陆宗明已不见踪影。晓得他一进书店就浑然忘我，无非是站在哪架书前上下求索，倒不急着寻觅，遂低着头，往里面蹀去。

这里相比定王台，好处在于分类清晰，排列整齐，却不能议价。现在当当网、淘宝网上有海量的打折书籍，周建成觉得这实体书店若继续实行无折扣政策，那就真的只有铁杆读者才会来此选购。不过他也清楚新华书店掌握了教材发行，哪怕楼修得再高，暂时也无垮台之虞。在历史著作区流连了一会儿，选了套唐德刚执笔的《李宗仁回忆录》，上下两册。现在对那类板着面孔、严谨有余的史学著作，他已不愿亲近，倒是这种充满故事的口述史，还有兴趣。再往国学典籍那块走去，便看到了陆宗明。他头往书架前凑，腰背弓起，看上去像只大虾。周建成不去打扰他，自个儿深入古典文学区域，遇到羊春秋的散曲集，顿起亲切之感。他虽未能亲睹这位同郡大学者兼诗人的风采，但在湘大读书期间，听过不少关于他的故事。本系几个有水准的老师个个眼高于顶，但一谈起这位中文系的创办人，均表钦佩。周建成至今还记得历史系主任说过，羊老难得之处，是学问精深又富才情，足以与北大、清华、复旦、华东师大那些大教授比肩。眼见这仅余的一本业已蒙尘，周建成轻轻抽出来，吹去上面的灰，放在《李宗仁回忆录》上面。又盘桓了一阵，他才去与陆宗明会合。付款时经过新书陈列台，周建成又看了眼《不即不离》，脚步停顿了一下，终于还是擦了过去。

开车将陆宗明送往书院，又在附近请他吃了晚餐，周建成才往家里赶。电梯到了G层，门开了，孟清走了进来，穿着打扮跟下午所见无异，由此可证在书店签售的那位并非她的双胞胎姐妹孟非花。孟清亦即孟非花的目光在自己手中书上停驻片刻，周建成假装不觉，依然保持惯常的严肃镇静。她随即转过身去，面对轿厢门，仿佛全然不知他是刘冰的丈夫，梁娭毑的崽，又或者是书还值得她打量人则能少看一眼就少看一眼。周建成并无失落之意，反而觉得如此甚好。到家后，刘冰迎上来，见手上有书，更加相信他是跟陆宗明会面去了。待他坐下，刘冰端上茶，靠着他，问了些书院的情况，听说环境不错，便说等阳阳大些，也可以送去学习。周建成点点头，看着刘冰温柔可人的样子，几乎想告诉她在书店的发现。话到嘴边，转了几转，又和着茶吞回肚内。纵然对孟清没什么恶感，周建成也不情愿刘冰跟她有过多来往——那样的女子生活在另一个世界，宜远观不宜近交。

刘冰并不清楚周建成的心思，反而再次跟婆婆探讨要不要挖上一碗坛子菜给孟清送过去——虽然孟清当时没说要，但也没说不要。梁春花依旧只是点点头，没说送也没说不送。刘冰又说她把那盒巧克力送给孩子们，自己在网上一查，原来是法国原装进口的，真不便宜，可见她待人还是很大方的。梁春花又点点头。过了片刻，刘冰仿佛是在自言自语又仿佛是在跟谁商量，一碗酸菜还是太轻了，要不要再送点其他土特产？梁春花还没回应，周建成忍不住说，这个你就莫操心了，娘老子有分寸的。刘冰顿时有些不高兴，睨了他一眼。周建成盯着电视屏幕上那个飞来飞去的古装女明星，仿佛浑然不觉。

梁春花其实一直记得送坛子菜的事，但孟清那句"你莫客气"可以理解为婉拒，也可以理解为预备收下的客套话，所以送也可以，不送也可以，她想再等等看。不料刘冰比她还惦记这事，倒让她犯起嘀咕。孟清肯定不是什么坏人，只是在那方面"不规矩"。其实也说不上"不规矩"，因为人家并没有嫁人。对此她看得很开，并无聂爱红那样的愤懑和憎恨，只要这种"不规矩"别沾染到自己屋里就行。现在刘冰这么起劲，她倒有点隐隐的担心了。当然，冰冰这妹子向来规矩，这种担心原也是不应该有的，尤其不能让她觉出这种担心。最好是不送，但不送又架不住冰冰再问。思来想去，梁春花决定趁她上班的时候，送些过去，了结此事。什么时候送，她也盘算好了。下午肯定是不方便的。听聂爱红说，她上午从不出门，不晓得一个人在里面干些什么，也不好去敲门。那么，只剩下中饭前后的时间了。建成看样子也不情愿跟孟妹子有什么牵扯，那就趁他中午下班还没回来，送过去完事。

主意既定，梁春花便掐好时间，先盛好一碗坛子菜放在玄关的边柜上，炒出一个菜后，关了火，把阳阳锁在屋里，为了防止他开门溜出来，还反锁了。出了连廊，便看到一个送外卖的站在2103前，便想正好，连敲门也省了。孟清一开门，见有两张脸，略觉愕然。梁春花把碗从腰侧端到胸前，她立刻明白过来，也没过多推辞，便请梁春花进屋，等她把菜倒到自家碗里。梁春花却说不进去了，把碗递给她，一边等一边看着两边。两边都没有什么动静，让她愈发觉得时机选得恰当。孟清把碗还出来时，附送了一盒龙须酥。梁春花虽不想接，但推辞了两句后，还是拿在手中，只是没有了那句惯常的客套：要是好吃，我再来送。转身进了连廊，她想着建成快回来了，便没有关外门，只是虚掩上。

到了内门口，掏出钥匙，往左边转了两转后，却转不动了。梁春花疑心是方向错了，又反转了两转，还是打不开。她又往回转，仍然是两转之后就扭不动了。猜到是阳阳在里面想开门，用把手打不开，就动了下面的倒锁，梁春花顿时有点急，拍门喊阳阳。阳阳倒是回应迅速，估计一直站在门边。梁春花要他把倒锁打开，那边却只听到把手连响。梁春花醒悟到他听不懂倒锁是什么，便喊，是下面那个铁片片，阳阳，是下面那个铁片片！里面继续响，门就是不开。阳阳又喊奶奶，透着哭腔。梁春花背上冒汗，却不敢再催他，放缓了声调说，阳阳，你莫动，奶奶在门口，你等奶奶开门。她去摸口袋，随即想起手机没带出来，更加慌了。阳阳开始不停地拍门，哭着喊奶奶。梁春花心里又疼又急，却只能竭力哄他，要他去垫子上玩玩具。阳阳却不肯，挨着门哭。梁春花给他讲故事，他却叫着不听故事，要开门。梁春花还是坚持讲下去，把声音提得高高的，惹得楼上有人在窗边张望。梁春花浑然不觉，只是讲。渐渐地，阳阳被套进故事里，还在那边说唐僧好笨。

周建成回到家门口，见梁春花对着门讲孙悟空三打白骨精，大觉诧异。等到弄明白是怎么回事后，他也顾不上责怪梁春花怎么就把阳阳一个人锁在屋里，连忙掏出钥匙，还是打不开，只好打物业的电话。物业却不提供开锁服务，问有没有外面师傅的电话，也很干脆利落地说没有。没空跟他们发火，周建成挂了电话，去电梯口寻贴在墙上的小广告。物业在这方面却做得到位，凡是没有跟他们交费的小广告，贴上了也被撕得干干净净。周建成顿时躁得想骂娘，但又明白不能急，强行冷静下来，拿出手机搜索，很快搜出一堆服务电话。打通了一个，那边说正在吃饭，半个小时后再过来。周建成加了二十块钱，师傅便放下饭碗，立刻带着工具和新锁过来了。

等开了门，已经一点半了。阳阳满面泪痕，坐在地上。周建成心里酸软，一把将他抱起。阳阳还怕他们责怪，指着门把，我开门，门不肯开。周建成说，没事，没事，我们换把好锁，门就听话了。梁春花心里更加酸，却一声不吭，把龙须酥放到边柜上，拿着空碗钻进厨房，继续炒菜。周建成早已瞥见了空碗和龙须酥，大约猜出了她去干什么。等锁换好，饭菜上桌，他看看表，时间有点紧，便把火窝在心里，板着脸吃饭。梁春花没上桌，而是远远地坐在竹靠椅上，先喂阳阳吃饭。见娘像个犯错误的小孩那样躲着自己，周建成又好笑又有些心软，想着她这一大把年纪，里里外外操持，真不容易，慢慢地火也就熄了。

刘冰下班回来，发现锁换了，便问是怎么回事。周建成看了一眼梁春花，梁春花却早就扭过身子，望着窗外。阳阳趁机跟妈妈撒娇，先是汇报被关在屋里了，然后表达感受，好怕怕。刘冰顿时瞪圆了眼睛，盯着周建成，仿佛他就是那个非法囚禁儿童的罪犯。周建成其实也不太清楚细节，但又不想把矛头引到娘老子身上，硬着头皮跟她解释了几句。

刘冰忍不住埋怨梁春花，妈，你怎么这样不小心呢！

梁春花没回头，嘀咕道，还不是你催起我送酸菜给小孟。

妈，你这样说就不对了。怎么是我要送？明明是你要送的。

我没讲是你要送，我讲是你催起我送。

刘冰一愣，更觉有气，不顾周建成给她使眼色，说，我没有催，我是怕你忘了，提醒一下。

我记性好得很，不要哪个提醒。

刘冰眼睛都红了，望向周建成。周建成蹙着眉头，好啦，好啦，一个少说一句。

跺了跺脚，刘冰冲进卧室。周建成只得起身追进去，劝她出来吃饭。刘冰抹着眼睛说，不吃，气都气饱了。

过了片刻，阳阳也跟着进来，捧着那盒吃了一小半的龙须酥，妈妈，吃糖糖。

瞥见那盒雪白的龙须酥，周建成突然心头火起，喝道，丢掉，别人的糖，我们不吃。

阳阳顿时怔住，看着爸爸。

刘冰从床上坐起，一把搂住阳阳，咬着牙说，有火去外面发。我受你们周家人的气也就够了，别来凶我崽。

周建成觉得这话稀奇，几乎想说，未必他不是我周家人，但他明白眼下不是讲道理的时候，只有摇摇头，先走了出去。

过了一会儿，梁春花走到门边，阳阳，快出来吃饭。

刘冰搂紧阳阳，小声说，我们不去。阳阳遂没有应声，把脸贴在刘冰怀里。

又过了一小会儿，周建成进来喊阳阳吃饭，阳阳看着刘冰。刘冰到底怕饿着他，松了手，还催他去吃。阳阳把龙须酥塞给刘冰，妈妈吃。刘冰摸了摸他的头，近乎凄然地微笑了一下，心想，只有崽疼娘才是真的。

等阳阳跟着周建成出去后，她往嘴里塞了块龙须酥，清甜，入口消融，稍稍冲淡了她的自怜。小时候，这是跟冠生园大白兔奶糖同一级别的高级糖，甚至还更难吃到。这么多年过去了，口感还是没变。她又吃了一块，想着还要给阳阳留着，便合上盖子，放到床头柜上。这时周建成又进来了，端着碗饭，饭上盖满了菜，右手还拿着筷子。刘冰别过头去。周建成坐在床边，夹了一筷菜，用碗在底下兜着，送到她嘴边，冰冰乖，吃饭。

刘冰脸松了一下，随即又板起，哪个要你喂？

我不喂我老婆，难道还去喂别人？

刘冰横着眼看他，你还有别人哦！

老天爷做证，我从来只有冰冰一个。

那以后呢？

以后也只有你一个。

这还差不多。刘冰说完，张开嘴。被喂了两口后，终觉不方便，接过碗筷，就在床边吃起来。

出去吃吧。

刘冰摇摇头。周建成只好坐在旁边继续相陪。

你吃块龙须酥。

周建成虽不情愿，到底还是咬下半块。

好吃吧？

虽然吃起来滋味复杂，周建成还是点点头。

二十一

阳阳留了块龙须酥，带给倩倩吃。汪丽和阮中华都没给她买过这种糖，倩倩乍一品尝，便不能忘。两个小朋友都对孟清形成了固定印象：阿姨的糖特别好吃。见到孟清，他俩都笑得格外起劲，阿姨阿姨的喊得比龙须酥还甜。孟清只是微笑着应上一声，也不多看。梁春花瞧出她其实是喜欢阳阳和倩倩的，只不过在抑制自己，就像她绝口不提坛子菜好不好吃，见面只是喊声娭毑，依旧不多说一句。这个态度倒让梁春花放心，觉得这妹子活得明白，活得干脆，最重要的是，这样的人不会主动招惹是非，至于跟人不热乎，那已是极小的事。像聂爱红，热乎是热乎，但经常带来麻烦。尤其是现在这段时间，她身上背着一大摊事，见了面就诉苦或表功或诉苦兼带表功。梁春花只是听，尽量不搭话，省得又被她带进去。她拿定主意，多帮她照顾一下倩倩，其他的事，能不插手就不插手。说到底，建成连个代表都没当，最后事情搞起来，还不是她阮家出风头。

聂爱红全然不明白梁春花这番心思，一有什么新进展就会向她通报。她最近的一个惊人成就是搞定了孔小奇，也就是划周家车的那家伙。起初聂爱红希望孔小奇认不出她，但孔小奇记性好，见了面就横眉冷对，戳出一句，何事？聂爱红亮出表格说明来意，孔小奇往外一挥手说，关我屁事！眼看门就要关上，她心里一急，冷笑一声，看来你对物业看法很好！听得此话，孔小奇愣了几秒钟，回道，哪个对物业看法好？我恨不得肏他物业的娘！聂爱红说，这就对了，我们开代表大会，成立业委会，就是要管住物业，不让他们乱来。你要是站在物业那边，就莫签字。孔小奇又愣了几秒钟，才说，老子哪边都不站！随你们怎么搞，只要莫搞到老子头上就行。聂爱红跟着摆出霸蛮腔，不可能哪边都不站，不是这边就是那边。毛主席讲，不是东风压倒西风，就是西风压倒东风，不是业主压倒物业，就是物业压倒业主。孔小奇听了这话，倒没有反驳，但还是不肯签，又起高腔，我又不是代表，关我卵事！聂爱红只有说，那好，你也来当个代表。孔小奇睁大眼睛，我当代表？聂爱红说，对，你未必当不得代表？他瞪着聂爱红，聂爱红也瞪着他。最后他一跺脚，当就当，哪个怕哪个？也没想到结局会是这样，跟梁春花说起这事时，聂爱红表情半是好笑半是自得。梁春花默然片刻，说，他跟小黄打过架的。聂爱红说，不要紧不要紧，不打不相识，现在他们是战友，是同志了。见她豪情满怀，梁春花便不再发表意见。

晚上聂爱红跟舞友们交流情况。叶姐那栋没有问题，宋姐那栋也差不多了。老鹿本来有点软，号召力不够，但他居然策动了本栋一位退休的林法官，甘愿跟在他身后当跑腿。林法官严肃的长相和更加严肃的身份对其他业主具有说服力，谁都觉得他应该当代表。至于老鹿嘛，既然是林法官的跟班，那也算一个。聂爱红对于这种有身份有地位的人加入，本来心存疑虑，担心控制不住，但她不能把这疑虑说出来，反而要表扬老鹿。对她的表扬，老鹿反应淡然，倒是软绵绵地看了眼叶姐。叶姐也顺便夸了他一句，老鹿这才现出略带羞涩的笑容。聂爱红并不生气，只是觉得老鹿那眼神怪怪的，要是搁在自己身上，真会起鸡皮疙瘩。

回到家中，聂爱红正准备洗澡，听到敲门声。阮中华去开的门。面前竖着两个女子，黑制服白衬衣，幸亏没戴白手套。站在侧后的那个，圆脸蝌蚪眼，倒有些面熟，是本栋管家小封。

小封堆起一脸笑，没等阮中华开口询问，便说是找聂阿姨的。阮中华还不让她俩进门，回头喊了声。聂爱红出来一看，前头那个也打过交道的，客服姚主任，心知应该不是催收物业费什么的，便让了进来。小封还没坐下，便夸倩倩长得好漂亮，眼睛又大，皮肤又好。汪丽听得高兴，不待聂爱红吩咐，就上了两杯茶，头杯茶先递给小封。姚主任脸上的笑容本来就像贴上去的，这时险些掉下来。小封犹疑了一下，接过来，顺势移到姚主任面前。姚主任维持住了笑容，转头面向聂爱红，聂姨啊，我们这次来，主要是想跟你交流一下。尤其是我们工作中有什么不足，想听听你的意见，也好加以改善。

见物业领导亲自上门征求意见，聂爱红顿时感觉良好，两手往怀中一叠，靠着沙发，想了想才说，任何方面的工作都有不足，重要的是有则改之，无则加勉。

姚主任嘴角往两边拉动了一下，端起茶想抿一口，才凑近杯口便觉出太烫，又放下了。

是这样的，我们听说你在组织成立业委会，所以特意过来跟你沟通一下，同时也介绍一下我们的工作。我们物业进驻小区也有三年了，一直在努力为业主服务。虽然也有做得不够的地方，但业主们总体上还是满意的，所以一直也没有谁提出要成立业委会。

聂爱红忍不住打断她的话，姚主任，我了解的情况跟你不一样。之前也有业主想搞，只是没搞起来。再说业委会是政府允许搞的，是业主的权利，《物业管理条例》里面有明文规定的。

那是，业主成立业委会，那是业主的权利。但这件事，先要跟物业沟通，毕竟，小区是我们在管理。

这话我就不同意了。小区是业主的小区，你们是我们聘来的。

聂姨，这你就不清楚了，我们物业进驻小区，是政府批准的，下了文件的。

聂爱红确实不清楚，一时无语。阮中华却不耐烦了，哪个批准的我们不管，我们只晓得，是我们出了钱的。

你们出钱，我们提供服务。你们对服务不满意，我们改进就是。

提到服务，聂爱红就有了话说。

那好，我们就讲讲你们的服务。你们绿化搞得不错，卫生也还可以。安保工作吧，一般般，经常有外面的人溜进来。最关键的是你们财务没有公开，那些广告收入，还有外面的人在小区里搞商业活动，收的钱到哪里去了，是笔糊涂账。还有，你们的水费是代收的，一吨三块二，正常的居民用水是两块八。

说到这个水费，确实有误会。你不晓得，我们这里都是高楼，需要二次加压，这笔费用，我们多收的那点钱还补不了，每年都是亏的，只能靠其他地方创收来补。不只你有误会，很多业主也有误会，有的还为此不交水费，拖了一年的都有。你们如果要成立业委会，那就要把这些拖欠的费用结清，我们才能配合。

从来没想过业委会还有这个义务，聂爱红怔了一怔。

聂姨，成立业委会也要政府批准盖章，没有我们物业配合，是成立不了的。

不是批准，是报备。

报备也要街道办和建委肯登记啊，他们不备案，就成立不了。

这是国家允许的，我就不信，政府不会备案。

他们会先征求我们的意见。我讲句直话，我们的意见很重要。

那业主的意见就不重要了？

肯定重要，没有谁说不重要。我们就是为业主服务的嘛。管理小区是件很专业的工作，有很多复杂的情况要处理。我们尽力做好，做得不对的地方，欢迎你们批评，我们及时改正，争取给大家提供一个良好的生活环境。你们上班的上班，带孙子的带孙子，打麻将的打麻将，何必来操这份心？

我们愿意。这是我们自己的事，未必你们还不同意？

我们也不是不同意，但你们得负责先把这些欠费收上来。有权利就有义务，业主要权利，那也要履行义务。聂姨，跟你透露个情况，我们到今年上半年为止，不要说水费，连物业费的收取率都还没超过百分之八十五。

聂爱红瞪着她，那怎么行？这不就变成是我们出钱供着那些人了吗？

姚主任叹了口气，所以说，家家有本难念的经。这么大的摊子，光只维持正常运转就够头疼的。

这是常情常理，聂爱红也不能否定，但也没有附和。

小封笑着说，聂姨，我们领导开会研究过了，像你们这样的业主，按时交物业费，又主动维护小区秩序，我们要优待。起码停车费，我们可以减免。

汪丽两眼放光，真的？

那当然，我们领导在这里，只要聂姨不去弄那个什么业委会，这个月就实行，你们把车牌号告诉我就行。

聂爱红脸一沉，你们把我当什么人了？

小封涎着脸说，我们把你当成自己人。

我要洗澡去了。聂爱红站起来，昂首往卧室走去。

见这两个阿姨惹奶奶生气，倩倩也哼了一声，走开了。

汪丽面皮发热，对两人说，吃瓜子啊。

姚主任说了声莫客气，站起来，又说，你们再考虑一下，考虑清楚了，告诉小封，直接来找我也行。

听到关门声，聂爱红又冲了出来，对着门口说，搞腐败搞到我头上来了，也不看看我是哪个！我是国家干部，还会被你物业收买？

阮中华笑嘻嘻地说，业委会要是搞不成，免掉停车费也好，也算得了点实惠。

瞧你这点出息，一点停车费就把你收买了。你外公要是晓得，还会被你气死。我告诉你，八十年代，有人提了一万块钱，上门求你外公批计划外物资，被你外公轰了出去。这是我亲眼看到的。那是八十年代，一万块是什么概念，可以修栋楼房了。

提起外公，阮中华不作声了，头栽栽的。他老人家虽然逝去多年，但那副高大威严的形象，还是深扎在心里，绝不敢有任何不敬之词。

汪丽心里不舒服，但也没有吭声，靠在沙发上，一边嗑瓜子一边继续看她的网络小说。

看着这得过且过的小两口，聂爱红又生出恨铁不成钢的感觉。但再怎么恨他们也就这样子了，聂爱红摇摇头，转身去准备洗浴。完事后，她想着姚主任说的那些话，心里不安。看看挂钟，不到九点半，便去敲周家的门。梁春花已经带阳阳上了床，客厅里只有刘冰守着那台巨大的网络电视。聂爱红要刘冰继续看她的电视。刘冰还是按了暂停，听她和从书房里走出来的周建成讨论。周建成很肯定地指出报备跟审批是两回事，不过开代表大会，事先跟居委会和街道办打个招呼，也是应该的。至于收齐欠费才能成立业委会，那纯属扯淡。不过既然他们这样说了，也可以跟街道办表个态，业委会成立后，可以协助物业收取欠费，这样也可减少一些阻力。

周建成慢条斯理地说着，每说一句聂爱红都点头称是。等他说完，聂爱红心定之余，忍不住抖搂了物业来收买自己的事，当然，也强调了自己的断然拒绝和大义凛然。

刘冰说，还有这样的事？

周建成也闪过一抹惊讶之色，继而叹道，可以想见，这里面还有多少猫腻。

聂爱红说，正是。他们这么怕我们成立业主委员会，我们偏要成立，不能让他们一手遮天。

周建成望着她，聂姨，你辛苦了。

看着他那张严肃诚恳的脸，聂爱红心头暖暖的，脱口而出，小周，你还是要进业委会，我们缺了你不行啊。

周建成一怔，没有回答。既然话已出口，聂爱红便趁着这股感激劲说，琐事保证不要你操心，但大事还要靠你这样的人来拿主意。

现在增补，不合程序啊。

你这么优秀，先增补你当个代表，未必还有哪个不同意？我现在看清楚了，程序没这么严格的，完全可以变通。比起物业来，我们已经算是非常守规矩了。

周建成沉吟不语。聂爱红看向刘冰。刘冰轻轻推了一下他的胳膊，你反正已经在操心了，干脆正式加入吧。

周建成缓缓地说，要是不为难，那就算我一个吧。

看你讲的，这样的大好事，怎么会为难？聂爱红努力溢出满脸笑容。

她又坐了一会儿，讲了一些现在的筹备情况，便起身告辞。出门后，长风从连廊外边吹来。她扭头望了一眼远处隐约的湘江，本来踏实的心突然又生出些许茫然和懊恼。

二十二

"麻神"发微信过来，约聂爱红在湖边亭子中面谈。每次接到他的微信，聂爱红都会有轻微的纠结。这老头比她矮了差不多有一块竖放的红砖，按道理不会有那方面的非分之想。事实上，他除了举止随意之外，也没有别的出格举动，而且他在所有人面前，都是这般放松，不拘礼。但聂爱红觉得他一到自己面前，眼神总有点闪烁，似乎在掩盖些什么。这老头初看不讲究，瘦得颧骨高耸，下巴溜尖，却耐看，眉眼间着实有几分清秀；虽然抽烟，又爱吃大蒜，牙齿居然很白，身上也干净。聂爱红以前不把他当回事，但现在若是几天不见，竟会不由自主地起了挂念。有时她也会微觉气恼，一个老街溜子，想这样的家伙干什么？"麻神"没进小区之前，在长纺对面的一条背街上住了大半辈子，微信名也是"街上老爹"。这老爹油嘴滑舌，却又透着风趣，也怪不得"宽嘴巴"她们喜欢跟他闲扯。他谈起正事来，点子也不少，是个不得不依靠的人物。所以虽然纠结，每次聂爱红还是答应，最多把时间改一改。至于地点，亭子那里四面敞开，又有花竹掩映，倒是再适合不过。

"麻神"今天穿了件深蓝色毛线开衫，两条麻布裤腿晃晃悠悠。天气转凉，他总算舍弃了挚爱的三角塑料拖鞋，趿着双布面胶底的懒鞋。这家伙一坐下，就喜欢把一只脚抽出，踩在凳面上，不管这凳面是木头还是石头的，然后一只手搭在膝盖上。好在他的脚没有丝毫异味，看来非但天天洗脚，而且袜子也换得勤。聂爱红坐在对面的石凳上，望着他这副吊儿郎当的样子，心里就来气，但也佩服他年纪这么大，腰腿竟还这么松软，像是随便就能在地上劈个叉。"麻神"一点也不在意聂爱红不给他好脸色，抽着烟，眼中闪着笑意，额头上耷拉着的头发也黑得很愉快。

聂爱红终于忍不住问，你是不是染过头发的？

"麻神"像是受到了侮辱，我从不搞那些。头发要白就白。

那怎么没看到一根白头发？

"麻神"嗓门降了下来，嘿嘿一笑，天生的，没办法。

从中听出了掩饰不住的自得，聂爱红瞪了他一眼，又有什么事喽？

有个事要跟你汇报一下。

你不要跟我说什么汇报。

嘿嘿，你是国家干部嘛，我是老百姓。

也不好跟他解释国企改制后自己是什么身份，聂爱红只能静待下文。

就是那个开会的地点，物业对面不是有栋两层的小楼吗，本来是业主的活动室，物业把上面那层租出去开瑜伽馆，下面那层还空着，但是进大门的钥匙又在老板手里，他也是业主，到时去跟他讲一声，就放在下面开。

怎么什么事都要我出面呢？你既然打听清楚了，顺便去讲一下不行吗？

嘿嘿，你是揽总的嘛。再说，这个事也不是讲一下就行的。万一他说，要物业批准，怎么搞？

哎呀，他难道不是业主，未必没有签字？

签了签了，就是我这一栋的。

那你还担心什么？

嘿嘿，他这个人，滑得很，只怕两边都不想得罪。

聂爱红突然想起那晚的事，便疑心是这人向物业通风报信，愣了片刻后，便问"麻神"，那你讲怎么办？

"麻神"深吸了一口烟，慢悠悠地吐出一串大小不等的烟圈。

只能向他保证，就算成立了业委会，向他收取的租金，不会高于给物业的。

聂爱红犹豫起来。

"麻神"也不催，只是悠然地吸着烟，看着那些淡蓝的烟圈一个接一个地旋起又散去。

我再想想。

行，我等你指示啊。

觉得他在自己面前的恭敬有点像装出来的，但也很受用，聂爱红总算给了他一个笑容。"麻神"得了这个笑容，忍不住眉飞色舞，开始东拉西扯。聂爱红其实喜欢听他神侃，却又不想跟他单独待在一起太久。瞟了眼四栋架空层，她提出去打麻将。"麻神"说现在去还能有位置吗。聂爱红非要去看看，"麻神"只得跟着起身。

傍晚聂爱红在电梯口碰到周建成，孟清也在。聂爱红瞟了眼孟清，对周建成说了这事。周建成皱起眉头，低头沉思。孟清像是充耳不闻，只顾抚摩怀中半眯着眼的雪猫。小花则伏在她肩头，眼睛照例睁得大大的。

电梯上升到十六层的时候，周建成抬起头说，要是答应了，我们跟物业就没什么区别了。

聂爱红一怔，忙说，这不是我的主意。

周建成点点头，这只能算下策。

聂爱红等着他说出上策、中策，但周建成没作声，显然一时也拿不出。

孟清突然冷冷地抛出句，那地方本来就是我们的。轿厢门开了，她昂首走了出去，仿佛那话是对空气说的。

等她进了屋，关上门，聂爱红对周建成说，她讲得也是，本来就是我们的，我们要用，物业不会硬拦吧？

那就先礼后兵，事先通知一下他们，看他们怎么答复。

聂爱红说，对，将他们一军。

到了晚上，聂爱红洗了澡后，给"麻神"发了条信息，告诉他想这么办。"麻神"很快回了条语音信息，要是想硬来，千万莫让他们晓得，开了再说。聂爱红又觉得他说得也有道理，一时不知如何决断，靠在沙发上出神。阮中华听到了语音，忍不住替他爸爸关心一下，是哪个男的给你发信息喽？聂爱红躁起来，还不是业委会的事？你这个代表没操一点心，尽让我在这里烦心。阮中华本想说，又不是我想当代表，但见聂爱红眼里火苗一跳一跳的，便不敢吭声了。

"麻神"又发了条信息过来，不是语音，而是文字。

散步去吗？

聂爱红顿时想对着手机骂一句，你个剃脑壳的，哪个跟你散步？然而这一骂，天晓得阮中华和汪丽会怎么想。想不回，面子上又过不去。只有写一段文字信息告诉他，跳了舞洗了澡，准备休息了。过了好一会儿，"麻神"才发了个代表晚安的星月过来。几乎能看到他失落的样子，聂爱红有些心软，又回了句，你也早点休息。"麻神"回道，遵命！聂爱红嘴角不禁溢出一丝微笑。

第二天上午，聂爱红去瑜伽馆楼下踩点，大门竟是锁上的。想起孟清的话，她心头冒火，恨不得把锁砸掉。站在玻璃门外，她往里面张望了一阵，确定一楼大厅容纳五六十个人应该没问题。只是没有桌椅，到时只能站着开会。她用微信跟"麻神"通话，问他要得到钥匙吗？"麻神"说，想硬来就莫去要，一要物业就晓得了。反正他下午和晚上会开门的，放在下午开就是。聂爱红说，干脆让他当个代表，到时也进业委会，这样他就会站在我们这边。"麻神"说，这招我早试过了，他不接招，大概觉得成立业委会对他没什么好处。顿了顿又说，他就是个生意人，没好处的事不得沾边。聂爱红只有说，我再想想。站在门口，她想了好一会儿，心里还是一团乱麻。倩倩又闹着去玩，只有先带她去游乐场。

梁春花早就坐在那儿了。看着她气定神闲的样子，聂爱红突然替自己委屈。她坐下来后就说辛苦。看着她充满感慨的脸，梁春花只是淡淡地说，大家的事大家办，你也不要老是一个人在操心。聂爱红想说，我不操心又哪个操心呢？但想到周建成，还是把这话咽下了，只是点点头，又叹了口气。梁春花在她的家庭微信群里聊得正欢，不断拍阳阳玩耍的照片传到群里，引发阳阳爷爷和姑姑、姑父的频繁点赞，刘冰也不时冒个头，显然是在抓紧利用坐柜的空余时光。聂爱红斜着眼睛看了片刻，突然下定决心，把代表微信群建起来。就算有人在群里提出什么异议，自己有周建成、"麻神"、叶姐、宋姐、老鹿等班底，也应该能压得住了。还有黄家奶奶那个儿子黄真，虽然话不多，但是个实在人，也能指望得上。她开始不停地拉人，手指之忙碌顿时压过了梁春花。

群里第一个发言的是孔小奇。他在小区本来有点过街老鼠的味道，现在成了代表候选人，显然很兴奋，上来就问代表大会什么时候开。聂爱红说会场还有点麻烦，然后说了麻烦的原因。孔小奇说，那有什么麻烦的，他不开我们就砸门。老鹿调侃他，你砸吗？你砸我们就跟着砸。孔小奇说，崽不砸！闲居终日的林法官现身了，先问了那地方是谁的，然后说，他锁门是违法，我们砸门，等于砸自己家的门，应该问题不大。叶姐大概是在摆弄她阳台上的盆景之余闻见群里的火药味，以一贯的和平主义者姿态表示，还是先跟人家好好沟通。聂爱红说，已经沟通了，但没效果，然后@了"麻神"。"麻神"也不知在干什么，足足过了吃半顿饭的时间才回复，那家伙狡得很，两边都不想得罪。宋姐大概没有在外面拍照，也表达了自己的意见，万一不行，可以到架空层开。聂爱红坚决不同意放到架空层开，太寒碜了，又说，我们要借此机会把自己的地盘夺过来。她的意见得到了孔小奇的迅速响应。孔小奇表示，那天他要带把锤子去。林法官表达了自己的忧虑，恐怕物业会来干涉，他们毕竟有支保安队伍。孔小奇说，我们业主还怕他们，他们要是敢动手，老子就是一锤子。聂爱红又@了黄真，问我们的子弟兵在哪里？黄真回的是语音，退伍老兵在开车，又表示，哪个敢对业主动手，老兵坚决不答应。聂爱红发了个跷大拇指表情，同时@了黄真和孔小奇。黄真回了一个敬军礼的表情，孔小奇却消失了，大概从声音听出了黄真就是揍他的那个姓黄的，躲起来独自郁闷。

有了这个微信群，聂爱红下午打麻将都不得安生。她是群主，就算无人@她，她也要随时关注群里动静，连消息提示都不能关闭。"宽嘴巴"听到她手机嘀嘀声不断，一边砌牌还一边盯着手机屏幕，撇着嘴说，聂主任，你打麻将还办公啊，比总理还忙。聂爱红说，我连业主都不是，还当主任？无非是个做义工的。"宽嘴巴"冷笑道，你莫谦虚，人家背后都开始叫你聂主任了。"麻神"说，她当不了主任，要是能当，我们巴不得她当。"宽嘴巴"现出鄙夷之色，哟，还巴不得呢！难怪两个人经常躲在亭子里讲悄悄话，还怕我们听见。聂爱红瞪着她，恨不得抓起一块麻将掷过去。"麻神"红了脸，什么悄悄话，我们是在商量工作。另一个人说，她在开玩笑呢，又说，快出牌，我们的主要工作就是打麻将。"宽嘴巴"抿嘴一笑，开句玩笑，还红脸，从前可没见你这么害羞过。"麻神"争辩道，哪里红脸了？刚睡起来，心火旺。聂爱红突然用罕见的温柔语调说，熬点绿豆汤吃，去火。大蒜也少吃点，上火。她这么明目张胆地关心"麻神"，"宽嘴巴"倒不作声了，低下头去看摸到的子。

到了晚上，周建成在群里发了个言，提出做两手准备，一是尽量和和气气把会开了，二是要有所准备，物业万一来干涉，能够顶得住。聂爱红迅速表示就这么办，然后开始商定时间。大家一致认为放在双休日最好。至于是星期六还是星期天，有人提出去翻翻皇历，也没人反对。最后定在下个星期六上午十点零八分开始。聂爱红正准备再说点什么给大家鼓劲时，林法官现身了，各位代表，业委会的名单我们是不是先在这里商议一下，统一意见，到时只管投票。此言一出，群里暂时陷入凝寂，大家显然都等着聂爱红出声。

二十三

其实明白这一刻总会到来，但聂爱红宁肯拖着，也不愿主动挑明——她总是有隐隐约约的担心。正在踌躇中，周建成发来条私信，问这位明镜是不是从事法律工作的？聂爱红也没心思问他是如何猜到的，嗯嗯了两下，又打出四个字：退休法官。片刻后，周建成说，可以考虑让他当副主任。聂爱红本想选"麻神"和周建成当副主任，周建成这一提议，等于打乱了她的一半算盘。但周建成明显是站在自己这边的，她只能降伏心火，先问个为什么。周建成说，这个人应该是有想法的，不安顿好他，现在群里就可能出现分裂。何况他是司法系统的，进来对业委会有利。聂爱红十分纠结，但她也明白，现在必须第一个发言，遂先打出，主任：阮中华，在副主任后，本想写上"麻神"的名字，但眼前闪现出他那副大有情意的样子，还是起了顾虑，手便停顿了一下，写上：周建成，然后，以凝滞的笔法画出林法官三个字，又在后面加了个括号，注上他的微信名：明镜。

有人问，谁是阮中华？聂爱红一时不知该如何回答。宋姐说，是聂姐的儿子。过了片刻，那人说，难怪喽，这么积极，原来是想他儿子当主任。"麻神"说，这也是没办法的事。房子不是爱红的，但这个事主要是爱红操办，选她崽其实就是选她。又有人说，原来是想搞垂帘听政啊。宋姐立刻指责他，这样讲就不对喽。那人说，怎么不对，慈禧太后选光绪当皇帝，不就是这样吗？见自己居然被比作慈禧太后，聂爱红气得手都发抖。涉及自己的本行，周建成觉得必须发言了，指出貌似一回事，其实是两回事。光绪是改革派，慈禧是保守派，两人不在一条道上。而聂姨和阮中华是心往一处使，只想为业主争取正当权利。其实他清楚光绪和慈禧的关系并没有这么简单，但只能采取如此泾渭分明的划分，尽量不给对方留反驳的余地。那人沉默了片刻，表示，反正主任不能是挂名的。此言一出，立刻有几人迅速附和。"麻神"说，爱红为这事出力最多，你们不要过河拆桥。黄真跟着冒出一句，反正我只认聂姨。有人问黄真，你是哪栋的？聂爱红暗叫不好，正想跟黄真发私信，他已经老老实实回了，六栋。那人立刻说，难怪喽，六栋选六栋的，那我一栋就选一栋的，我也只认得一栋的。林法官@了聂爱红，聂女士，你一直住这里吗？聂爱红想了想，回复说，起码住到孙女上完小学。林法官又问她孙女多大了。聂爱红说，快两岁了。"麻神"说，那起码可以干满一届，一届之后，她只怕也不想干了。又有人说，主任还是不能挂名，不如让林法官当主任，阮中华当副主任。群里又陷入了一片凝寂。聂爱红等着林法官的反应，但人家保持镜子一般的沉默，显然也像镜子一样映照着群里的动静，丝毫不露。

叶姐终于发言了，其实这是个苦差事，要我当我也不当。爱红有这个热心，又最熟悉情况，还是选她吧。提名林主任的人说，如果她是业主，我肯定同意，继而表明自己并非喜欢多事的人。叶姐@了林法官，林先生，你的意思呢？林法官表示，我以大多数人的意见为准，以小区业主的利益为重。立刻又有几个人表示支持林法官，还有人要林法官介绍一下自己。林法官迅速开出了自己的简历：六十一岁，湘西人，大专文化，四级高级法官，退休前担任过岳麓区法院刑事审判二庭庭长。还发了自己的一张工作照上来，穿着法官袍，四方脸颇有几分威严。有人立刻喝彩，好有派。又有人说，往物业面前一站，就能把他们镇住。林法官想必在那里甚为自得，等待更多的赞颂和拥护。孔小奇突然戳出一句，公检法没一个好人。此话一出，居然没有其他人反驳。林法官沉不住气了，怒斥他侮辱公检法。

孔小奇说，吃完原告吃被告，这样的事你未必没干过？林法官说，你不要任意诽谤，我可以告你。孔小奇丝毫不怯，你去告啊，你没退休老子都不怕你告！社会上哪个不晓得你们是些什么人。老鹿说，都是一个小区的，有话好好讲，别伤了和气。又有几个人出来劝解。聂爱红突然说，你们想争就争吧，大不了我退出。此言一出，更多的人纷纷现身慰留。

周建成说，我看这样吧，阮中华当主任，林法官当常务副主任。还是有人坚持，主任不能挂名，可以让阮中华当常务副主任，其实也就是聂大姐当。这个提议得到不少赞同。宋姐说，那常务副主任也不能挂名啊，常务常务，是管具体事的，还是让林法官当常务副主任吧。众人争执不下。叶姐说，我们还是听听爱红的意思吧。聂爱红心烦意乱，狠狠地画出一长条，周建成当主任，阮中华和林法官当副主任，哪个爱当常务副主任哪个当，阮中华不会争。周建成其实连副主任都不想当，只是一时不便表态，看见这段文字蹦出来，连忙说，我不适合。聂爱红说，你怎么不适合？你名校毕业，大学文化，又是政府机关干部，又是业主，又稳重，又能干，最适合。周建成说，我其实当个委员最合适，你们再选个副主任。聂爱红说，你就是太谦虚。孔小奇，还没见过你这样的人，你要不想当，我就当了。群里顿时有人发出咧嘴大笑的表情。黄真说，周哥当也行，他文化水平高，能写又能说。周建成惊讶他怎么熟悉自己，继而想到肯定是老娘在黄家奶奶面前忍不住夸耀过自己的崽，倒不好出言否认。林法官说，这是件大事，还是开会时再议吧。孔小奇立刻说，不是你要在这里定名单的吗？林法官说，你是不是成心捣乱？孔小奇说，老子讲的是实话，你少在这里摆法官的威风。林法官说，我摆没摆，大家都看得到，你不要随便污蔑人。叶姐说，这件事，迟断不如早断，我赞成爱红的意见。她这一系的人马纷纷表示同意。"麻神"随后表态拥护，他这一系的人马也跟着附和。支持林法官的人这次都没作声。其他人无可无不可，好些人说，那就这样。又有人说，周主任出来亮个相。周建成本想再推辞，但如今这个局面，自己若不答应，又会陷入分裂状态，难以收拾，只得硬着头皮发了张证件照上来。他的照片显得比本人老气，看上去有四十岁。宋姐说，是个当领导的相。聂爱红说，他本来就是单位的部门领导。有人问是哪个单位的。听说是市人防办，又有人卖弄自己懂行，指出人防办也管得到物业呢。马上有人问，怎么管的呢？行家明示，负二层车库是人防工程，正好归周主任他们管。于是群里响起一片庆幸欢呼之声。有人说，周主任，你要好好为我们争取利益啊。周建成说，我还不是主任呢。好几人说，都已经定了，你就是我们的主任了。又有人说，周主任确实谦虚。周建成只好发了三个拱手的表情。然后有好些人献上鲜花。聂爱红也怀着复杂的心情，发了三朵鲜花。

孔小奇冷不丁说，委员还没定呢。聂爱红自觉已退居次要位置，暂无发言的欲望，冷眼旁观。周建成遥感到了她这种心情，只得继续硬着头皮说，业委会成员最主要的是要热心，因为这从本质上来说是一种公益事业。所以呢，愿意当委员的可以在这里报名，并且简要陈述自己的优势。成员不宜太多，也不宜太少，我看包括三个主任在内，以十二个到十五个为宜，组成一支精干有力的队伍。如果你们同意，现在就开始吧。另外，我觉得正副主任候选人可以各有一个提名额，我就不提名了，把这个名额给聂姨，因为她比我熟悉情况。

聂爱红心里微微回暖，觉得小周看起来严肃，其实善解人意。她不想让林法官抢先，便提名"麻神"和黄真。周建成发了条私信，让她简单说一下提名理由。聂爱红不假思索，便说"麻神"曾经筹备过业委会，了解情况，点子也多，而黄真是退伍军人，人年轻，精力充沛，还会拳脚，对付一两个保安不成问题，毛主席说，枪杆子里面出政权，业委会也需要枪杆子。这一番话甩出来，无人能跟她辩驳。周建成说，好，那就通过，然后发了个鼓掌的表情。"麻神"上了个羞答答的表情，聂爱红看到了，不禁暗骂，这个鬼脑壳，黄真则依然是士兵敬礼。林法官提名了老鹿，理由是做事勤勉，脾气很好。宋姐说，嗯，老鹿脾气是好，吃得亏，打得堆。老鹿也上了个羞答答的表情。周建成便予以通过。孔小奇按捺不住，率先主动报名，自我介绍就八个字：敢作敢当，不怕物业。没人助声，连林法官也保持沉默，估计是怕跟他纠缠。周建成只好说，你只要服从业委会安排就行。孔小奇大概是害怕他提乱停车的事，竟没有争论，只说，你担什么心？要么就不加入，只要加入了，老子肯定服从安排。周建成便让他过了。之后陆续有人自荐，叶姐和宋姐却没有动静。聂爱红有些着急，连发两条私信。宋姐到底还是替她儿子报了名。叶姐却说，我家就不进了。聂爱红说，你家不进不行啊，你儿子那么优秀，其实应该当个副主任。叶姐说，他太忙了。聂爱红说，他当就是你当，你不进业委会，很多人会失望，真的。叶姐拗不过，还是报了名。老鹿立刻说，热烈欢迎叶姐一家加入，然后连送六朵花。群里认识叶姐的不少，纷纷送花。叶姐是第十个，之后便无人报名。周建成暗想，哪里都一样，叫的人多，真正愿意做事的少。他又等了一会儿，便说，还有五个名额，愿意加入的，开会时还可以提出申请，今天就到这里为止。有人说，周主任发红包。周建成心里一咯噔，顿起反感，但还是发了个八十八的红包，写明：祝福我们的业委会。瞬间便被抢光了。这个头一开，聂爱红、林法官以及其他委员均难以幸免，无论是高兴还是憋屈，都得发一个。孔小奇肯定是高兴的，因为他发了两百，赢得一片谢谢老板之声。幸亏他还没有得意忘形，提出以红包大小来排定委员座次。

　　刘冰进了卧室，见周建成从书房走出，面色凝重，正欲开口询问，便听他说，他们要我当业委会主任。

刘冰啊了一声，那聂姨呢？

她当副主任。

她不会不高兴吧。

就是她提出来的。

怎么会这样呢？

有人反对她当，准确地说，是反对阮中华当。

那你答应了？

我要是不答应，这事就搞不成了。

那你哪有这么多时间？

真正搞起来后，还是以聂姨他们为主，我就在宏观上管理一下。

刘冰笑道，怎么会搞成这样？

周建成叹了口气，中国的事就是这样，很复杂，也很微妙。

那我明天去找聂姨，跟她说说话。

嗯，跟她聊聊吧，顺便也把我的意思讲一下。

这时微信又响了一下，是林法官加他微信。通过后，林法官问，小周，我是常务吧？

是。

看得出，你是个很开明的人，我也是。

请多指教。

携手共进。

好，有事明天一起商议。

你要睡了？

是，我睡得早。

好习惯，我上班的时候也是这样。

周建成发了个微笑表情，又附上一个晚安表情。

过了一小会儿，那边才发来一个晚安表情。

周建成其实毫无睡意，对刘冰说，你先睡，我下楼散散步。

我陪你去。

你先睡吧，明天还要上班呢。

我现在也睡不着。

两人没有换衣服，就穿着睡衣睡裤下去了。快十点了，环湖步道上还有两个跑步的，都戴着耳机。虽然在夜色中，也能看到是两张青春的面容先后一闪而过。

望着跑者的背影，刘冰轻叹一声，我怎么感觉自己就老了呢？

你还年轻着呢。

反正跟他们比起来，是老了。

不能跟小朋友们比啊。

听你这口气，老气横秋的，你也才三十多呢。

是啊，所以说老不老的，其实是种心态。你的心态，还是少女。

哼，你嫌我幼稚。

哪里，我巴不得你永远有颗少女心。

刘冰轻笑了一声，身子微微靠过来，挽着他的胳膊。她身上有种淡淡的芬芳。周建成深深吸了口气，同时入脑的还有树叶的清新气息。他仰望着前面的高楼，许多户都还亮着灯光，或白或黄，在这渐渐转深的夜晚共同维持着人间的暖色。以往看着这些高楼和灯光，周建成并未有多少亲切感。在他心中，小区只是一个许多陌生人聚居的地方，而自己和冰冰也不过是这些陌生人中的一户。但今夜他却感到那些灯光，那些或明或暗的窗户和人家，离自己近了许多，仿佛在无形中已经或者将要跟自己建立起某种联系。

你在看什么呢？

周建成收回目光，却没有回答。

是不是感觉有压力？

也谈不上什么压力。只是觉得，以前我们是住在自己的小家里，现在住的地方扩大了，感觉整个小区都是我们的。

刘冰轻笑一声，当了主任，就是不同些。

还不是主任呢。

现在未必还有哪个不让你当啊？

谁晓得呢，历史总是在不断变化的，生活也是。

我觉得吧，你当也可以，不当也可以。

嗯，我也是顺势而为。

刘冰又靠紧了一些。周建成想这么一直走下去，直到累了为止，但想到明天都得上班，便决定，最多走三圈。

二十四

中午回家的时候，周建成发现小湖上多了只袖珍乌篷船，还有几朵巨大的莲花。他疑心自己产生幻觉，走近几步，挨着岸边立定。没错，一米五六的乌篷船，篷子和船舷边还绕着一串串小彩灯，估计到了晚上便会闪闪发光；莲花肯定是塑料所制，跟船一样，下面大概用什么东西固定住，没有随风漂移。本来小区绿化不错，当初的设计者懂得随形就势，在园林的幽雅中还透着几分野趣。但这小船和塑料莲花，就像九十年代地摊挂历上的风光照。周建成自认审美水平并不高，但也感受到了一种矫揉造作的艳俗。想到搞这个创意的人可能还沾沾自喜，周建成只有哑然失笑，掉头而去。

回到家中，周建成觉得梁春花似乎有些不高兴。其实她的表情也没什么显著变化，但多年母子，已经形成了一种类似直觉的感应。吃饭的时候，他问，你是不是碰到什么事了？

梁春花摇摇头，照了他一眼，慢慢地嚼融嘴中饭菜，咽下后，边夹菜边说，你要当那个主任了？

周建成一笑，简单说了下事情原委。

这个事，敲敲边鼓，在背后帮帮忙，就可以了，最好莫去当出头鸟。

我也不是争着当，是形势到了那一步。

你可以让给那个什么法官当。

聂姨那一摊人不会答应的。

梁春花叹了口气，她呀，总是让人不省心。

她性格是有缺陷，但总体上还是个好人，热心肠。到时为主的还是她和那个林法官，我主要是把业委会成立起来。

你看喽，你脱不了身的。

哎呀，只要住在这个小区，哪个也脱不了身。

梁春花不作声了。

娘老子，你今夜陪我去黄家奶奶那里坐一下。

梁春花又照了他一眼，嗯了一声，也没问他去那里做什么。

下午，林法官又发微信过来，说晚上来他家拜访。周建成连忙说，我来拜访你。他约好下班后见面，想着在吃晚餐之前结束谈话。偏偏分管副主任临时交代了一个紧急讲话材料，明天会上要用，周建成只想快点赶完，越急越没词，连抽半包烟还只憋出两点看法。好在会议放在明天下午，他便跟领导请示，晚上开夜车，明天上午再交给他审。副主任还有个饭局，也等不了，便同意了。周建成又硬挤出两段，把未完稿存到电子邮箱里，便提着包走人。

林法官到G层来接他，这出乎周建成意料——跟他在微信中表现出来的派头不一样。他身体壮实，脑门上镌着几道横纹，稀疏的头发往后梳得一丝不苟。握手时周建成略感不适——对方捏得紧，而且手劲颇大。好在周建成砍过柴的手也不是吃素的，暗暗加把劲，林法官便松开了，脸上的笑容更加丰盛。

进门后，林法官的夫人正在厨房忙活，抽空出来打了个招呼，还说，就在这吃个便饭啊。周建成忙说，别客气，家里已经煮好饭了。林法官做出生气的样子，你这样就是见外了。周建成只好给梁春花打了个电话，说在林法官这里吃饭，吃完就回来。梁春花让他不要急，慢慢吃。周建成本来有点乱的心又恢复到安定，走到客厅沙发前，欣赏了一下悬挂在墙上的镜匾——大展宏图，才坐下来。林法官说，这是进火时同事们送的，又说，退休的人喽，还有什么宏图可以大展喽。周建成说，老骥伏枥，志在千里，何况你还健旺得很。林法官呵呵直笑，老了，老了，不服老不行。现在世界是你们年轻人的。周建成便笑了笑，看着他给自己泡茶，然后站起来接过。林法官坐下后，又打量着他，一看就晓得是知书达礼，年轻有为。周建成说，哪里，哪里，往后还要请你多多指导。林法官摆摆手，深吸了一口气，用比较浑厚的声音说，我们都是政府部门的干部，有共同语言，今后搭手做事，沟通起来比别人顺畅。周建成含笑点头，喝了口茶。茶是普洱，口感醇厚。他赞了声好茶。林法官脸上生光，说这是冰岛。对普洱这类讲究年份的玩意儿，周建成并无多少研究，只是想着这林法官看来是个讲究的人，跟讲究的人打交道，至少有理路可循。

林法官问他业委会成立后打算怎么搞。周建成说，现在不是以后怎么搞的问题，而是业委会的成立问题。林法官似乎很乐观，说这不成问题。周建成摇摇头，说物业只怕会拦。林法官高声说，这是合法合规的事，他们敢拦？又说小周你不要怕，有我呢。周建成表示，最好是这样，但也要做好准备。然后又看着林法官说，说不定他们收到消息，会来找你。林法官一愣，找我干什么？周建成笑了笑，然后说了聂爱红的事。林法官蹙紧眉头，还有这样的事？又说，我是人民法官，他们敢来找我，那有他们好看的。周建成心想，小鬼贿赂判官，也不稀奇，但看着林法官气愤的模样，也愿意相信他会有所坚持。他问林法官开会那天能不能穿制服来。林法官不假思索地说，穿非审判制服没问题。周建成心想，到底是专业人士。两人议了下开会的程序，林夫人便招呼他们上桌了。

菜口味一般，但酒居然是茅台，周建成倒不能过分拂他的这番盛情。他有酒量没酒瘾，林法官显然两者俱全。好在林夫人在一边敲打，用高血压来提醒林法官。周建成也劝他悠着点。林夫人一张团团脸上溢出笑意，用公筷给他夹菜，又给林法官碗里夹了块肉，你要向小周学习，多吃菜，少喝酒。林法官说她啰唆，但到底还是将总量控制在了半瓶。吃完后，又坐了一小会儿，周建成便起身告辞。林法官眼中没有醉意，却像喝醉了一样，扯住他，又说了一通，直到他答应有空就来坐坐，才放了手，送他到电梯口。轿厢下降的时候，周建成想起林法官绝口不提聂爱红和阮中华，心里犯起了嘀咕，觉得除了外部矛盾显而易见，这内部矛盾看来也不会少。他又想起梁春花的话，明白现在抽身还来得及，但要是真的抽身，虽然省了许多麻烦，心却不会安。他想，这也是良知啊。走了一路后，又想，良知也分范围，孝悌是小范围的良知，投身公共事业，是范围较大的良知，至于治国平天下，那是最大范围的良知。不管大小，总要去做才行。成不成先放到一边，只要尽力而为，就能无愧于心。这样一思索，心又定了下来，觉得这番心得，很可以拿来跟陆宗明探讨一番。

到家后，梁春花早已准备好一袋东西，计有腊肉两块、猪血丸子六个。刘冰还穿着上班的制服，又把阳阳头尾都收拾得清爽。周建成忍不住笑道，你要是提上娘这袋东西，就像是去结娃娃亲。刘冰呸了他一声。幸好阳阳听不懂什么叫娃娃亲，否则会更加欢喜雀跃。话不多说，兵分两路。刘冰等轿厢门快关上，才带着阳阳往西头走去。周建成陡然想到，这算是全家为小区建设而奔走。

到了1402，门大开着，连玄关的灯都亮着。黄家奶奶闻声而出，黄真两口子站在后面，还有一个小男孩夹在中间探头探脑。梁春花把袋子递过去，黄家奶奶大声说，你还带东西来做什么？梁春花说，就两块柴火腊肉，你莫讲客气，快放冰箱里去。黄家奶奶顿时无言，提着袋子转往厨房，仿佛不如此便是讲客气了。周建成低头寻找拖鞋。黄真的老婆陈翠说，不用换，不用换，快进来坐。

茶几上堆着水果、花生、瓜子，还有一盒开封的"黄芙"，里面是满支。黄真拿起烟，拔出一根，周哥，抽烟。周建成笑着接过，看到他的手指关节处全是老茧。陈翠放了个纸杯在他面前，倒了点水，说，家里没烟灰缸。周建成点点头，不抽烟是个好习惯。又问小孩多大。待听说已经六岁了，便笑着说，看来你们是早恋早婚啊。黄真有些不好意思，摸了下后脑勺，坦白交代，当兵前就谈上了，到年龄就结了。周建成说，你蛮厉害，老弟嫂这么漂亮，不结的话有人会跟你抢。陈翠说，哪有。黄真嘿嘿一笑，我们班长就是这样讲我的。

黄家奶奶凑了过来，却不坐下，对周建成说，你就当他是自己屋里兄弟，有什么话尽管讲。周建成连连点头。她便引着梁春花到阳台上扯白话去了，那里放着两把漆色斑驳的木椅，还码着一扎一扎的废品。周建成收回目光，说，她们投缘得很。

黄真说，是啊，我娘话少，就只跟梁姨有话讲。周建成抽了口烟，又喝了口茶。茶是绿茶，但已经老了，又泡得浓，透着股涩味。他在嘴里含了一下，毅然吞下去，心想，今晚反正要加班，正好提神。他看着黄真，听说你会武术。黄真说，也没什么，就是在部队里学了套军体拳，还有擒拿术。周建成点点头，那很实用。黄真说，部队里就是讲实用，没有花架子。陈翠说，他就是喜欢练武。周建成说，练武好，有个好身体，比什么都强。黄真顿起知音之感，猛点头。周建成便说，业委会有你在，我们都很有安全感啊。黄真说，周哥，有事你只管发话。周建成便问他开会那天能不能穿军装来。黄真说，军装已经收上去了，但可以穿退伍服。周建成点点头。黄真说，你要是不放心，那天我可以喊几个战友来。周建成眼睛一亮，要得，到时我请他们吃饭。黄真说，不用不用，我们几个战友平时都是互相帮忙，有事只要喊一声就来了。周建成说，该请的，你莫跟我客气。陈翠说，那也不能让你请，该业委会出钱。周建成说，业委会现在没钱，大家都是在做义工，顿了顿又说，以后要是有钱了，到时征得业主同意，可以给委员们报销点电话费和车马费。陈翠这才点点头。黄真说，那个无所谓，反正大家都是在为小区做事。周建成心想，这样的好同志，怎么就不能安排个工作呢？

梁春花还在阳台上跟黄家奶奶扯白话，周建成心头惦记着材料，但又不好去催。这时梁春花回头望了一眼，周建成微微点头，她便起身到客厅里，说，小黄明天还要赶早去开车，我们走了吧。黄真说，没关系，没关系，再坐一下。周建成说，下次再来。你们有空也到我家来做客，然后起身。黄真见留不住，便要把烟塞给周建成，周建成坚决不要，说，你那些战友肯定有抽烟的，给他们抽。黄真还要强塞。黄家奶奶说，小周有的是好烟，你自己留着呢。这一句话，讲得周建成和黄真都有点不好意思。黄家奶奶却丝毫不觉得尴尬，坦然率领儿子媳妇送周家母子到电梯口。

　　到了家中，刘冰和阳阳已经回来了。周建成说，我以为你要坐很久呢。刘冰脸上没表情，只是说，坐了一下就回来了。周建成问，怎么，聊得不开心？刘冰说，那没有，聂姨倒是热情，就算有点牢骚，起码对你还是感谢的。她那媳妇脸色不太好看，好像是我家抢了他家的主任一样。周建成问，那阮中华呢？刘冰撇撇嘴，他无所谓，好像这事跟他没关系一样。周建成说，他性格不太像聂姨。刘冰说，两口子都是懒懒的，一看就晓得是要惯了的人。

　　周建成摇摇头，换了睡衣睡裤，泡了杯雪峰山产的绿茶，钻进书房。虽然讲话材料讲了就作废，领导自己也记不住，但要是不用心写，不写出点新花样呢，领导便会不高兴。周建成再次怀疑自己是在虚度时光。但没办法，这是自己的进身之阶，再讨厌，再痛苦，坐在这个位置上就得写。他想要是有机会，还是跳到业务部门，那才是做实事的地方。写到艰涩之处，他索性停住，拿起摆在案头的《传习录》，随手翻一页，逐行读去，有一段从眼中印入了心里。

问：静时亦觉意思好，才遇事便不同，如何？

先生曰：是徒知静养而不用克己工夫也。如此临事，便要倾倒。人须在事上磨，方立得住；方能静亦定、动亦定。

觉得这个"磨"字用得太好，太准确，太形象。他深吸一口气，对自己说，磨吧，先把眼前这关磨过去。便合上书本，再次杀进材料中。

二十五

上午八点半，周建成将材料送上去。副主任两眼瞅着周建成，那张总像是浮肿的大脸游动着几丝若有若无的微笑，辛苦了。周建成照例说，没有，为领导服务是应该的。副主任点点头，你进来几年了？周建成说，六年半。副主任说，你现在是中层骨干，进步的空间还很大，好好干。周建成说，那还要靠领导多多关照。副主任又点点头，笑容从嘴角游动到颧骨处（假如他还有颧骨的话）。周建成觉得可以走了，副主任却说，我有个朋友，是搞房地产的，好像你们那个小区就是他搞的。周建成顿时凝住脚步。副主任说，他昨天跟我打了个电话，说你们小区要搞什么业委会，还说大家准备选你当主任。周建成一怔，说，这目前还只是个意向。副主任说，具体什么情况，他也没多讲，我也没多问。我是站在你的角度考虑，趁着年轻，势头好，还是把主要精力放在工作上。默然了片刻，周建成说，谢谢领导关心。副主任说，那你去吧。周建成出门的时候，听到副主任轻轻咳了一声。

在走廊上，周建成觉得身子凉了半截。物业居然还来这一手，真是千算万算都没算到。这是釜底抽薪还是直捣龙庭啊？他推了推眼镜架，往外看了一眼。外面草坪隐隐透出黄色，但更远的树木仍然一片碧绿。收回目光，他低头走回办公室。坐在对面的小涂见他脸板结得厉害，连忙也低下头，装作没看见。周建成板起脸的时候，透着股煞气，连科长都不会轻易来招惹他。他暂时无心做事，沏了杯茶，扯过张《潇湘晨报》，边喝茶边装作看报，心里在不停地考量。副主任貌似对自己器重，但不过是把自己当成一支笔在用，曹科长才是他的亲信。但他毕竟是分管副主任，轻易也不能得罪。当然，他措辞也是斟酌过的，说明也有所顾虑，至少不愿为了这件事让自己有了想法。最好的情况是他只不过附带着这么一说，而不是非逼着自己顺从不可。现在没法估量的是，那个地产商是不是专门为了这事在他身上下过功夫？如果不是，他说了这一次就不会再提；如果是，那就还有麻烦。想到此处，周建成有些动摇。毕竟，业委会主任当不当，跟自己的前途没什么关系。但聂爱红、黄真、黄家奶奶的脸在面前闪过。这些人已经对自己有所期待，有所托付，突然退出，又怎么面对他们？还有老娘、冰冰，恐怕都会觉得惊讶吧。她们实际上也参与了这件事，而之所以参与，那完全是因为自己。本来昨天还很安定的心，现在翻转不停。周建成一时难以决断，便把报纸丢到一边，强迫自己进入日常工作。一旦进入工作状态，其他烦恼便自动隐退。

中午吃饭时，周建成闷声不响，只顾着心里琢磨，感觉梁春花瞅了自己几次，但并没有用目光回应。晓得自己不说，娘老子也不会主动问，因为她明白不说有不说的理由，更重要的是，她相信自己有应付的能力。应付不了，自然会说，那时她便竭尽全力帮助解决。从小到大，她对崽女都是这种态度，称得上一以贯之。周建成觉得这是娘的高明之处，这跟读过多少书，有多高的学历，真没什么关系，是一种天赋。阳阳也不多嘴，他已经会看脸色，只要周建成皱着眉头在想问题，便安安静静做自己的事。周建成有思考时皱眉头的习惯，想改也改不了，索性放任自流，导致双眉间早早出现一道竖纹。有朋友说这是官相，他听了心里倒也乐意。这餐饭他几乎是皱着眉头吃完的，好在目光平静如常，并未让阳阳感到不安。

下午开完会，周建成夹着个包，照例走在后面。李主任却回过头来，搜索到他的身影，放缓脚步，侧过身子。周建成判断出他有话跟自己说，连忙加速。

建成，材料写得不错啊。

周建成心里咯噔了一下，既不好承认分管副主任的发言稿是自己操刀的，又不能否认，只能嘿嘿地笑。他不敢去瞟副主任，估计他的脸色不太好看。

李主任突然表扬了这么一句，然后转身走了。周建成勾着头，拖着步子，又落在后面。他已经没兴趣去窥测别人的反应，只在心里寻思。李主任比分管副主任小三岁，却捷足先登，彼此之间难免有心结。这个思想工作会议他只是做总结，宣讲的是分管副主任和三把手。谁都晓得分管副主任的讲话稿出自综合科，但稿子写得再好，都只会恭维他水平高。作为一把手，这样当众羞辱二把手，倒是少见，估计两人最近闹得不太愉快。周建成想大约是跟即将到来的轮岗有关。判官斗法，难受的往往是小鬼。周建成忍忍也就过去了，只盼着分管领导不要把气撒在自己身上。本来有电梯可以下去，但他喜欢走楼梯。到了楼梯口，周建成心里突然一动，觉得李主任突然把自己拎出来，除了打击一下对手，恐怕还有某种暗示。进入单位这么多年，自己一直秉承事务主义，待人接物尽量持平，提副科的时候，也没人为难。但因为没有选边站，事实上也进入不了各个圈子的核心。混了这么多年，周建成其实已认识到，要想再往上走，不选边是比较困难的，但他一直回避这种选择，希望能顺着中道一个台阶一个台阶地上去。但如果李主任的暗示是无误的，那就意味着领导已经希望他做出选择，若是没有反应，恐怕会止步于此，最好的结局不过熬到资格老了，解决一个主任科员而已。周建成对李主任倒没什么恶感，至少他作风比较明快，相较之下，分管副主任显得阴柔难测，时常让人心里没底。这番比较他从没跟任何人说过。即便做出了选择，也不能说。他想。

晚上在餐桌上，梁春花说起下午摆摊时，有个保安过来跟她聊了一通，说这虽然是小区的公共区域，但也不是谁都能在这里摆的，当然，你老人家没问题，我们经理特意关照过的。周建成想，这又是在敲山震虎了，那个姓程的手段还真多。他在心里冷笑一声，要梁春花这段时间就莫摆了。刘冰想问为什么，梁春花说，我就要摆给他们看。她很少讲硬话，但讲一句是一句，周建成便没再劝，心想，姓程的也太猖狂了，真的以为业主都是些软柿子，任他捏哦。

散完步后，周建成独坐书房，抽着烟，喝着茶，望着远处。正在沉思深处，手机响了。一看是陆宗明，他精神顿时一振。陆宗明告诉他，书稿整理好了，江总愿意资助出版，说是可以用作书院的教材，还可以作为礼物送给来宾。周建成说，太好了，一定选家好出版社。陆宗明说，朱院长答应联系岳麓书社，应该没什么问题。周建成说，岳麓书社的牌子，配得上你的大作。

陆宗明呵呵一笑。默然了片刻后，周建成说，老陆，我有个问题想请教一下。有些人只讲利害，不讲良知，那怎么办？陆宗明也沉默了片刻，才说，那就先以利害动之，再启发他们的良知，孟子就特别擅长这个。他们其实也不是没有良知，只是被利害关系压住了。周建成问，良知跟利害是两码事吗？陆宗明缓缓说，古人说，利在义中求，可见这两件事并不是截然对立的，可以共存。然后问，你是不是碰到什么难事了？周建成说，也谈不上什么难事，只是有点困惑。听你这么一说，心里就敞亮些了。陆宗明呵呵一笑，你本来根骨就正，只要顺着自己的心性走，就不会错。周建成笑着说，陆兄谬赞，愧不敢当。两人又聊了一阵，相约有空一起去桃花岭爬山，才挂了电话。周建成站起来，在窗边远望了好一会儿，便转身进了卧室。

第二天上午十点，李主任看到周建成走进来，便挥手示意他在沙发上稍坐，跟面前的人又说了几句，便结束谈话。那人走时，把门轻轻带上，力度恰到好处。李主任拿起醴陵红的瓷杯，揭开盖子喝了一口。他喝茶的声音很响，还发出一声享受的叹息，让人觉得所喝的乃琼浆玉液。周建成端坐着，面带微笑看着他把茶盖合上。

建成，有什么事？

有个事跟领导汇报一下。我们那个小区准备成立业委会，大家想推我当主任，但是不是可以当，跟在职党政机关干部的身份是不是冲突，我还拿不准。

当然可以。我们那个小区，我也被他们拉进业委会，当个挂名的副主任。你还是主任，比我官大啊。李主任说完，笑得露出一口齐整的慈姑白牙齿。

哪里，我那只是个小型小区，跟领导的大小区没办法比。

店大就欺客啊。小区是得有业委会，不然会被物业牵着鼻子走。不过你也别大意，物业可不是那么好对付的。

周建成叹了口气，是啊，名堂不少。

不过你也不要怕。业主里面也有很多资源，要充分利用。

领导站得高看得远，有你指点，我心里就有底了。

李主任呵呵一笑，你要有什么搞不定，到时跟我说一声，建委我还是熟的。

那太好了。有您大力支持，事情就好办了。

李主任又笑，笑完后眼神一凝，就这个事？

周建成稍稍犹豫了一下，随即迎上主任的目光，轮岗的事，我也想汇报一下个人想法。

嗯，你尽管说。

写了这么多年材料，我觉得没有业务实践，终究是个很大的短板，很多东西写不深，写不透。所以这次轮岗，我想到业务部门去锻炼一下。当然，这只是个人的一点想法，最终还是一切服从组织安排。

嗯，你能主动找我谈，是一个进步。建成啊，你年轻，底子好，人也稳重，我是看好你的。你的意向我会记在心里，至于最终怎么安排，需要通盘考虑。你只要记住，不管在哪个岗位，好好干就是。

好，好，我一定会的。

李主任又现出一个爽朗的笑容，然后端起茶杯。周建成便起身告退。出门后，他感觉全身轻快，但仍注意保持稳重的步伐和平静的表情。

回到办公室，周建成拿出手机，建起了一个小群，把林法官和聂爱红拉进来，和他们逐一敲定代表大会的具体事项。聂爱红起初不怎么说话，但见林法官不停地拿主意，她也开始频繁发表意见。两人时有相左之处，周建成只能拣自己觉得合理的选。好在他无论对谁的意见有异议，另一个总会附和。每次都是二对一通过，事项便这样一件一件地确定下去。周建成忍不住想，将相不和也有不和的好处啊。

大概感觉到常务副主任的分量并不大于聂爱红这个幕后副主任，林法官提出在这里明确一下分工。周建成已经打定主意，不让他的权重超过聂爱红，先说主任若外出或有事请假，就由您主持工作，然后说，宣传和对外联络由您负责，业主的联络和组织由聂姨负责。林法官问财务呢？财务由财务委员具体负责，主任负责监督。这个财务委员一定要是专业人士，叶姐的儿子是公司的财务总监，就由他负责。这个信息是聂爱红提供给他的，所以聂爱红马上表态支持。林法官又问老鹿怎么安排，周建成说，他做宣传委员吧，小区业主今后的文体活动也归他负责。聂爱红接着问"麻神"怎么安排。总务委员，协助您管好内务，印章也归他负责保管。聂爱红自然乐意。周建成紧接着主动征询他们的意见，黄真做安保委员，你们看怎么样？这等于在问让藏獒负责看家行不行，没有谁会说不可以。周建成又问，孔小奇怎么安排？林法官保持沉默。聂爱红说，让他管绿化吧。周建成说，也可以，但绿化由女同志来管更好。孔小奇敢跟物业对着搞，干脆让他当监督委员，专门监督物业，也算发挥他的特性。林法官说，这家伙没轻没重，到时只怕还要来监督我们，随即说，当然，我们不怕监督。周建成说，正是，我们不是物业，不怕监督。聂爱红说，干脆让宋姐当绿化委员。等于同意了周建成的想法。她说的宋姐其实是指宋姐的女儿，但宋姐的女儿当其实也就是宋姐当，连林法官也习惯了这种表述，没有挑刺。周建成说，主要分工敲定了，剩下的等业委会成立后，再开委员会商议。聂爱红说，我要回去煮饭了。周建成说，聂姨辛苦。聂爱红说，我跟你娘一样，都是操心的八字。周建成说，是的，你们这一代人真不容易。然后又说林法官是个享福的命，既不要煮饭，又不要带孙子。林法官发了个笑呵呵的表情，又打出一个"V"字手势。

周建成马不停蹄，再建了一个群，把副主任和几位要做具体事的委员及幕后委员拉了进来。孔小奇一看自己进了核心圈子，激动的情绪无以言表，发了六个小企鹅跳舞的表情。周建成已见怪不怪，并不理会，直接跟"麻神"说，物业已经晓得开会的事，没必要保密了，活动室的钥匙能不能找那个老板要到手，复制一个也行，尽量避免砸门的可能性。"麻神"表示无能为力，又说，你亲自出马，看能不能吓住他？周建成说，不是去吓他，是晓之以理，动之以情，这样吧，晚上你陪我去一趟，八点吧，直接去瑜伽馆。过了两分钟，"麻神"才回复，要得。周建成又发私信给林法官，要他到时也去。林法官问，就我们三个？周建成说，主任、常务副主任去，还不够？林法官回复了一个笑呵呵的表情，外加爽快的OK手势。

二十六

聂爱红在四栋架空层坐下来砌牌时，问下家的"麻神"，昨夜你们去了那个老板家吗？

你讲要去，我哪敢不去？

本来心情不是太好，但"麻神"嬉皮笑脸这么一说，聂爱红虽是斜着眼看他，目光中却忍不住露出一点笑意。

你少来。他答应了吗？

讲起来是一出戏。

哦。

"麻神"手上不停，嘴上也不停。

那个林法官，穿着西装打着大红领带，皮鞋擦得通亮，好像电视里的领导准备去剪彩。周主任本来就是个干部相，哪怕打赤脚也看得出是个干部。要不是看到我在边上陪着，何拐子还以为是两个政府干部来走访了。

他真的是个拐子？

脚不拐，心里拐。往常我去他屋里坐，最多捞到一杯白开水。周主任、林法官他们去，就晓得泡茶了。

"宽嘴巴"说，就你这副样子，有杯水喝算好的喽。

聂爱红睨了"宽嘴巴"一眼，心想，他样子又不差，起码比你强远了。

"麻神"只当耳边风，继续向聂爱红汇报，那何拐子的娘也坐在客厅里，我看到心里就发毛。

你这人天不怕地不怕，怎么会怕他娘呢？

他那个老娘，长年累月一身黑衣，像只老乌鸦。喜欢穿黑的也就算了，又喜欢对人假笑，笑得人心里发毛。

聂爱红脑海中依稀浮现出这样一个人，既不参与跳舞打麻将，也不像黄家奶奶那样埋头创收，又喜欢混迹在人群中，尖起耳朵听别人说话，开口时也确实先要布出笑来，好像放烟雾一样。

你这一讲，我就有印象了，好像经常在十栋外面的超市门口站着，背着手，眼睛东转西转。

就是她。何拐子跟他这个娘最像了，看到人就是一副假笑，实际上心眼最多。周主任跟他讲道理，他脸上挂着笑，不停点头，就是不谈钥匙的事。林法官听得不太耐烦，干脆问他是不是业主，他还故意做出惊讶的样子，说，那还用讲？林法官讲，既然是业主，那就要站在业主一边。请你把钥匙拿出来。何拐子变出副苦瓜脸，讲他其实也想借，但合同是跟物业签的，没有他们同意，不敢随便借出，怕物业到时不肯租给他了。周主任说，你不要怕，到时租不租，是业委会说了算，只要你支持，再租下去肯定没问题。何拐子马上说，那租金呢？周主任说，到时再议，反正不会让你吃亏。看到周主任在这个问题上不肯松口，何拐子脸色就冷了下来。林法官说，那地方本来是业主的，现在业主要用，你就要配合。何拐子说，那我就不晓得了，反正门是物业安的，锁是他们装的，钥匙也是他们给的。周主任还是慢条斯理地说，门不是物业装的，是地产装的。锁，就算原来有，你肯定也换了把新的，钥匙也是你自己的。何拐子顿时被噎住了。周主任又说，我也晓得，你不想得罪物业，但你更加不该得罪业委会。我们一旦成立起来，小区里上千户人家，到时就算只能喊动三分之一，也不得了。林法官补了句，到时挤都把你的瑜伽馆挤烂。周主任站了起来，说，你再考虑一下，小区里空地多，我们也不是非得到那里开会。你不肯，我们也不勉强。何拐子也站起来，喉结动了一下，好像要讲什么，话又堵在那里了。这时何拐子他娘喊住我们，从腰里拿出串钥匙，手哆哆嗦嗦了半天，总算从钥匙圈里取下一把，举在半空看了又看，然后脸上突然现出一版笑，对周主任说，是我把你们的。周主任反应快，说，要得，我们就讲是你把我们的。她又开始笑。周主任也是好耐性，没伸手，等着她把钥匙递过来，才讲了声谢谢，带着我们走了。

另一个麻友问，这个女的是什么意思啊？

"宽嘴巴"立刻抢过话头，什么意思啊，意思是万一物业追究起来，钥匙不是从何拐子手里拿的，说完，还得意地瞟了"麻神"一眼。

"麻神"说，他们还可以讲，我们是逼一个娭毑把钥匙交出来的。

另一个麻友摇着头说，都是些人精。

聂爱红闷头打麻将，过了好一会儿才说，我没看错，小周可以。

"麻神"点着头说，是可以，老练。

聂爱红心想，小周像他娘，怎么阮中华一点都不像我呢？

然后想起正在六栋架空层游乐场玩耍的孙女，又想，幸好倩倩还是像我。

　　午睡起来后，倩倩又闹着找阳阳哥哥玩。梁春花可能在摆摊，聂爱红想着去看看也好，有什么合适的，就买一些，帮她做点生意。主意已定，她去镜前描了描眉毛，又补了点粉，可惜限于年龄，嘴唇不好涂得太红。倩倩喜欢看她化妆，站在旁边，昂着头，睁着大眼睛。聂爱红挑了支唇膏，蹲下去，把她的嘴唇涂得艳若玫瑰。倩倩踮起脚，往梳妆台上的镜中看，然后发出感叹，好漂亮！看着她自我陶醉的小模样，聂爱红觉得又好笑又满心欢喜。她问，奶奶漂亮吗？倩倩说，奶奶漂亮，倩倩，也漂亮。聂爱红抱住她，我倩倩以后要比奶奶漂亮十倍。倩倩却不乐意，我要跟奶奶，一样漂亮。聂爱红心里软软的、暖暖的，好，跟奶奶一样漂亮。

　　这对爱漂亮的祖孙转到十栋前，远远地就看到梁春花的小地摊。还只三点多，卤菜摊自是尚未出动，今天水果摊也不见踪影，梁春花独自坐在摊后，阳阳在前面的空地上吹泡泡。倩倩大叫，阳阳哥哥，然后松开聂爱红的手，颠着小屁股跑过去。阳阳侧转身，对着她跑来的方向吹出一串泡泡。他吹得又多又大。泡泡们乘着风去迎接倩倩，但当倩倩伸手抓它们的时候，有的泡泡又轻盈地一扭身，躲开了那双着急的小手，有的泡泡沾在她身上，还有个大泡泡落在头顶上，在阳光的照耀下闪烁出一抹奇异的光，但瞬间又消失了。阳阳跟着泡泡迎上来，把红色的泡泡筒和吹杆递给倩倩。倩倩将吹杆伸进筒中蘸满泡泡水，抽出来，猛吹了一口，吹杆缝隙中却只探头探脑掉出几个可怜兮兮的小泡泡。阳阳摇摇头，拿过吹杆，又蘸了次水，撮着嘴唇轻轻地长长地吹了一口，泡泡们便争先恐后地从杆中飞了出来。倩倩毫不愤恨泡泡们的厚此薄彼，又撒开腿去追。

聂爱红倒不急着走过去，停在理发店门口的玻璃檐下，等着漫天飞舞的泡泡们飘过去，又提醒倩倩慢一点，别摔着了。这时孟清从旁边的"新佳宜"走了出来，手中拿着件快递。聂爱红正犹豫着要不要打招呼，孟清已径直往对面地摊走过去，小腰轻扭，仿佛是去赴一场约会。聂爱红便决定等她走了后再过去。她突然想起似乎还有个熟悉的人在边上，转头一看，"新佳宜"旁边的"芙蓉兴盛"门口，何拐子的娘正站在旁边，背着手，目光追逐着孟清窈窕的背影。

孟清还没走到摊前，梁春花显然已经看到她，站了起来。两人说了几句什么，孟清便弯下腰，查看摊上的内容。望到她翘起的屁股，聂爱红便又生出一些不好的联想，把目光挪到一边，遂看到一个大块头保安大跨步走了过来。那保安像是新来的，下巴前挑，胸前鼓出两大块。他是直奔小摊而去的。聂爱红顿时生出种紧张感，目光追逐着保安那大而急的步伐。

果然，保安和梁春花没说上几句，就叫起来，这里不准随便摆摊！梁春花又说了句什么，他又叫道，我们领导没跟我讲过！

阳阳见有人吼他奶奶，立刻撇下倩倩，回到梁春花身边，仰着头，盯着那张悬挂在半空的满脸横肉的脸。倩倩也跟了过去，睁着大眼睛，和阳阳一起瞪视。聂爱红觉得自己不能旁观了，快步走了过去。

梁春花正跟保安说，要不，你去问你们领导。

保安把脑袋一甩，我不会去问！然后又横过来，你最好现在就收起摊子啊！

聂爱红正准备开口，孟清已经仰起脑袋，你态度好点，对老人这么凶做什么？

保安俯视着她，这是我的工作。

工作也不是这个态度啊！我看你就是戾气重。

聂爱红说，这个地方是业主的，可以摆。

保安声音又高了一度，都在这里摆，那不乱了套？业主了不起啊，就可以乱来。

你好好说话，我看乱来的是你。

保安气焰稍馁，视线转移到梁春花脸上，再不收，莫怪我掀摊！

梁春花坐了下来，半闭着眼，不理他。

孟清掏出手机，点开了录像功能。

保安察觉到了，指着她，你莫录！

孟清一跺脚，我就录了，你敢把我怎么样？

保安上前半步，推了她一把。

梁春花和聂爱红几乎同时叫起来，莫动手啊！

孟清稳住身子，眼睛都快睁裂了，手指戳了出去，你敢打我，有种你别走！

保安把胸脯挺得更高，我还怕你！

好。孟清拨通手机，用潭州话说了两句。又打了一个电话，这次是用普通话说的。无论是潭州话还是普通话，都含有一个词：欺负。打完后，她又指着保安，你要跑你就是猪嬲的！

保安鼻子里喷出口粗气，环顾一下四周，见聚集了不少人，皱起眉头说，看什么看，都散了！但人群并没有散去。保安便打开对讲机，要物业调人过来。很快来了五个穿保安制服的人，当头的那个四十来岁，长着个大鹰勾鼻，看了一下情形，便问是怎么回事。

梁春花指着那个年轻保安，他打人。

年轻保安睁圆了眼，我哪里打人了？是她要录像。

你就是打了。

聂爱红说，对，就是打了，大家都看到了。

倩倩突然大声说，你打了，孟阿姨！

阳阳也说，你打了，还凶我，奶奶，眼中还泛出泪光。

"鹰勾鼻"目光转向孟清。孟清又在打电话。听到她喊记者过来，"鹰勾鼻"连忙说，美女，有什么事好好讲，我们会处理。

孟清不理他，继续跟手机那头的人说话。挂了电话后，面对越聚越多的人，她高声说，你们都听到了，这个家伙说业主有什么了不起。业主没什么了不起，但也不是任凭物业欺负的。

见人群中有的掏出手机开始拍照、录像，"鹰勾鼻"便对年轻保安说，你先道个歉。

我没打她。

聂爱红说，还没打？我们都看到的。

我就推了一下。

梁春花说，你这么大个子，她还是个女的，你还好意思动手。你到底有没有爹娘教？

年轻保安脸上迅速布满怒气，脸上的肉颤了几下，双手捏成两个钵子大的拳头。

"鹰勾鼻"扯住他一只胳膊，要他先走。

孟清叫道，不能走！

那我们去办公室讲清楚。

不行，就在这里说。

"鹰勾鼻"叹了口气，他是新来的，有些事还不清楚。

你们招人也要招些有素质的，不要招些恐怖分子进来。

年轻保安耳根红了，你讲哪个是恐怖分子？

你这种人，就是个暴徒。

我看你就是个泼妇。

"鹰勾鼻"对着年轻保安喝了一声，再不走，我就开了你。

年轻保安恨恨地瞪了孟清一眼，昂着脸转身要走。

孟清说，走的就是猪嬲的啊。

年轻保安脸全红了，转过身，大叫，老子今天就打死你。

"鹰勾鼻"一使眼色，几个保安拖的拖，抱的抱，把那个年轻保安一寸寸挪到人群外。到了外围，那个年轻保安松了劲，耷拉着头，跟着他们走了。

"鹰勾鼻"说，美女，我代他道个歉，今天这个事就算了吧。

不行，我不能白白被殴打。

他也就是推了一下，没有那么严重。

孟清眉毛一挑，还要怎么严重？保安打业主，难道还不严重？难道在你眼里形同儿戏？

事情还没调查清楚，你不要乱讲。

我乱讲？在场的人都可以做见证，我哪句话是乱讲了？

梁春花说，我们都看着的呢。你们那个保安也太恶了，动不动就要掀摊子，欺负老人，欺负女人，还吓到小孩。

聂爱红说，素质真的太低了。

"鹰勾鼻"无心再说下去，又环顾了一下四周，便甩着手快步走了，聂爱红喊都喊不住。

人群有摇头的，有叹气的，有骂物业的，还有劝孟清算了的。孟清说，我不会算了的，然后望着外面的银锭路。

梁春花说，小孟，你来坐一下。

孟清摇摇头，没关系，我就站在这里等。

我陪你等。

聂爱红本想回去，但见她俩态度这么坚决，也不好先撤，便也站在摊边。梁春花要她坐，又说自己坐久了，腿有点麻，要站一下。聂爱红便坐下了。阳阳和倩倩又开始吹泡泡，还问孟清吹不吹。孟清笑了一下，摇摇头。

过了一会儿，先是三辆电动车开了过来，下来的全是清一色的小伙子，天气早已转凉，他们有的还穿着背心，像是刚从健身房里出来。为首的浓眉星目，冲过来就查看孟清有没有受伤。孟清大大方方依偎在他臂弯里，又责怪他来慢了。小伙子赌咒发誓，说是最快速度了。然后是两辆私家车靠在路边停下，每辆车都钻出五条汉子，年纪从二十几岁到四十岁不等，有理寸头的，有染了几缕金发的，有戴墨镜的，有手上刺青的，一望便知都是街头好汉。为首的眉眼跟孟清有几分相像，聂爱红便想，这大概是她娘家人吧，又想幸亏当时中华服了软，不然跟这些人硬搞起来，那得吃个大亏。孟清果然喊了声哥，又跟其他人一一打招呼，有在后面加个"哥"字的，也有直接喊名字的。当中有个戴着护臂的人横眉竖目地说，哪个欺负我们潮宗街的人喽，活得不耐烦了吧。孟清说，锋伢子，小声点，欺负我的人回物管处去了。锋伢子说，那还等什么，进去搞他们啊。孟清说，再等等，我有个媒体的朋友要过来。然后掏出手机，问那头什么时候到。挂上电话后，她竖起一只手掌，五分钟。

记者是个二十出头的姑娘，理了个包菜头，一手拿着个话筒，一手提着个简易支架。她见面就喊孟老师。聂爱红心想，孟清难道是老师，不可能吧。她还在纳闷，记者已经立起支架，把手机录像功能打开，横放在上面，然后开始采访梁春花。头次被记者采访，梁春花有点紧张，梁氏独家普通话讲得磕磕巴巴。聂爱红心想，还不如问我。记者仿佛知道她的心思，又来采访她。聂爱红顿时觉得今天的妆化得有收获，只恨新买的风衣没有穿出来，里面的薄羊毛衫也稍稍旧了些，但已不能回去换装了。她一脚略略朝前，双手叠放在小腹上，清了清嗓子，一口武陵普通话抑扬顿挫，饱含感情。但旁边有人等得不耐烦，几声颇为用力的咳嗽跳过来，显然也被录了进去。

采访完后，孟清便要向小区进军。梁春花说，等我把东西放了。孟清说，娭毑，你就别去了。梁春花说，不行的，你帮我讲话，才挨了打的。她又看了看那一摊东西，对聂爱红说，要不，你先帮我看着，阳阳也跟着你。聂爱红本想去，但带着倩倩，终究不安全，便说，有我在这里，你只管放心。梁春花对她笑了一下。虽然她笑过很多次，聂爱红觉得这一次她是从心底笑出来的。她又看了一眼孟清。孟清和她对视了一眼，微微点了点头，然后转身，领着这支队伍，往南门走去。有些想看热闹的人，也跟着去了。聂爱红留意了一下何拐子的老娘，发现她不知什么时候已悄无声息地消失了。

二十七

接到分管领导的电话，周建成只有放下手头的一份汇总材料，先去他办公室，想着又有什么差事要派下来，而且还得优先处理，心里略略有点烦躁。不过这种烦躁在他轻轻的敲门声中完全体现不出来。进去后，副主任没有像往常那样端坐在办公桌后，而是靠在茶几正后面的长沙发上，双手交叉，捂在巨大的球形肚子上。

坐。

周建成在对着茶几一端的短沙发上坐下，上身略略前倾，等待着指示降临。副主任却没有立刻开口，而是继续望着他，目光甚至可以说慈和，脸上的笑意仿佛深渊中的鱼若隐若现。这种做派曾让周建成折服，以为这就是领导风范，但现在他内心深处却有点不以为然，觉得很多简单明了的事都在这种所谓的领导风范中变得复杂起来。

建成啊，你在我手下干了这么多年，觉得我怎么样？

周建成心猛跳了一下，稳了稳神，才说，您的领导水平摆在这里，我是受益良多。这么多年，承蒙您的栽培和关照，才能走到今天这一步。

副主任点点头，喝了口茶，眼睛望向对面墙上挂着的"厚德载物"，慢悠悠地说，今天老板跟我商量，说要把你放到工程管理科去，还说这是你自己的意思。说完后，他的目光从墙壁上滑下来，射向周建成。

周建成的心又猛跳了一下，几乎想对着茶几解释一番，但过了两秒钟，还是抬起头来，接住副主任的目光，笑着说，我正想找机会跟您汇报一下个人想法。我刚进人防办，就分在综合科，这么多年，除了后勤、财务外，科里的其他岗位也都算历练过了。综合科是单位的运行中枢，任何单位都必须有，只不过名称不同而已。把综合科的工作融会贯通了，去别的单位都没问题。但人防办专业性很强，在这样的单位待了这么多年，那些专业性的东西，对于我来说，都是在纸上谈兵，写材料时条条是道，实际上根本没有操练过，想想心里都虚得很。思来想去，我还是下了决心，趁着还年轻，还是要好好学学业务。就算将来转一圈再回来，到时写起材料来，肯定会更有底气，也更接地气。

嗯了一声，副主任的目光变虚了，仿佛他的眼睛可以自动调焦。虽然仍是看向周建成，周建成却摸不到他目光后隐藏的内容。

你这个想法是合理的，但也要考虑工作大局啊。现在你虽然在科里排第三，但全办上下，都清楚写材料是你在挑大梁。不仅是挑着科里的大梁，实际上也挑着单位的大梁。你这一走，材料这一块就会塌。

小涂已经写得不错了，这几年，我也在用心带他，应该没问题。

跟你比起来，还是有一定差距。综合科的材料，一定要是全办最好的，我以前是这么要求的，今后还将继续这样要求下去。

那是，那是，正是有您的严格要求，才有我们这些人的进步。事实上，小涂写材料的水准，除了我，单位里基本上没人超得过了。您放心，就算我到其他部门去，有什么材料需要我协助，您只管吩咐。

副主任又嗯了一声，凝视着自己的茶杯，仿佛那微微冒出的水汽中藏着什么玄奥。周建成却预感到他准备发底牌了，手指稍稍抠住膝盖。

这样吧，我跟你透个底，明年曹科应该会解决副调，到时我做做他的工作，要他别兼了，把这个位置腾出来给你，你看怎么样？

周建成盯着玻璃茶几上两道淡淡的头像，心仿佛一个通电的砂轮，转得飞快。曹科明年解决副调应该确有其事，但他五十刚出头，就这样把实职让出来，恐怕不会心甘。就算他悟通了，愿意只享受待遇不做事，还有个老钱在旁边虎视眈眈。就算到时自己是副主任主持工作，老钱也不会善罢甘休，肯定会大闹一场。何况眼前这位，惯会哄人，到时装作无奈，提出要自己体谅一下他的难处，那就真的是竹篮打水一场空。想透了这些，周建成抬起头，谢谢您这么为我着想，但我也不想因为自己的发展而伤了同事之间的感情，尤其是曹科，还有老钱。我还是申请调去业务部门。到时曹科愿意兼就继续兼，不想兼老钱可以上，这样您也不会为难。

和周建成对视了几秒钟，副主任的目光又变虚了。他往外一摆手，既然你这么坚决，那我也不好拦你。

您快别这么说。您的培养，我永远记在心里。

副主任没吭声，盯着茶杯。周建成只得站起来，硬着头皮告辞。拉开门的时候，副主任叫住他，你们那个什么业委会的事，我也就是顺便帮朋友问问，你不要放到心里去。

周建成推了推眼镜架，笑道，领导，你早跟我说就好了，搞得我这段时间心里好沉重。

你沉重什么？我们是自己人，外面的人再熟，那也是外人。

谢谢领导。

周建成带上门，心知他再也不会把自己看作"自己人"了。

但并不觉得有多少遗憾，反而感到身上什么东西正在脱落，内心随之舒展不少。回到办公室，他又拾起手头上的活，没有丝毫松懈。多年机关生涯的磨炼，早已让他几乎是从身体上明白"站好最后一班岗"的重要性。此时心里格外敞亮，敲键如飞，预计到明天下午才能完成的活，眼看最迟明天上午就能搞定。写到四点多钟，正觉酣畅淋漓，调成静音竖在桌面左前方的手机振动起来。瞟了一眼，是个陌生号码，便不去管，继续噼里啪啦。打电话的人大概是挨到"对不起，你拨打的电话暂时无人接听"时才挂了机。周建成耳朵松了口气，眼睛更加专注地盯着电脑屏幕。手机又振动起来，他索性不去看，用密集的敲键声浇灭了振动音。但是，安静了一会儿后，手机又振动起来。周建成心想对方大概是有急事，拿起手机一看，号码显示变成了物管处，心里顿时咯噔了一下。

周科长，我是物业经理啊，姓程，上次我们见过面的，你还记得吧？

嗯。周建成心想，我们交手也不止一次了，怎么会不记得你？

上班时间，打扰你，实在不好意思。是这样的，有个事，要请你过来一趟。

电话那头闹哄哄的，似乎有人在高骂。周建成心里一紧，什么事？

你过来就晓得了。

到底什么事？我现在上班，不讲清楚我是不会过去的。

是这样的，你妈妈，在十栋外面摆摊，引起了一点纠纷。

周建成顿时坐不住了，但还是竭力让语气显得平稳，摆摊不是允许的吗？

是的，是的，是我们有个新来的保安，还不清楚这个规矩，起了冲突。

你等等，我就过来。周建成挂了电话，连电脑也没关，跟小涂交代了一声，提着包就冲了出去。到了楼下，他突然想起，娘老子怎么没给我打电话啊，便掏出手机。

梁春花很快就接了，她一开口，周建成的心跳得就没那么厉害了。听完事情原委，周建成忍不住在心里冷笑，这个姓程的，要我去帮他收拾烂摊子哦。他又问现在怎么样。梁春花说物管处被围住，社区干部也来了。派出所也来了个警察，但看到有记者在场，还有退伍军人，就要那姓程的最好自己摆平。周建成问，你是不是把黄真喊来了？梁春花坦然承认，还说黄真又叫了两个战友过来。周建成从她的语气中听出了一丝得意，便说，我晓得了，又问阳阳呢。听说阳阳是聂爱红在照管，他的心完全定下来，叮嘱了一声注意安全，就挂了电话，慢慢地往前走去。从翠园路拐到观沙路，市档案馆一侧有石凳。他坐下来，回拨了程经理的手机。

程经理显然心急火燎，一接通就说你到了吗，我出来接你。

周建成慢悠悠地说，这个事我问清楚了，根本不需要我来啊。你们保安打了孟清，孟清带人堵住了物管处。这样的群体性事件，你们得去请公安。周建成把"群体性事件"五个字咬得很重。

周科长，大家都是自己人，最好内部协调解决。

听到"自己人"三个字，周建成觉得好笑，但他依然以严肃的口吻说，你最好跟孟清好好坐下来谈一谈，该道歉的道歉，该检讨的检讨，该处罚的处罚。至于我们家嘛，我娘是个宽宏大量的人了，已经跟我说了，不和你们计较了。但是，我提醒你，孟清不是一般人，她可是个作家，有社会影响的人，家里又是本地的，你们要慎重对待。

是，是。周科长，这事还要你到场才行。

我说过了，我娘已经原谅你们了。

感谢，感谢。周哥，你帮帮忙，还是过来一趟吧。

为什么一定要我过来呢？

你不是业委会主任吗？

周建成顿时生出荒诞之感，业委会还没成立，我什么时候成了业委会主任了？

哎呀，周哥，你就别跟我绕圈子了，我清楚，业主现在都听你的。你出来讲句话，比谁都管用。

你不是一直反对成立业委会吗？

没有，没有，绝对没有，你别误会。除非是我个别手下不懂政策，对这个有抵触情绪。

这就是说，你是支持成立的喽。

支持，支持。

那好，你当着大家的面把这个态表了，我就以候选主任的身份，来协助你们物管处处理这件事。地点嘛，物管处太挤了，就放在瑜伽馆下面那一层吧。

程经理沉默了片刻，你过来再说。

不是我过去再说，而是你现在就派人搬些凳子到那里去，我就在那里等你。你放心，业委会不是跟你们唱对台戏的，是来跟你们携手合作，共同把小区治理得更好的。有些矛盾，光靠哪一方，都是难以处理的。你说，是不是这个理？

是的，是的，你是政府干部，认识水平就是高。

我们也不用讲虚的，事态紧急，你答应照办我就过来，不答应，我手头还有事要处理呢。

好，好，你快过来吧。

周建成并没有立刻起身，而是进入群聊，把委员们都@了一遍，请他们尽量和尽快赶到瑜伽馆下面，有重要事件需要处理。又说，我正赶过来，有什么疑问，可以先问聂姨和黄真。把手机塞进口袋，他大步往前赶，冲了一阵后，又放慢脚步，心想，我急什么？急的是别人，又想，古人说，每临大事有静气，有没有静气，事情临头，才看得出来，周建成你还得多多磨炼啊！

从岳麓大道右拐上去，有一道既长又陡的坡。物管处就在坡顶左侧，和对面的瑜伽馆隔着两道绿化带，一道是石楠，一道是锦绣杜鹃。周建成快到坡顶时，停了片刻，调匀气息后，才踱着方步继续前行。他眼睛瞟都不瞟物管处，沿着车道边径直往瑜伽馆走去。门前站着不少人，三三两两，各自成堆。有眼尖的人高声说，周主任来了！这是孔小奇的声音。

　　率先抢出的是程经理，他一边伸出手一边说，周哥，你总算来了。

　　看着他那张有点变形的刀条脸，周建成犹豫了一下，还是跟他握了下手，眼睛却往大门那边望，人呢？

　　在里面，都在里面。

　　黄真和孔小奇迎上来，周建成对他俩微笑了一下，走，我们进去。黄真和孔小奇一左一右，拥着他迈向台阶。程经理只能紧跟在后面。其他人也全部跟着进门。

　　一楼大厅并不显得宽敞，那道旋上二楼的楼梯倒占据了一个醒目位置。周建成一进门就寻觅梁春花的身影，梁春花却还先看到他，从一把旧皮靠椅上站起来。旁边还有把椅子，黄家奶奶屁股塞在里面，上身折向地面，头昂起，注视着斜对面靠墙站着的一队保安，神色警觉。孟清是站着的，双臂抱在胸前，和旁边一个高大威猛的小伙子说着什么。周建成只想快步走过去，却不得不先和林法官、"麻神"、老鹿、叶姐、宋姐等打招呼。林法官用感叹调说，你现在要提前履职了。周建成笑了一下，小声说，我先跟孟清讲两句，然后打算从他身边掠过去。但他没能立刻发动，因为程经理拉住他，跟他介绍社区的吴书记。吴书记长着一张胖乎乎松垮垮的脸，见人自带三分笑。周建成少不得跟他客套几句，拜请他以后多多支持，多多指导。吴书记脸上掠过一丝茫然，但随即笑得更客气了，周科长谦虚了，我们还要你多支持呢。周建成扫了程经理一眼，然后往孟清那边去了。

不好意思，让你们久等了。

孟清一脸淡然，不好意思的是我。

哪里，我要感谢你。

梁春花说，都是自己人，客气的话以后再讲，然后压低声音说，小孟跟我讲了，让你来圆场。

周建成和孟清对视一眼，彼此点点头。

他转过身，拍了一下手。大厅里顿时安静下来。

程经理，你先说两句吧。

程经理先看了一眼他的制服队伍，又轻咳了一声，你们要叫周哥来，我就请他过来了。你们要成立业委会，要选周哥当你们的主任。周哥也是我的朋友，我肯定是赞成的。

周建成说，你赞成当然是好的，但关键还要看社区同不同意。

我们听听吴书记的意思吧。

吴书记望着侧头看向他的周建成，脸部肌肉僵硬了几秒钟，随即说，这个事，既然你们双方都同意了，我们原则上也同意。只不过按照程序，回去还要开会研究一下。

人群里刺出不高不低的一句，研究你妈妈的鳖。

不少人脸上都攒出笑来。吴书记努力听而不闻，但脸还是板了起来。

周建成立刻说，感谢社区的支持。我呢，本来还不算是主任，因为业委会还没正式成立嘛。

孔小奇叫道，你就是主任了！

人群中弹跳出几声轻重不等的咳嗽声。周建成心想这孔小奇最大的毛病就是太过了，但眼下不能去理会，继续以平静的语调说，但是，承蒙大家的信任，尤其是孟清老师、吴书记和程经理，都希望我来就这件事提出一个建议，一个处理的办法。我想了想，这世间万事，都有一个底线的问题。比如说，有物业人员上门催物业费，你可以有不交的理由，可以争论，但是，不能动手，这就是条底线。说到这里，他顿了一顿，瞟了眼站在外围的保安和客服们，见他们当中有人点头，老魏尤其点得明显，便稍稍提高声音，同样的道理，物业的工作人员，在工作中遇到业主有不理解、不配合的情况，可以说理，可以争论，可以向上级反映，今后也可以请业委会出面协调，但是，同样绝对不能动手。只有把这样的底线守住了，大家生活在小区里，才会有安全感。而安全感，是幸福生活的底线。说到底，我们花了这么多钱，有的还在银行里贷了款，在小区里买一套房子，为的是什么？就是为了我们，为了我们的家人，能够过上幸福的生活。

周建成又停顿了一下。黄真带头鼓起掌来。有人说，讲得好！

周建成微笑了一下，等掌声停歇后，敛容道，那么，具体到今天的问题。业主在十栋外面的广场摆摊，那是属于业主的公共区域，只要不妨碍、不影响大家通行、玩耍，完全是一种正当的权利。物业也是认可这种看法的。但是，因为认识传达得不到位、不及时，个别保安有错误的看法，导致在工作中出现了粗暴行为。孟清老师，作为一位有正义感的业主，目睹这一行为，上前制止，反而遭到了野蛮的身体冲撞。所以，我不得不说，这个保安是破坏了底线。如果我们默认这种行为，大家就会认为底线问题并没有那么重要，接下来会出现什么情况呢？既然对人动手都不追责，那么，在电梯里抽烟、从楼上丢东西下来、在车库里随地大小便，是不是都没问题了？这样的话，小区就乱了套，我们选择住在小区也就失去了价值和意义。所以，这个问题要严肃处理，不严肃处理的话，开了这个口子，今后很难收场。我个人的建议是，那个保安向孟清老师鞠躬检讨，同时扣发他两个月工资，作为赔偿。同时，他还要在这里向全体业主做出保证，今后如果在工作中再有类似行为，愿意接受被开除的处罚。当然，这只是我个人的建议，最后还要看孟清老师同不同意，物业愿不愿意配合执行。

大家的眼光都转移到孟清身上。她往前走了半步，用标准的普通话说，先声明一下，我不是什么老师，只是一个寻常的小女子，好在我这个小女子还有很多亲人、朋友爱护，不会受了欺负只能默默忍受。今天他们到这里来，不是来闹事的，而是为了寻求公道。住在这个小区，我跟大家一样，只想过一种平静、安稳的生活。谁破坏这种生活，谁就是我们共同的敌人。不要以为老人和女人就好欺负，姜是老的辣，玫瑰也是有刺的。我本来想打那个家伙一顿的，出我心头之气，但是，既然周主任出面来协调这件事，我也不为已甚，就按照他讲的办。

周建成对她点点头，又转过去看着程经理。程经理目光闪了两闪，对"鹰勾鼻"说，喊他过来。

"鹰勾鼻"拿出手机，贴在耳边，接通后说，程经理要你过来……过来干什么，跟业主道歉……你不过来，那好，有什么后果，你自己承担，莫怪我没给你机会……

挂了电话后，他铁青着脸对程经理说，他不肯过来，还说，宁愿被开除，也不道歉。

大家都望着程经理。他咬了咬牙，脸上露出阴鸷的神色，那好，现在就开除。

周建成沉默了几秒钟，对孟清说，这样处理，可以吗？

孟清点点头，素质这样低、戾气这么重的人，开除了也好，等于给小区消除了一个隐患。

周建成说，那好，我们感谢孟老师的宽宏大量，感谢程经理的果断处理。下面，我们请社区的吴书记讲话。说完，他鼓起掌来，带起了一些稀稀落落的掌声。

吴书记想摆手，但抬起来又放在了小腹前，另一只手叠放在上面，快到吃饭时间了，我就不多讲了，只讲三点感想。第一点，今天这件事，对大家都是一个教育，教育我们无论碰到什么事，都要冷静处理，千万不要激发矛盾。第二个感想，就是无论是小区建设，还是社区建设，都不是哪一家，哪一个人能搞得好的，一定要依靠大家的共同努力。第三点，就是群众工作，要充分相信群众，发动群众，而不是人为制造对立。今天周科长的处理，有理、有利、有节，我是完全支持的，赞同的。物业也能够克制情绪，及时沟通，避免了矛盾的进一步激化，今后要继续发扬这种风格。在这里，我代表社区，感谢大家对小区的关心和爱护。

周建成和程经理几乎同时鼓起掌来。许多业主也跟着鼓起掌来。吴书记的笑容茂盛起来，脸上泛出红光。等掌声停止，周建成便说，要是大家没别的意见，今天就到这里为止吧。人群便陆续散去。程经理对吴书记和周建成小声说，一起吃个便饭吧，就在南门边那个家常菜馆，吃点养胃的菜。吴书记看了周建成一眼，说，不用客气了。周建成心里颇为踌躇，却只能帮着程经理挽留吴书记，说，我来请。程经理立刻做出一副受到伤害的表情，怎么能让你请？放心，我自己掏腰包。见他如此说，周建成只好让他先带吴书记去，自己随后就来。

孟清走到周建成面前，伸出手。

以后还是叫我孟清。

好，叫孟清。

孟清又向梁春花挥挥手，转过身，小蛮腰轻轻扭动，昂首带着她那支雄壮的队伍离场。

候补委员们都还没走。周建成对他们说，黄真的战友们过来了，我请他们吃个饭，就在南门外那个家常菜馆，能陪的都去陪一下。我到时还有些事要跟吴书记他们协商，只能过来敬杯酒，林法官，麻烦你代表我主持一下。先说好，我请客啊。

黄真推辞了一下。孔小奇鼓着眼睛说，周主任都发话了，你还讲什么客气。

周建成笑着说，你们两个，尤其要坐下来好好喝杯酒，培养一下感情。

孔小奇说，喝酒，我不怕他！

"麻神"似笑非笑地说，他们是当过兵的，你喝得赢？

孔小奇还没搭话，林法官一拍胸脯说，有我呢。酒就到我那里拿，尽你们喝。

老鹿说，我跟你去拿。

叶姐和宋姐她们都说喝不得酒，就不去凑热闹了。老鹿立刻说，不要你们喝酒。叶姐还是没答应，但语气依然温柔，你就好好喝，今天可以不来跳舞了。

周建成把她们送到门外。转过身，梁春花和黄家奶奶已经走了出来。他还没开口，梁春花便说，阮家奶奶把阳阳带到她屋里去了，摊子也喊他崽带上去了。我去收一下，到时在屋里搞几个菜，黄家奶奶和陈翠都到我那里吃。你们只管去搞你们的。

周建成本想说，你也喊聂姨一起吃，但随即想到根本不用讲，娘老子处理这些比自己周到，便点点头，目送梁春花和黄家奶奶远去。

背后有谁在自言自语，爱红怎么没看到来？

周建成回头一看，"麻神"脸上正透着纳闷。

她在家里照看小孩呢。

"麻神"哦了一声，眼中闪过一抹失望。

周建成想笑，却只能忍住，一挥手，我们走吧。

傍晚的风吹过来，送来植物的香气。周建成深吸一口，感到前所未有的清爽和充实。

图书在版编目 (CIP) 数据

日日新 / 马笑泉著. — 北京：北京十月文艺出版

社，2023.11

ISBN 978-7-5302-2330-7

Ⅰ. ①日… Ⅱ. ①马… Ⅲ. ①长篇小说—中国—当代

Ⅳ. ① I247.5

中国国家版本馆 CIP 数据核字 (2023) 第 186553 号

日日新

RIRI XIN

马笑泉　著

出　版	北 京 出 版 集 团
	北京十月文艺出版社
地　址	北京北三环中路 6 号
邮　编	100120
网　址	www.bph.com.cn
发　行	新经典发行有限公司
	电话 010-68423599
经　销	新华书店
印　刷	北京盛通印刷股份有限公司
版　次	2023 年 11 月第 1 版
印　次	2023 年 11 月第 1 次印刷
开　本	850 毫米 ×1168 毫米　1/32
印　张	9
字　数	160 千字
书　号	ISBN 978-7-5302-2330-7
定　价	39.80 元

如有印装质量问题，由本社负责调换

质量监督电话　010-58572393